T0278535

El camino de regreso a casa

El camino de regreso a casa

KANAKO NISHI

Traducción de Daniel Aguilar

Ọ Plata

Argentina – Chile – Colombia – España
Estados Unidos – México – Perú – Uruguay

Título original: さくら *(SAKURA)*
Editor original: Shōgakukan
Traducción: Daniel Aguilar

1.ª edición: abril 2024

© 2005 Kanako Nishi
All rights reserved
© de la traducción, 2024 *by* Daniel Aguilar
Spanish edition arranged through EMILY BOOKS AGENCY LTD.
and CASANOVAS & LYNCH LITERARY AGENCY S.L.
© 2024 *by* Urano World Spain, S.A.U.
Plaza de los Reyes Magos, 8, piso 1.º C y D – 28007 Madrid
www.letrasdeplata.com

ISBN: 978-84-92919-51-2
E-ISBN: 978-84-19936-69-1
Depósito legal: M-2.714-2024

Fotocomposición: Ediciones Urano, S.A.U.
Impreso por: Rodesa, S.A. – Polígono Industrial San Miguel
Parcelas E7-E8 – 31132 Villatuerta (Navarra)

Impreso en España – *Printed in Spain*

CÓMO EMPEZÓ TODO

PRECINTADO

Ahora mismo tengo entre mis manos una hoja repleta de anuncios.

Plátanos desvaídos, de un color amarillo deprimente. Una bicicleta plegable de un azul que huele a falsedad. Un trozo de carne de algo, con un repulsivo color rojo veteado por el blanco grumoso de la grasa…

No tiene nada de particular. Es la hoja de propaganda de un supermercado.

Brilla reluciente al sostenerla entre las manos, pero su tacto no es terso. Es como si fuera un objeto antiguo que se ha pulido para darle brillo. No, mejor dicho… como una vajilla barata que se intenta hacer pasar por una de calidad. Bueno, es igual. En cualquier caso, no es más que un anuncio.

«20% de descuento en precocinados termosellados».

«Abierto todos los días de finales y principio de año».

«Oferta: ¡Devolvemos el 5% de IVA!».

«¿Ya tiene listas todas sus compras de Año Nuevo?».

El motivo de que me encontrase paseando la vista por todos aquellos anuncios se encontraba en la cara posterior de la hoja en cuestión.

Fijándose bien, se podían distinguir unas letras muy tenues.

Por si fuera poco, en aquella hoja encerada en la que a duras penas se podría escribir con un rotulador al óleo, se habían trazado los caracteres con un lapicero que debía ser de mina H, el que deja menos marca. Depende de cómo incidiera la luz en el papel, se veían o no las letras y además daba la impresión de que el autor del texto no había apretado demasiado el lápiz, por lo que realmente resultaba costoso de leer. Aun así, haciendo un esfuerzo, se podían desentrañar fragmentos como el que sigue:

«Qué bonitas son las camelias de invierno, ¿verdad? Las rojas se ven a menudo, pero en cambio las blancas...».

O también:

«He probado a preparar mi propio licor de ciruelas. La receta es...».

En suma, contenidos de lo más insignificante.

Pero las frases estaban escritas exactamente igual que si se tratase de una valiosísima fórmula ciéntífica o como unas profecías que fuesen a hacer temblar el mundo. Bueno, esto es una exageración, pero en cualquier caso parecía claro que el autor de aquellas líneas se había propuesto llenar la cara posterior del papel sin dejar un resquicio, al igual que sucedía con los anuncios del lado contrario. Toda la superficie estaba cubierta de caracteres pequeños y apretujados. Aquella letra ligeramente inclinada hacia arriba me producía una inmensa nostalgia. Era el mismo tipo de letra que alguien utilizó cuando me enseñó a escribir.

Recibía carta de mi padre después de dos años.

Aquella tarde había quedado con mi novia por primera vez en varios días pero, a pesar del tiempo que llevábamos sin vernos, el ambiente se terminó enrareciendo por una tontería (me puse a criticar una serie de televisión que ella estaba ansiosa por ver). Entonces, al regresar hastiado a casa cerca de la medianoche, me encontré con una carta en el buzón.

La vivienda de apartamentos donde resido se llama Mitake-so (la casa de los hermosos bambúes), pero no hay nada en ella que recuerde el fresco verdor de los bambúes ni el vigor con que estos crecen apuntando a las alturas. Más bien, el aspecto que presenta es el de un conglomerado de color rojo óxido manchado de un hollín grisáceo que quizá proceda de alguna chimenea cercana. Es un edificio pequeño, que recuerda a un taller de fabricación de planchas de metal. Supuse que el nombre de Mitake guardaría alguna relación con el apellido del casero, que bien podría ser Takeda o algo así, pero cuando fui a saludarlo resultó que se llamaba Okubo, por lo que sigo sin saber el motivo. Los buzones de los vecinos están todos alineados en un espacio común a la entrada de la casa y uno debe recoger allí su correspondencia delante de todo el mundo.

—Aquí no hay ninguna intimidad —protestó una vez mi novia.

Pero como no tengo nada que ocultar, no me importa que me vea la gente.

El caso es que, por lo general, la correspondencia que recibo son facturas de servicios como gas, agua y luz, junto con alguna esporádica carta de mi madre (que vienen en un sobre color rosa en cuyo reverso hay unas letras montadas en la línea de cierre que dicen «precintado» y pone «Mamá», lo cual me hace sentir vergüenza), y después notificaciones de la universidad advirtiéndome de que no asisto suficientes días a clase y que, de seguir así, no me graduaré.

Por eso, cuando vi aquel sobre marrón, con obvia y desmañanada letra masculina en el que ponía «A la atención del Sr. Kaoru Hasegawa», tardé unos segundos en asimilar que se trataba de una carta dirigida a mí.

Miré el reverso del sobre antes de meterme en mi habitación y, en cuanto lo vi, sufrí un acceso de hipo irrefrenable. Me sucede a menudo cuando algo me sorprende.

En el reverso ponía: Akio Hasegawa.

Pero además estaba escrito el habitual «precintado» y, al final del texto de la carta se añadía: «Para fin de año vuelvo a casa. Tu padre».

El hipo se cortó en seco. Me sucede cuando la sorpresa es demasiado fuerte.

Mi novia y yo habíamos decidido pasar juntos el fin de año. No era que tuviéramos ningún plan concreto, pero ella dijo: «Quiero que comencemos juntos el nuevo año sin falta».

Como no tenía nada especial que hacer y ella había cambiado su peinado por uno que me gustaba bastante, le dije que sí sin pensarlo demasiado. Pero en el momento en que acabé de leer aquella carta me avergoncé de mí mismo al descubrirme buscando una excusa que ponerle.

«Me gusta tanto tu nuevo peinado que me han entrado ganas de cambiar tambien el mío. Lo que pasa es que el único peluquero de confianza que conozco está en el pueblo de mis padres. Al fin y al cabo, me ha estado peinando desde que era un niño».

«Como dices que te disgusta el dialecto de Kansai, hablo en el japonés común, pero en realidad me siento más cómodo de la otra manera. Por eso me apetece volver unos días allí y hablar en mi dialecto todo lo que quiera. Ya sabes, *maido, maido** y esas cosas...».

Pensaba en este tipo de excusas cuando, al recoger la llave de la bicicleta, se me ocurrió la siguiente:

—Me han entrado ganas de ver a mi perro.

Mi perro se llama Sakura.

Es un perro mestizo, blanco con manchas negras, de un tamaño como el de una aspiradora mediana y, dado que el extremo de las patas también es negro, parece que fuera calzado con botas. En la punta del morro tiene puntitos negros como cáscaras de algún cereal por lo que ni como mero cumplido se puede decir que sea un perro bonito. Aunque es hembra, si no dices a nadie que se llama Sakura todo el mundo piensa que es macho, hasta tal punto llega su aspecto taciturno. Pero en momentos como cuando se rasca el cuello suavemente con la pata trasera o cuando camina despacio olfateando la tierra con aire arrogante, es por completo como si fuera humana, una chica elegante, vulnerable pero a la vez vigorosa, y esa sensación que transmite me gusta.

Este año ha cumplido doce, por lo que para una perra ya es como si fuera una abuelita.

---

* Imitación de un comerciante de Osaka dando las gracias.

La idea de ir a verla la puse como excusa, pero una vez que lo dije realmente no podía quitarme a Sakura de la cabeza. Cuando comienzo a recordar el tacto un tanto áspero del pelo del lomo de Sakura bajo mi mano, la sensación al apretar suavemente las almohadillas de sus patas, o la tensión de los músculos de sus cuartos traseros en el instante en que echa a correr, me siento incapaz de aguantar las ganas de verla.

¡Tengo que ir a ver a Sakura!

Parecía como una misión que me hubiesen encargado.

—Al final, es cuestión de cómo se muerde. Nos parece que mordemos de una manera normal, pero los dientes no coinciden exactamente. De jóvenes da lo mismo, porque somos fuertes y podemos cargar con cosas pesadas. Aquí donde me ves, antiguamente salía a menudo de viaje cargando con la tabla de esquí. Pero cuando llegas a nuestra edad, con más de cuarenta o cincuenta años, y llevamos todo el tiempo mordiendo con los mismos dientes, ya no es posible hacer fuerza. Lógico que el cuerpo te falle.

El porcentaje de ocupación en los expresos Shinkansen durante las fiestas de fin de año es del 200%. Debido a ello, en las tres horas que dura el trayecto entre Tokio y Osaka tuve que estar todo el tiempo con el cuerpo pegado a unos desconocidos.

Ante tal situación, no tardé en sentirme mal y, mientras esperaba turno para entrar en los aseos, tuve que escuchar la conversación de dos señoras mayores que estaban junto a los lavabos de fuera aseándose las manos. Cada vez que el Shinkansen se balanceaba, nos agarrábamos unos a otros del hombro, pero estábamos todos tan cansados que no le dábamos importancia.

—Así que, todo eso que dices de que ya no puedes cargar con una mochila o levantar el brazo por encima del hombro, ¿no será una tendinitis debida a que no muerdes bien?

—Yo todavía conservo las muelas del juicio.

—¿Las muelas del juicio? Mal, mal, muy mal. Es como si fueran dientes muertos.

—En Japón se llaman «dientes de padre desconocido», pero yo a mi padre sí lo conozco.

—Las muelas normales son lo más importante. Si las muelas encajan bien al morder, la columna vertebral permanece recta y los hombros se relajan. ¿Cuántas muelas del juicio tienes?

—Pues todas.

—Mal, te digo que muy mal. Los humanos ya no necesitamos esos dientes, son como la cola. Por culpa de ellas, no puedes morder bien con las muelas corrientes.

—Pero es que debe doler lo suyo que te las quiten.

—No puedo creerlo. ¿Has parido tres hijos y te va a doler ahora que te quiten una muela?

—Cuatro hijos.

—Pues comparado con dar a luz, quitarse una muela es como quitarse la porquería del ombligo.

—¿La porquería del ombligo?

—Eso es.

Por fin llegó mi turno de entrar a los aseos y comencé a vomitar copiosamente. La combinación del bamboleo del tren con la particular estrechez producía un olor como el de una arrocera que lleva mucho tiempo sin usar, y eso irritaba todavía más mi estómago. El bollo de crema o los doritos que tomé como desayuno iban siendo tragados por el retrete. Vomitar es algo que no me cuesta en especial. Si, cuando voy a beber alcohol con los amigos, comienzo a sentirme un poco mal, me meto los dedos en la garganta para vomitar y lo mismo si como demasiado. Un amigo se preocupó por mí preguntándome si sufría de anorexia, pero para mí es una conducta que no tiene nada de especial. Es como si fuera un rito para volver a estar en condiciones. Una vez que expulso todo lo que tengo en el estómago, siento como si me hubiera reprogramado. Si fuera posible, me gustaría frotar con una esponja mi esófago, mi estómago y mis intestinos pero, como no puedo hacerlo, pues vomito. Hace poco mi novia me dijo que le habían contado que en cierto sitio hacían limpieza intestinal y estaba de tan buen humor que se ofreció a pagar mi parte si íbamos juntos, pero debido al enfado que le produjo mi decisión de volver a casa de mis padres por el fin de año, me temo que todo se va a ir al garete. En pocas palabras, no le pareció admisible el motivo de que quisiera ver a mi perro. Al final, después de un aluvión de quejas, me miró con ojos llorosos y dijo:

—¿Quién es más importante para ti, el perro o yo?

Llegados a tan incómodo punto, opté por no contestar. En mi fuero interno me decía: *Menuda impertinencia. Entre pasar el Año Nuevo jugando con Sakura y pasarlo con esta, obviamente es mejor lo primero.* Pero, claro, aunque pensara así, a ella no se lo dije. Después de mucho discutir, logré apaciguarla comprometiéndome a comprarle un bolso nuevo a primeros de año. Nunca consigo ahorrar.

—Como te digo, nos parece que mordemos de una manera normal, pero los dientes no coinciden exactamente.

Incluso después de salir de los aseos, las dos señoras continuaban con el mismo tema. La del «mal, mal, muy mal» le insistía a la otra apasionadamente en la necesidad de que se extrajera las muelas del juicio. Cuando me abrí paso entre las dos para lavarme las manos, me echó una rápida ojeada, pero enseguida volvió a sumirse en su conversación.

—¿Verdad que es un fastidio? Tener que usar dentadura postiza o algo así.

—Sí, claro.

—Te meten un diente ahí en la boca.

—Lo encajan de alguna manera, ¿no?

—Desde luego, no me gustaría.

Cuando metí la mano en el bolsillo para buscar un pañuelo, toqué un envoltorio de papel.

—Si llegas a ese punto, ya solo puedes comer cosas blandas, como plátanos o tofu.

Ahora que lo decía, en mi bolsillo se alojaba uno de esos plátanos de color desvaído.

—Eso sí que sería un fastidio. Odio los plátanos.

El tren Shinkansen, ajeno a nuestras emociones, cruzaba a toda pastilla entre los campos y los edificios. Era como si quisiera despojarse de algo molesto dejándolo atrás. Al final, en todo el tiempo que duró el trayecto hasta Osaka, no pude sentarme ni una sola vez.

CATARATAS

Mi casa quedaba en una zona residencial nueva de las afueras. Bueno, era una de esas urbanizaciones a las que aunque pasaran diez o veinte años se las seguía llamando «nueva», un lugar de lo más desangelado y ya acusando el desgaste. Puesto que carecía de una historia lo suficientemente larga, no existía tampoco empatía alguna entre los residentes. Aun así, conocía a algunas personas que llevaban más de una década viviendo allí, por lo que tampoco podía decirse que las relaciones entre los vecinos fueran inexistentes. Unos y otros, por ejemplo, conocíamos el nombre del perro del contrario o a qué curso de la escuela iban los niños. En mi caso, todos sabían que hace unos tres años faltaba el padre de casa, pero ignoraban si se había producido un divorcio o si se trataba de que lo habían destinado a trabajar a alguna ciudad lejana.

Comparada con el recuerdo de antaño, la casa me parecía ahora un poco más pequeña.

Las flores dispuestas como adorno estaban en su mayoría resecas como una momia, pero de vez en cuando destacaba entre ellas alguna de coloración tan vívida que, además de sorprender, rompía el equilibrio. Por otra parte, la placa de la entrada con el apellido familiar no era de madera como se acostumbra, sino de mármol o de algún material reluciente similar que diferenciaba el lugar del resto de las casas, produciendo cierta incomodidad. Es una comparación extraña, pero daba la sensación de ser una casa embutida en un traje demasiado pequeño.

Nada más abrir la puertecita de la valla se encontraba uno con un par de escalones que conducían a la entrada del recibidor. La caseta de Sakura estaba en el jardín trasero, así que para llegar allí había que torcer hacia un lateral y dar media vuelta a la casa. Como no me apetecía entrar sin más en la casa, decidí que iría primero a ver a Sakura.

Mientras atravesaba el estrecho espacio lateral que conducía a la parte trasera llamé «¡Sakura!», pero ella no se dejaba ver. Antes, cuando la llamaba, siempre aparecía por alguna parte agitando el rabo y con cara de estar diciendo: «¿Me llamabas a mí?».

Al doblar la esquina llamando una vez más a Sakura vi a mi madre trabajando en el jardín. Estaba en cuclillas, de espaldas a mí. Y había engordado mucho. La carne se acumulaba en torno a su cintura y, como si fuera incapaz de soportar el peso, colgaba de tal manera que el trasero casi rozaba el suelo. Hasta los torcidos tobillos estaban rodeados de grasa y, debido a ello, los pies parecían muy pequeños. Yendo de la cabeza a los pies, no se veía ninguna línea de separación, y no solo eso, sino que la figura se iba ensanchando hacia abajo por lo que comenzó a recordarme algunos objetos. Ciertas botellas de whisky u otros licores occidentales, un gran nabo a punto de ser cortado, una calabaza de Halloween...

Me pareció como si hubiera perdido la oportunidad de llamarla y me quedé mirando en silencio sin saber qué hacer. El sol de poniente incidía sobre mamá de manera que su sombra se alargaba hacia mí. En lugar de dirigirle la palabra, de vez en cuando le daba una patadita a aquella sombra, pero mi madre continuaba su trabajo sin darse cuenta para nada de mi presencia, enfrascada en alguna tarea con un ahínco tal que parecía respirar con los hombros.

Debía de llevar unos cinco minutos en aquel estado de incertidumbre cuando por fin mi madre se volvió hacia mí.

Ya me había dado cuenta cuando la vi de espaldas, pero el caso es que mi madre llevaba anudada una bandana de flores en torno al rostro. Ahora que se daba media vuelta hacia mí advertí que sus mejillas estaban tan rojas como las flores de aquella bandana. Estando a contraluz y en la hora del atardecer era difícil de apreciar, pero me pareció que me sonreía.

—¡Bienvenido a casa!

—¿Qué hay?

Los dos nos quedamos en silencio, sin saber muy bien qué decir después. Como si estuviera buscando las palabras, mamá se quitó los guantes manchados de barro y luego se los volvió a poner. La sombra de mamá se movió pesadamente y ahora me tocaba a mí ir detrás de ella.

—Oye, ¿dónde está Sakura?

—¡Ah, Sakura! —contestó con una voz tan alta que casi me hizo recular—. Esa chica, últimamente se pasa casi todo el tiempo ahí.

Mi madre, con aspecto de alivio, señaló hacia el rincón donde estaban las tres bicicletas en las que montábamos los hermanos cuando eramos niños.

Al principio no pude ver nada por culpa de la funda que cubría las bicicletas, pero fijándose bien se advertía que debajo de la bicicleta roja de Miki asomaba una de las patas de Sakura. Aquellas encantadoras almohadillas carnosas que tanto echaba de menos se veían ahora indefensas, vueltas hacia mí.

—Pero ¿no tendrá frío ahí? ¿No estaría más calentita en la caseta?

—No, no. Por lo visto las fundas de las bicicletas la protegen del viento y el lugar es acogedor. Por cierto, Sakura se ha vuelto bastante dura de oído, por lo que si no te acercas a ella y la acaricias con suavidad, no se dará cuenta de que estás aquí.

A pesar del frío que hacía, mi madre estaba sudando. Y no era que sudara un poquito, sino que sudaba a mares, como si se hubiera dado una carrera en pleno verano. Y como encima se iba enjugando el sudor con los guantes, su cara terminó embarrada en un santiamén.

Cuando di unos pasos hacia Sakura escuché a mi espalda la voz de mi madre:

—Suavecito, ¿eh?

—Sakura...

La llamé, pero no se levantaba. Estaba durmiendo con la boca abierta, como si estuviera muerta. Sentí cierta intranquilidad pero en cuanto me di cuenta de que el pecho del animal subía y bajaba rítmicamente, me tranquilicé y volví a llamarla. Pero, aun así, no se despertó.

Entonces, le acaricié la barriga sin mayor prolegómeno y al principio, como si fuera un reflejo condicionado, agitó el rabo a la vez que despertaba. Pero, en cuanto me olió y lo identificó como un olor familiar, ahí comenzó a mover el rabo con verdadera alegría.

Sakura tenía ambos ojos blanquecinos por las cataratas y seguramente solo captaba una imagen mía muy borrosa. Pero aun así, restregó su cabeza contra mis rodillas.

—Eh, tú, ¿recuerdas quién soy?

Dicen que los perros envejecen más deprisa que los adultos y, aunque era consciente de ello, al ver a Sakura envejecida de un modo tan repentino sentí una enorme lástima por ella y le acaricié enérgicamente una y otra vez la cabeza, la barriga o las patas. A Sakura parecía gustarle que la acariciasen con fuerza y se revolvía como diciendo «ahí, ahí, justo ahí». Cuando le acaricié la juntura de las patas traseras con el cuerpo, tembló un poco mientras asomaba los dientes y la expresión que adoptó en esos momentos era tan grotesca que no pude menos que echarme a reír.

—Sakura, que eres una chica...

Sakura volvió a menear el rabo ante mi comentario. Había adelgazado mucho.

De vez en cuando mi madre interrumpía sus tareas y resoplaba sonoramente. Sentí un olor a tierra nueva y me sorprendió el ruido que levantó un grupo de hojas de membrillo al desprenderse al unísono.

—¡Tu padre ha vuelto a casa!

¿Seguiría sonriendo mi madre?

PEDICURA

El interior de la casa apenas había cambiado desde la última vez pero, por ejemplo, ahora la televisión era de las más modernas, una de esas estrechas y planas, de gran tamaño. En la pared sobre la televisión siempre había colgada una foto de toda la familia reunida. Antes, todos los años, en la época en que el jardín estaba más bonito, que era a principios de verano, íbamos todos afuera para hacer una foto de recuerdo. La hacíamos programando el temporizador pero, por más que lo intentábamos, Sakura no se quedaba quieta mirando a la cámara. Alguna vez que miraba y nos parecía que lo íbamos a conseguir, se volvía hacia nosotros justo en el momento en que entraba en acción el disparador y nos echábamos a reír. Por eso, en aquellas fotos conmemorativas nuestras, Sakura siempre aparece movida o bien mirando hacia otro lado, y en cuanto a los «rostros humanos», lucen unas expresiones bastante raras.

Miki estaba sentada en el sofá pintándose las uñas de los pies. Eso que llaman «pedicura». Mi novia también lo hace, pero se aplica un esmalte lleno de puntitos relucientes y, como tiene rota la uña del dedo menor, el aspecto es bastante cruel.

—Bienvenido a casa.

Miki me saludó sin levantar la vista, pero aun así me pareció mucho más bonita que antaño. El rojo intenso de la pedicura contrastaba con la blancura de sus pies. El rojo parecía cubrir casi todo el meñique. Un rojo demasiado rojo.

—Aquí estoy otra vez.

Me quedé unos segundos de pie, todavía con la mochila colgada, y entonces Miki me miró por primera vez. No sonreía en absoluto pero, tal y como me había parecido, estaba muy bonita. Aquellos ojos a los que les iba perfectamente el adjetivo «almendrados» y la nariz recta y un poco aguileña. Pero lo más atractivo del rostro de Miki era su boca. Parecía un flotador encarnado que hubiesen arrojado al mar, lustroso y como a punto de reventar, con las comisuras de los labios siempre apuntando un poco hacia arriba.

«Está bien, te perdono».

Seguro que le pegaría decir algo así. Se había dejado el pelo bastante corto, como si fuera un chico, pero eso también le daba un aire muy coqueto.

Tras un último vistazo cargado de extrañeza hacia ese hermano que estudiaba con tanta atención su rostro, Miki cerró la tapa del bote de esmalte.

—¿No te sientas?

En el reposabrazos del sofá se distingue todavía la marca de un garabato que hice de niño. Bueno, no llegaba a más porque consistía simplemente en el signo del fonema «a» escrito con rotulador a gran tamaño. Pero además estaba pintado del revés, como la imagen en un espejo. De pequeño, mi padre me enseñaba a escribir algunas letras sencillas pero yo siempre escribía las «aes» del revés. Como por más que me insistía yo las seguía escribiendo igual, un día papá me dijo:

—Kaoru, prueba a escribir del revés lo que a ti te parece que es una «a».

A partir de entonces, conseguí trazar correctamente la «a» pero algo me dice que esa manera de enseñar infundió en mí una base de juicio errónea. Después de aquello, adquirí el extraño vicio de hacer lo contrario de lo que me parecía correcto… Por ejemplo, siempre tengo dudas a la hora de escribir el ideograma de «corto». No estoy seguro de si el signo de «flecha» va a la izquierda o a la derecha del que corresponde a «judía». Entonces, siguiendo aquellas directrices de mi padre, lo escribo de la manera contraria a como me parece que es. Y, claro, está equivocado. A pesar de que creo que «flecha» va en la mitad izquierda, no puedo evitar escribirlo en la derecha. Incluso en momentos de la vida corriente si, por ejemplo, me apetece tomar un café, de pronto me paro en seco y me digo: «Un momento; a lo mejor un instante después lo que me apetece es algo diferente». Y al final termino pidiendo un té verde u otra cosa. Acto seguido, cuando el empleado me pone delante esa bebida que no me apetece en absoluto, caigo en la cuenta del error, pero me da tanta rabia que me la tomo, aunque no la quiera. Y después me compro el café. Nunca consigo ahorrar.

Pues bien, a pesar de esa particularidad mía, el día en que me decidí por Sakura fue el único en que tuve la sensación de haber hecho la elección que en el fondo de mi corazón consideraba correcta. Ciertamente, en aquella ocasión no me equivoqué.

La primera vez que vi a Sakura en una casa del vecindario debía de ser un cachorro de unos dos meses, uno entre cinco, el más pequeño de todos, el más delgado y el de apariencia más débil. Los otros cuatro cachorritos, en cuanto nos acercamos a verlos, echaron a corretear hacia nosotros por el jardín agitando alegremente sus rabitos, dando vueltas en torno a nuestros pies buscando una caricia, pero Sakura se quedó quieta en un rincón, limitándose a mirarnos.

Miki quería uno gordito y completamente blanco, el más gracioso de todos pero, por algún motivo inexplicable, a mí me atraía Sakura. Aun cuando me acerqué a ella, continuó sin mover un músculo, y cuando la tomé en brazos lo único que hizo fue alzar la vista hacia mí con inquietud, sin agitar tampoco el rabo. Sus orejas parecían como dobladas y de vez en cuando hacían un breve movimiento, similar a una pulsación, quizá porque estaba atenta a algún sonido. Acerqué mi rostro al suyo y me devolvió la mirada clavándome sus ojos con extrañeza. A veces movía la cabeza bruscamente y se quedaba con la mirada perdida en algún punto lejano, con cierto aire nostálgico, y pensé que debía de sentirse muy solitaria. Sus ojos estaban húmedos y brillaban de un modo peculiar.

La señora de la casa, que me veía incapaz de separarme de Sakura, comentó:

—Ese cachorrillo es tan tranquilo y débil que seguro que los otros se comen toda su ración.

Me gustó que dijera aquello.

A Miki también le gustaba mucho el perrito blanco, por lo que insistió en que se lo quería llevar consigo, pero yo me negaba a dar mi brazo a torcer y quería a Sakura. Al final, no sé por qué, pero llegué a la conclusión de que tenía que ser necesariamente Sakura. Así me pareció.

—Elijo este. Deme este, por favor.

Miki se pasó enfurruñada todo el camino de vuelta e iba arrastrando los pies detrás de mí. De vez en cuando recogía un palo y lo pasaba por las paredes o los cercados levantando un molesto *taca-taca-taca*. Es una de las típicas reacciones de Miki cuando está de mal humor. No protesta verbalmente, pero a cambio de ello expresa sus sentimientos armando ruido. A veces su enojo consiste en dar patadas a alguna lata o botella que encuentra tirada por ahí, otras en ponerse a abrir y cerrar una puerta que rechine pero, en cualquier caso, se trata de hacer un ruido molesto a oídos ajenos, así que cuando ese día le tocó el turno al *taca-taca-taca* del palo me daba cuenta perfectamente de lo muy contrariada que estaba. De hecho, fue Miki quien empezó a decir que quería un perrito y quien se encargó de convencer a nuestra madre, que intentaba en vano explicarle las muchas molestias que conlleva criar un ser vivo.

En suma, que la opinión de Miki es que era ella quien tenía derecho a elegir el perro y que en cambio yo, que simplemente había ido a acompañarla medio a rastras, había terminado por escoger aquel cachorro debilucho, ignorando por completo su preferencia.

Lo normal era que yo no hiciera ni caso de ese tipo de quejas de mi hermana, pero aquella vez no podía evitar sentirme un poco mal, por lo que le dije:

—Miki, abrázala tú. Esta pobre es tan pequeñita y tan mona...

Y alargué el cachorrito hacia ella. Al principio apartó la vista y negó mi ofrecimiento con un: «No quiero. Es muy debilucha».

Sin embargo, pasado un tiempo, vi que el sonidito *gata-gata-gata* del palo era cada vez más débil, así que le insistí otra vez con más énfasis.

—Venga, Miki, llévala en brazos.

Miki fingió dudar y al final, todavía con expresión malhumorada, recogió a Sakura entre sus brazos.

Acomodada entre los bracitos de Miki, Sakura parecía todavía más desvalida. Quizá fuera una impresión mía, pero parecía estar temblando un poco. Sin embargo, cuando Miki acercó el rostro a su cuerpo con intención de olerla, curiosamente, comenzó a mover débilmente su delgado rabito. Fue un movimiento tan minúsculo como el de la última gota que cae de un vaso que ya está prácticamente seco, y durante un instante casi me olvidé de que los perros mueven el rabo cuando están contentos.

—Este bicho, cuando lo llevaba yo en brazos no movía la cola, y ahora contigo sí lo hace. Estoy seguro de que le gustas.

Se lo dije por intentar que dejara de estar enfadada, pero parece que a Miki le gustó la observación y enseguida se puso de excelente humor.

—Claro, es que entre chicas nos entendemos.

Con aire muy ufano empezó a frotar la frente contra la barriguita de Sakura y entonces el animal puso cara de que le estaban haciendo cosquillas y se animó a mover el rabo con un poco más de energía que antes.

En ese momento, algo diminuto y de color rosa cayó revoloteando del cuerpo de Sakura.

—¡Ah…!

Todavía con Sakura en brazos, Miki se agachó y vio que era un pétalo de flor muy muy pálido, tan fino que si se veía al trasluz casi desaparecía.

—¿De qué flor será esto? ¿Verdad que es bonito?

Miki colocó el pétalo en la palma de mi mano y se quedó mirándolo pensativa pero, finalmente, sonrió y dijo:

—¡Es de cerezo! Ha nacido de este cachorro, porque es hembra. ¿No lo sabías? Las chicas llega un momento en que parimos niños pero seguro que como esta perrita todavía es muy pequeña solo puede parir pétalos de cerezo. Ya tengo nombre para ella. La llamaremos Sakura*. Normal, ¿no? Porque de ella nacen pétalos de cerezo. Sakura. ¿Verdad que es un bonito nombre? ¿Estás contenta tú también?

Sakura parecía abrumada ante el continuo restregar de las mejillas de Miki contra ella.

—Sakura.

Al oír a mi hermana llamarla así, me pareció que era un nombre de lo más adecuado para aquel cachorrito que nos estuvo mirando inquieto desde un rincón del jardín. Sí, no estaba nada mal.

—¡Sakura, Sakura!

Miki, de un humor realmente excelente, seguía caminando con Sakura en brazos pero, dado lo pequeño que era el cuerpo de Miki, más bien cabría decir que cargaba con el animalito con todas sus fuerzas. Debido a ello, la falda se le subía y se le veían las braguitas. Como yo caminaba detrás, había visto que aquel pétalo se había pegado por casualidad a la cola del cachorro y además que tampoco era de cerezo, pero decidí que era mejor no decir nada.

Mi hermanita tenía seis años y yo diez. Cuando uno cierra los ojos y recuerda, a veces surgen escenas felices de su niñez. En mi caso, esta es una de ellas.

---

* Sakura significa «cerezo» o, por extensión, «flor de cerezo».

Mi hermanita caminando mientras se le subía la falda y yo siguiéndola unos pasos detrás. Una familia un tanto peculiar que nos espera en casa y el cuerpecito caliente y todavía tembloroso de Sakura entre los brazos de Miki. El sol de primeros de verano, todavía un poco indeciso, anunciaba el comienzo de la estación estival y proyectaba nuestras sombras sobre la cuesta que conducía a nuestro hogar. Todo de una manera tan nítida que se diría el recuerdo de alguna otra persona.

Una especie de globo de calidez envolvía a nuestra familia. Era una presencia latente, ignorada por todos, que, como un café en una fría madrugada o una cabina telefónica en un día de lluvia, nos proporcionaba calor y nos protegía.

En aquellos tiempos nunca sentimos que nos faltase de nada.

—¡*Waa*, qué calentito se está dentro de casa!

Mi madre, como de costumbre, hablaba en voz muy alta. Tenía la suficiente energía como para hacer descarrilar la circulación de mis pensamientos.

En parte es culpa de que está demasiado gorda, pero el caso es que la temperatura corporal de mi madre es alta y de alguna manera desprende a su alrededor un tipo de agradable calidez que, cuando en días fríos de invierno como este entra de repente en una habitación cerrada, es como si hubiera traído con ella todo el calor del planeta. Un calorcito agradable, tibio. La prueba es que Miki me miró y, por primera vez, sonrió.

—Hace un buen tiempo que no os veía a ninguno de los dos por aquí, ¿eh? —dijo nuestra madre con expresión alegre mientras se ponía aquel mandil que tan bien recordaba.

Tenía unos tirantes verdes y el dibujo de un perro bordado. Aparte, tenía cosidos unos apliques de letras redondeadas con el nombre de SAKURA, pero la última A estaba medio descosida y a punto de desprenderse. Aquellas letras las había hecho

Miki durante las clases de Hogar de la escuela secundaria. Lo recuerdo bien porque en aquel entonces me preguntó:

—¿Sakura se escribe con «r» o con «l»?

Aun a día de hoy no entiendo la diferencia de pronunciación entre *sakura* y *sakula* pero tengo la imprecisa sensación de que la manera más adecuada de escribirlo en alfabeto es *sakura*.

—Kaoru, ¿hay alguna cosa en especial que te gustaría comer hoy?

Se me ocurrieron varios platos que me apetecería comer, pero pensé que, total, ya debía de estar todo decidido de antemano, así que opté por resignarme.

—No, nada en particular.

—Bueno, la verdad es que ya tengo el menú decidido. Vuestro padre ha dicho que, ya que se reunía toda la familia, lo mejor era una caldereta.

Después de decir aquello, nuestra madre prorrumpió en unas risitas y, canturreando algo, se puso a preparar la cena.

No sé si el motivo fue ver a mamá canturreando tan contenta, o pensar en papá que, después de tantos años sin volver a casa, se preocupaba por cuál sería el menú que comeríamos juntos, o quizás el hecho de haber visto a Miki haciéndose la pedicura como si hubiera olvidado las letras que cosió en el delantal, pero lo cierto es que me invadió una profunda tristeza y me vi impelido a cerrar los ojos. En mis pupilas se conservaban todavía las últimas imágenes de la televisión, que me producían un cosquilleo en la cara interior de los párpados.

—Pues sí que se parece, sí.

—Incluso, si te dicen que es él, te lo creerías.

—¿No lo han abordado nunca pidiendo un autógrafo, o algo así?

—Sí, la verdad es que sí, varias veces.

—Ya me imaginaba. Y si no te lo avisaran, dirías que es el mismo. El parecido es increíble.

En la televisión estaban emitiendo el típico programa especial de variedades de fin de año que duraba todo el día. Un tipo más o menos guapo, con cierto aire *retro*, aparecía rodeado de público mientras contestaba las preguntas con una sonrisa forzada.

—Póngase un momento de perfil, por favor.

—¡Ooh! ¡Cómo se parece!

—¡Esto es demasiado!

Miki ponía cara de fastidio.

—Pero ¿se puede saber a quién se parece ese hombre?

La verdad es que yo tampoco lo sabía. Apenas veo la televisión y me cuesta recordar las caras de la gente.

—Ni idea.

Miki, prácticamente sin esperar mi respuesta, ya estaba cambiando de canal.

Me encontraba divagando mientras veía cómo la pantalla iba saltando de un canal a otro cuando se oyó el ruido de la puerta al abrirse. Miki se apresuró a apretar el botón para subir el volumen y entonces advertí que nuestro padre estaba de pie junto a nosotros.

—¿Qué tal? Hace frío, ¿eh?

A juzgar por lo débil de su voz tuve la seguridad de que papá debía de haber adelgazado mucho, por lo que de pronto me entraron ganas de llorar pero, por algún motivo, no quería girarme hacia él.

—Desde luego, nunca he visto un parecido tan exagerado como este.

—Cierto, yo tampoco.

Después de tanto cambiar de canal, volvíamos a estar en el mismo de antes.

—Dicen que todos tenemos al menos otras dos personas idénticas en el mundo. En el caso de este hombre, debe de ser uno de esos dobles.

LA CENA DEL REENCUENTRO

Para la cena del reencuentro, caldereta. Molestaba el hecho de que se tratara de una decisión tomada unilateralmente por nuestro padre, pero la verdad es que era una buena idea. Una elección muy adecuada. Gracias al suave borboteo de la marmita de barro sobre la mesa, se eliminaba la incomodidad de los posibles silencios y, como además estaba montada sobre un hornillo, la altura alcanzada permitía evitar una visión demasiado directa de los rostros de los demás.

Mamá y Miki se sentaron rápidamente en los lugares que les solían corresponder y se dedicaron a ir echando las verduras en la marmita. Papá y yo nos sentimos incapaces de decidir en qué sitio se sentaba cada uno y al final, como avergonzados, terminamos por colocarnos en el orden en que lo hacíamos antiguamente. Pero enseguida me pareció que aquello había sido un error. Mi asiento quedaba justo enfrente del de papá y quedábamos obligados a compartir el cazo de servir o los condimentos. Se me ocurrió que quizá también me pediría que le sirviera cerveza y andaba preocupado por ello cuando sonó la voz de mamá.

—Pero, Kaoru… Sírvele de una vez la cerveza a tu padre.

Papá, con expresión sorprendida, nos miró a mamá y a mí por turnos y dijo:

—No, no, no pasa nada. Ya me sirvo yo mismo.

Como no quería seguir escuchando aquella voz rasposa y el gesto servil de la mano delante del rostro moviéndose de modo negativo, abrí una lata de cerveza y vertí el líquido con ímpetu en su vaso. Papá se apresuró a agarrar el vaso, pero llegó tarde y parte de la cerveza se derramó sobre la mesa y después le cayó un poco también en el pantalón.

—¡Ay! Con lo difícil que es quitar las manchas de cerveza…

Mamá trajo una servilleta a toda prisa y se puso a frotar con ella el pantalón de papá que, avergonzado y cabizbajo, repetía una y otra vez:

—Lo siento mucho, lo siento mucho…

Mamá, en un esfuerzo absurdo, continuaba restregando la servilleta contra el pantalón mientras que Miki, por su parte, seguía añadiendo verduras a la marmita a pesar de que se encontraba ya a punto de rebosar. La caldereta olía muy bien, pero nadie comía.

Pensé que por lo menos yo debería hacer el esfuerzo de comer algo pero, por motivos inexplicables, sentía como un nudo en la garganta que me quitaba las ganas de tragar nada. Entonces me entraron unos irrefrenables deseos de fumar y busqué en mi bolsillo el paquete de Marlboro, pero no tardé en recordar que lo tenía en la chaqueta y me di por vencido.

Aunque no había tomado ni una gota de cerveza, de pronto Miki soltó un eructo y dijo:

—Ah, mierda.

Ante nosotros bullía la caldereta del reencuentro.

Para cuando acabaron aquellos «lo siento mucho» de papá, comenzamos a comer aquellas verduras reblandecidas de una caldereta que llevaba demasiado tiempo cociéndose. Mamá comía a un ritmo escalofriante. Su velocidad era tan increíble que durante unos momentos me quedé pasmado mirándola con la lata de cerveza en la mano.

Al observarla flotó en mi mente la imagen de un «camión aspirador», pero enseguida me dije que la comparación era demasiado cruel. Aun así, no encontré nada que se ajustara mejor.

Miki, que ya estaba más que acostumbrada a ver a mamá comiendo así, de vez en cuando decía:

—Mamá, ¿estás masticando bien al comer?

Pero, aparte de esos comentarios, comía en silencio. Papá parecía también fascinado por la manera de comer de mamá y, con los palillos en la mano, echaba ojeadas discretas hacia ella.

Así, con todo lo que contenía aquella caldereta desapareció antes de que nos diéramos cuenta.

Pese a ello, parece que mamá consideraba que no habíamos comido suficiente y, para nuestra sorpresa, se dispuso a añadir arroz al caldo restante para tomarlo como sopa.

Me encontraba absorto en el recuerdo de aquella sensación tan particular que experimentaba en los momentos en que el vómito atravesaba la garganta en su camino hacia el exterior, cuando de pronto Miki dijo:

—Vamos a meter a Sakura en casa.

Sakura, sorprendida de que la dejaran entrar a unas horas tan inesperadas, se metió bajo la mesa con aire entre desganado y somnoliento.

Miki, sentada detrás suyo, comenzó a darle palmaditas con ambas manos en el trasero mientras decía «¿tienes frío, verdad?». Sakura parecía contenta con los golpecitos, ya que se puso a menear el rabo, y como a Miki le gustaba la perra sin remedio, se puso a darle palmadas por todo el cuerpo. En ese momento Sakura, con un sonoro *buuaaah*, exhaló un aparatoso bostezo.

—Puaj, te huele el aliento…

A pesar de sus palabras, Miki, con modales nada refinados, se tumbó en el suelo y se puso a acariciar al animal, pero entonces Sakura expelió una ventosidad. El disgusto fue general, pero nos hizo gracia y nos echamos a reír. Papá, al tiempo que se reía, dijo: «Sakura, cómo apesta». Y yo, en un acto reflejo, añadí: «¿Verdad?». En el instante en que lo hice me arrepentí, pero justo después mamá dijo:

—Será que Sakura está contenta porque nos hemos reunido todos. ¿Verdad que sí, pequeña?

—¿Y por eso se tira pedos? —pregunté riendo.

Papá nos miraba con intensidad y mamá comenzaba a repartir la sopa de arroz. Sakura dejó que todo el mundo la mimase por turnos y finalmente emitió un bufido parecido a una risa.

Desde hace ya un buen rato, la única que hablaba de los que nos sentábamos a la mesa era mamá.

—Oye, Miki, cuéntales eso que oímos una vez en la tele. Aquello de que las células cambian si se toma alcohol.

—Kaoru, ¿quieres un poco de bizcocho? ¿Te gustaba el bizcocho con gránulos de azúcar pegados, verdad? ¡Me ha costado mucho encontrarlo!

—Los vecinos de al lado también tienen un perro. ¿Cómo se llama esa raza? Tienen las patitas cortas… Ah, sí, ya lo tengo, un *polly*.

Seguramente quería decir un *corgi*.

Bajo la mesa, Sakura ya estaba roncando. Sus ronquidos eran regulares y bajos, similares a la sirena de un barco que regresaba tras recorrer lejanos mares. Sakura era también como una gran nave que en todo momento nos tranquilizaba.

—Voy a bañarme —anunció Miki poniéndose en pie.

Aprovechando la ocasión, el resto nos levantamos también.

Cuando Miki terminó de bañarse ya había pasado cerca de una hora.

Yo me encontraba viendo el aburrido programa de fin de año de la tele y mamá estaba lavando la vajilla. En cuanto a papá, aprovechando la circunstancia, se limpiaba los oídos mientras tomaba a sorbitos el té que le había preparado mamá. En un rincón de la habitación reposaba una vieja bolsa de mano, que debía de haber traído mi padre, y pensé que, mejor que la vajilla, me gustaría que mi madre se ocupase antes de llevarse aquello.

Miki estaba apalancada delante del ventilador de aire caliente, enfrascada en secarse el pelo con una toalla. El aire caliente esparcía por la habitación el artificial olor dulzón del champú.

—Bueno, ¿quién se baña después?

Miré el reloj y vi que eran las nueve y media. En casa siempre me limito a darme una ducha por las mañanas. Estuve a punto de explicarlo, pero comprendí que mamá comenzaría a decir que de esa manera me resfriaría o que era malo para la salud, así que en su lugar le contesté lo siguiente:

—Pasa tú ahora, mamá. Yo, si no es justo el momento antes de acostarme, luego me enfrío todavía más.

—Pero… es que yo quería ser la última, para luego dejar fregada la bañera.

—Ya me encargo yo de dejarla limpia.

—Entonces sí que te vas a enfriar.

Viendo que otra vez encallábamos en una situación fastidiosa, me quedé sin saber qué decir y entonces mamá se dirigió a nuestro padre.

—Adelante, báñate tú primero.

Sorprendido, el hombre interrumpió su limpieza de oídos.

—No, no… Adelante, adelante, tú primero.

Al ver que papá continuaba con su actitud servil, decidí que fuese como fuere, yo sería el último en bañarme. Para empezar, el baño debe ser algo que tomes cuando te apetece y no ponerse como ahora a elegir turnos yendo medio obligado. Pero mamá tenía sus propias normas, y no estaba dispuesta a cambiarlas.

—¿De verdad? Bueno, pues entonces voy yo primero. Aunque no tardaré tanto como Miki.

Mientras se dirigía al cuarto de baño bamboleando su corpachón, mamá añadió:

—Luego no os quejéis si se sale la mitad del agua al meterme yo.

Papá esbozó una media sonrisa y nos miró, pero nosotros no sonreímos.

No hace falta que lo diga yo para que se note, pero mamá es una mujer obesa. Hace años era delgada y lucía una cintura tan elegante que parecía mentira que hubiese tenido niños, pero ahora en cambio las carnes se superponían por todas partes y, aun cuando se pusiera abundante ropa encima, era imposible disimular los pliegues de la grasa. Era imposible distinguir el límite entre la barbilla y el cuello, y en cuanto a las muñecas, presentaban un círculo como si las tuviera atadas con goma elástica. No quedaba la menor traza de la bella mujer de antaño.

A cambio, bueno, no sé si puede decirse así, papá estaba muy delgado y con las mejillas macilentas. El efecto se acentuaba también por lo hundidos que tenía los ojos y lo demacrado de la zona a su alrededor, pero el caso es que la impresión general que ofrecía era la de un rostro muy marcado, sombrío y mortificado por las penurias.

Miki intentaba terminar de secarse el pelo con el aire caliente del ventilador. Me daba la espalda y, a fin de colocar la cabeza cerca de la salida del aire, se había agachado, por lo que la parte posterior del pijama se le bajaba y dejaba ver un poco del trasero. Resultaba evidente que era una carne sana, tersa y lustrosa, de un color tan rosado como el pétalo de la flor que cayó aquel día del rabo de Sakura. De pronto dijo:

—Mañana ya es Nochevieja.

EMPANADILLAS CHINAS

La mañana de Nochevieja siempre me produce una especie de cosquilleo, una expectación inconcreta. Y eso me sigue sucediendo a pesar de haber cumplido ya los veintidós años, en que hasta el sol me parece más grande y hermoso que en otras ocasiones, como si estuviera en tensión, preparándose para acometer el gran trabajo de ese día.

Gracias a esa expectación que me invadía, me levanté rebosante de amabilidad y me tomé mi desayuno masticando más despacio que de costumbre, como saboreando la mañana.

Había dos tostadas en los platos de papá, en el de Miki y en el mío, y cuatro en el de mamá. Sobre la mesa se veía esparcida una gran variedad de cosas para untar, tales como mermeladas de colores extraños y una caja de margarina de lujoso aspecto, por lo que estoy seguro de que debemos de ser una de las familias japonesas con mayor índice de Engel. Por lo visto, la mayor parte de las cantidades de dinero que remite mi padre periódicamente y la contribución que hago con mis trabajos temporales se transforman en estos comestibles de procedencia dudosa. Mamá bebía con aire placentero un café de olor extraño que me llamaba la atención, pero me pareció que si preguntaba la cuestión se alargaría, por lo que decidí que echaría después una discreta mirada al paquete.

—¿Cuál es la hora específica de comer los fideos *soba* de fin de año? —preguntó Miki mientras engullía una tostada.

No se dirigía a nadie en particular, pero papá movió los ojos aturdido y balbuceó:

—¿Hora específica?

—¿Eeeh? Pero si no hay ninguna hora específica, ¿no? Basta con que se coman el día de Nochevieja, ¿verdad, Kaoru?

Mamá, como de costumbre, hablaba a grandes voces mientras se tragaba el resto del café. Pero aquel extraño olor no se lo había tragado. Yo terminé mis tostadas antes que los demás, empujando el último bocado con el café.

—¿Los fideos de fin de año?

—Pues se comen en el momento en que se pasa de un año a otro.

Así transcurrió la mañana de Nochevieja.

Al hallarnos en una habitación bien templada por la calefacción, el aire, a diferencia de lo que sucede con el que corre frío por el exterior, parecía más espeso, más denso. Caí en la cuenta de que aquella bolsa de mano de papá había desaparecido de la vista y que, en cambio, su figura sentada junto a la mesa se había convertido en un elemento natural del paisaje, como si no hubieran existido los tres años de ausencia.

El día en que se marchó de casa, papá se fue con la misma bolsa de mano que usaba ahora y con el periódico de la mañana. En aquel día lo que más me molestó no fue la posibilidad de que mi padre se hubiera marchado para, quizá, no volver, sino que al haberse llevado el periódico, no podía consultar la programación de la televisión.

Miki, que al parecer estuvo un tiempo buscándolo por la casa, finalmente dijo «ah, mierda» y salió afuera. Unos diez minutos después volvió a entrar en casa con Sakura y lanzó sobre la mesa tres ejemplares del periódico matutino. Eran todos iguales, el *Asahi*, pero a mí me bastaba con ver la hoja de la programación y elegir, así que le pregunté qué quería ver.

Sin embargo, ella creyó que le estaba preguntando de dónde habían salido los periódicos y me contestó:

—Estaban en los buzones de la familia Asano, la familia Kishi y la familia Onishi.

Sakura, con expresión intranquila, tenía los ojos alzados como en un triángulo.

Mamá se había dado cuenta de la marcha de papá mucho más deprisa que Miki o que yo. Entonces, sin perder un segundo, se puso a hacer limpieza de sus cajones y comenzó a quemar en el jardín calcetines, calzoncillos, corbatas y demás. Como justo estábamos en otoño, coincidía con que mamá había estado reuniendo hojas secas del jardín con el rastrillo, así que nadie del vecindario podría sospechar de la fogata.

Cuando las señoras Asano, Kishi y Onishi le comentaron «esta mañana no nos han traído el periódico», mintió con una excelente interpretación:

—Uy, a nosotros tampoco. ¿Será mejor quejarnos al periódico?

Miki está tumbada en el sofá leyendo una revista. Al fijarme en los pies que tenía sobre el reposabrazos vi que se había hecho una pedicura de un color diferente al del día anterior, naranja. Una vez más había aplicado demasiado esmalte al dedo meñique y el color le sobresalía por los lados de la uña. Me preguntaba por qué, más todavía cuando parece que no se le daba especialmente bien, ponía tanto empeño en pintarse las uñas de los pies a diario.

Me llegó un olor a ajo y entonces eché un vistazo a la inmensa cantidad de relleno para *gyoza*, las empanadillas chinas, que había dispuesto sobre la mesa. En casa, por Año Nuevo, en lugar de comer los platos *osechi* ya preparados, como suele ser tradicional, la costumbre es comer una gran cantidad de *gyoza*. Cuando hablo de «gran cantidad» me refiero a que durante los tres primeros días del año, ingiriéndolas a razón de dos comidas diarias (para el desayuno las tostadas son plato fijo, y si dormimos hasta tarde, se eliminan), todavía sobran.

El motivo de que en nuestra casa se tomen las *gyoza* en calidad de comida de Año Nuevo tiene que ver con el romance de mis padres, así que es una historia un poco vergonzosa.

La primera vez que quedaron para salir juntos, fueron al barrio chino de la ciudad de Kobe. Mi madre estaba nerviosa y de ningún modo quería comer *gyoza* estando con él. El motivo es que le preocupaba tener mal aliento por culpa del ajo, y en aquel momento se repetía para sus adentros: *Ay, me gustaría tener con este hombre una relación lo suficientemente fuerte como para poder comer delante de él todas las empanadillas que me apetezcan.*

Un año después no solo comieron los dos juntos todas las *gyoza* que quisieron sino que, cosa rara entonces, decidieron casarse al haberse quedado embarazada ella. Por eso nuestra madre no se olvidaba nunca de aquello y creó aquel rito de «en los días más importantes del año, tenemos que comer juntos tantas *gyoza* como nos apetezcan». Costumbre que resultaba un verdadero fastidio. Y papá es igual de culpable por haber dado su aprobación.

En casa hay enmarcada una fotografía conmemorativa del día de aquella primera cita en la que papá se esforzó por ir con su mejor aspecto y mamá se vistió lo más elegante que pudo. Y a pesar de que mamá quemó de golpe toda la ropa y otras pertenencias de mi padre, la fotografía siempre la conservó con gran cuidado.

El rostro de papá tiene varias pegas, como la aguileña nariz que heredó Miki, esos ojos y ese entrecejo que le dan apariencia de obstinado, las flácidas comisuras de los labios o unas mandíbulas con los ángulos externos muy marcados (estas dos últimas, heredadas por mí), pero aun así se compensaba todo por su refinado aspecto general. Mamá, por su parte, era famosa en la oficina por su belleza, tenía unas facciones ovaladas hasta un punto ideal y el entrecejo arqueado con ojos en forma de almendra, además de unos labios abultados muy sensuales y una graciosa naricilla redondeada.

Mi cara no se parece a la de ninguno de mis padres. Bueno, mejor dicho, sí se parece, pero toma solo las partes malas de ambos. En lo único en que se podría encontrar un parecido para bien es en el rabillo de mis ojos, que transmite una firmeza similar, pero en general es imposible separar de mi rostro una sensación de vulgaridad, de miseria.

Mamá suele elogiarme con comentarios como:

—Kaoru, tienes un rostro muy especial.

Por su parte, papá dice este tipo de cosas subrayando detalles sin importancia:

—Kaoru tiene unas buenas orejas, mira cómo salen un poco hacia los lados. Son orejas para escuchar bien lo que dice la gente.

Y Miki…

—Es una cara imposible de recordar si solo la ves una vez.

De pronto, oí a Miki llamándome.

—Kaoru, echame una mano.

Por lo visto, hacía ya un rato que Miki había dejado de leer la revista y se había puesto a envolver el relleno con las laminillas de masa. Esta tarea de envolver la enorme cantidad de relleno con la futura corteza de masa es una de las ceremonias regulares de casa. En ocasiones participa toda la familia y en otras nos encargamos solo los hijos.

—Estas son las que llevan premio —dijo Miki.

Estaba mezclando con una parte del relleno jamón cocido, queso o huevas picantes que nos habían llegado como regalo de fin de año, pero como lo iba distribuyendo a discreción por toda la zona que tenía más próxima, el resultado era una gran cantidad de empanadillas «con premio». Cuando de vez en cuando se le acababan las cosas para añadir, empezaba a sustituirlas por galletas o cosas así, con evidente intención de fabricar empanadillas «perdedoras», por lo que había que vigilarla con atención. Desde que era una niña, Miki se caracterizaba por desconocer dónde estaban los límites.

En estos momentos, mientras proseguimos con nuestra tarea, veo que tiene cerca mantequilla de cacahuete, chocolatinas

M&M's y galletas aceitosas, por lo que me da un miedo tremendo.

—Miki…

—¿Sí…?

—No estarás metiendo esas cosas en las empanadillas, ¿no?

Miki echó un rápido vistazo a un bote de gominolas que tenía en mi mano y después dio una respuesta imprecisa.

—Venga, venga…

—¿Qué quiere decir eso de «venga, venga»? ¿Que las has metido en unas pocas o que has metido algunas pero que no me enfade?

—Esas dos cosas que has dicho significan lo mismo.

—¿Entonces quieres decir que sí?

Me di por vencido pero decidí que al menos me esforzaría por que las que preparase yo fueran unas empanadillas ricas. No se veía a papá por ninguna parte, pero como me fastidiaba preguntar a Miki, seguí trabajando en silencio. Entonces ella, como si me leyera el pensamiento, dijo:

—Ese hombre anda haciendo no sé qué en el segundo piso.

—Es igual —contesté, desganado.

Miki contratacó:

—Nada de hacer trucos para saber cuáles son las tuyas.

No sabía qué contestar, así que dije un impreciso «vale», pero en ese momento se me metió en la nariz algo de polvo de harina de la masa y estornudé.

Con mi estornudo salió volando un nuevo polvillo de harina y también se cayeron al suelo las gominolas. Miki me dio una patada con sus dedos color naranja y acto seguido estornudó ella también.

Fue un estornudo de niña, muy gracioso.

Ya fuera por que hubiera oído el bullicio o por que hubiera olido la comida, Sakura se acercó a la ventana y nos miró a través de la rejilla.

EL PARQUE DEL BOSQUE

DEL CIUDADANO

Harto ya de envolver empanadillas, decidí también dar por imposible la vigilancia de Miki y opté por irme con Sakura a dar un paseo.

En cuanto le enseñé la cadenita comenzó a mover el rabo con tanta energía que parecía que se le iba a romper de alegría. Yo también me alegré mucho al ver que, a pesar de lo mayor que estaba, le seguía gustando salir de paseo.

El aire estaba helado y en calma pero, gracias al sol del atardecer, de una belleza casi extraña, no hacía tanto frío y también Sakura parecía estar disfrutando. De vez en cuando se giraba hacia mí como deslumbrada y agitaba el rabo dos o tres veces para después seguir caminando. Aunque cada tanto otros perros con los que nos cruzábamos la desafiaran, los ignoraba. Sakura era de fiar y muy lista.

No sé cómo serían los paseos de mi madre o de Miki con Sakura desde que me mudé a Tokio, pero el animal era como un navegador que me iba guiando por varios sitios. Por ejemplo, me sorprendía llevándome a lugares por donde antes no se podía pasar y ahora habían abierto una nueva calle, o a otros donde antes se levantaba una magnífica casa y ahora solo se veía un enorme descampado.

—Sí que ha cambiado esto, ¿eh, Sakura?

Sakura, tras comprobar mis reacciones, olfateaba todos los rincones, hacía pis a modo de saludo y reemprendía el camino. El sonido de las almohadillas de sus patas al pasear me producía un cosquilleo especial en los oídos y por primera vez pensé en lo agradable que era haber vuelto a casa.

Sakura estuvo guiándome a su capricho durante unos treinta minutos. A veces daba vueltas y más vueltas por el mismo sitio o se adentraba en zonas llenas de hierbajos bastante incómodas para nosotros los humanos, haciendo todo lo que le plácía, pero al final volvía a la ruta de paseo habitual.

PARQUE DEL BOSQUE DEL CIUDADANO.

En una placa de mármol a la entrada del parque, habían grabado este nombre con unos caracteres vigorosos. Si no recuerdo mal, los escribió el abuelo de un compañero de la escuela primaria cuyo nombre he olvidado, un tipo odioso que siempre andaba presumiendo. El himno de nuestra escuela, que estaba colgado en el gimnasio, también lo había escrito su abuelo. Imagino que era un famoso maestro de caligrafía o algo así, pero en cualquier caso no me gustan los caracteres hechos a pincel con esas ínfulas. Por mucho que revelen falta de confianza o debilidad, me resultan más entrañables los caracteres escritos a lápiz por mi padre.

PARQUE DEL BOSQUE DEL CIUDADANO.

Sakura me miraba fijamente porque me había quedado parado unos segundos delante del cartel. Hasta entonces, cada vez que yo me paraba, daba un tironcillo de la cadena o se enredaba entre mis piernas para animarme a seguir, pero ahora aguardaba con paciencia a que yo me moviese.

Nada más entrar, a mano derecha, hay un edificio al que llaman CASA MUNICIPAL. Es una construcción de hormigón armado que en su día tenía cierto aspecto elegante y en cuyo interior hay una ventanilla para trámites municipales y un pequeño salón de conciertos. Por lo general, para los chicos como nosotros no tenía mayor interés, pero en los días veraniegos de mucho calor nos refrescábamos un poco en la entrada con su aire acondicionado o íbamos para usar los aseos.

Sakura, ajustándose a mi paso, caminaba despacio. Esta vez no iba olfateando el suelo ni buscando un sitio para orinar, sino que se limitaba a caminar a mi ritmo. Por mi parte, como si midiera los pasos, me iba acercando muy lentamente al edificio.

A la entrada de la Casa municipal colgaba una tablilla vertical que rezaba: *Hoy es día de descanso*. Debían de llevar muchos años usando la misma maderita, porque alguno de los caracteres estaba ya medio borrado. Escudriñé el interior a través de la cristalera pero, como los rayos del sol de poniente incidían sobre la superficie, solo pude ver mi propia imagen reflejada. Me puse las manos en torno a los ojos para cortar la luz exterior y con eso pude comprobar a duras penas que el aspecto del recibidor no había cambiado con el paso del tiempo. La máquina automática en la que comprábamos las Coca-Cola seguía en el mismo sitio y el letrero que indicaba los aseos era el de siempre. Por contra, la fila de teléfonos verdes de antaño ahora se había reducido a un único aparato, en el rincón más cercano a la entrada. En el vacío recinto inorgánico de tonos grisáceos flotaba el verde grumoso de la vegetación que se reflejaba desde el exterior.

Noté un tirón en la cadena. Al girarme hacia Sakura, vi que se estaba rascando la base del cuello con una de las patas traseras. No se rascaba con la insistencia de costumbre, sino que la pata se movió suavemente apenas tres o cuatro veces. Después de rascarse, estiró la espalda y se quedó mirando mis pies. Los pelos que le crecían sobre los ojos brillaban con la luz del atardecer.

—Eh, Hasegawa.

Oí una voz que me llamaba como temerosa. Parecía la vocecita de una niña.

—Hasegawa…

Como si me hubieran empujado hacia allí, miré otra vez el cristal y vi a un niño delgaducho. Vestía anorak de un azul como el del cielo cuando deja de llover y unos pantalones vaqueros que le quedaban un poco grandes. Me miraba fijamente, acusando cierta tensión en el rostro. ¡Ah! Era mi propia imagen a los trece años.

Parpadeé, sorprendido, y entonces la imagen desapareció en un segundo. En su lugar apareció un hombre sin afeitar junto a un perro de aspecto miserable, parados frente al cristal como tontos. Cerré los ojos como intentando concentrarme en aquella figura mía a los trece años que todavía conservaba mi retina.

—Hasegawa...

Aquel lejano día no había unos rayos de luz de poniente como hoy. Por eso no pude ver reflejada en el cristal a la niña que estaba a mi espalda.

Cuando oí que me llamaba por mi nombre, mi corazón comenzó a latir a la velocidad del de un ratón, pero no quería que aquella niña me viera tan nervioso. Sentía enormes ganas de girarme hacia ella pero por otra parte quería fingir que no me había dado cuenta de que me llamaba hasta que lo hubiera hecho varias veces, por lo que decidí que, tras contar hasta diez, por fin me daría la vuelta. Sí, diez segundos que me parecieron eternos...

Uno, dos, tres...

En ese momento me di cuenta de que el interior de un bolsillo del anorak estaba deshilachado.

Cuatro, cinco, seis...

Mis dedos tropezaron con un chicle de menta que tenía en el bolsillo.

Siete, ocho...

El viento comenzó a silbar y trajo hasta mí el olor dulzón del pelo de la niña.

Nueve...

A mis trece años fui incapaz de aguantar más, y cuando faltaba un segundo, me di la vuelta. Estrujaba con tanta fuerza el chicle del bolsillo, que terminó espachurrado. Volvía a soplar el viento y vi que delante estaba de pie aquella niña de pelo largo, levantando la vista hacia mí.

—¿Hasegawa...?

Diez.

Ahora que ya tenía veintidós años, no me di la vuelta ni siquiera después de contar hasta diez. Tampoco abrí los ojos. Me limité a seguir allí de pie, con los ojos cerrados y en silencio. El sol del atardecer se reflejaba en los cristales, pero no me deslumbraba y tampoco la cadena de Sakura se movía ni un milímetro.

¿Qué expresión tendría la niña de aquel día? ¿Qué estaría pasando por su cabeza? ¿Qué pensaría de mí, que me quedé mirándola sin decir palabra? Los recuerdos se arremolinaban como granos de arena. Me envolvían en una especie de polvareda que giraba a mi alrededor, pero no conseguía que formasen imágenes nítidas.

En cambio, el tacto en mi palma izquierda del chicle reblandecido y deformado, así como el olor dulzón del viento que se levantó de repente, eran sensaciones tan reales como si las estuviera experimentando aquí y ahora, por lo que me mantenían permanentemente clavado al lugar.

—¿Hasegawa...?

El viento que cruzaba junto a mis oídos o el sonido de una risa a lo lejos reverberaban con una intensidad sorprendente. Pero me veía incapaz de discernir si aquello eran sensaciones de aquel día del pasado o, por el contrario, actuales. Exactamente igual que si quisieran burlarse de mí, los sonidos llegaban, se iban y luego regresaban de golpe. Como los tornados que azotan el sur de los Estados Unidos o los vendavales que se desencadenan en las costas... Mis sesos no conseguían acostumbrarse a tales cambios y debían de limitarse a ser zarandeados por aquellas sensaciones.

La figura vuelta de espaldas de mi madre, los primeros pasos de Miki, la bolsa de viaje de mi padre, el pétalo pegado al rabo de Sakura, los teléfonos verdes... Por mi cabeza cruzaban a toda velocidad ese tipo de imágenes que, al igual que el bamboleo del expreso Shinkansen, estaban a punto de hacerme vomitar. Por más fuerte que cerrase los ojos, no se borraban de mi mente y ademas eran unas imágenes desvalidas, reblandecidas, que incrementaban mi inseguridad y mis ganas de vomitar.

Para empeorar las cosas había una única imagen, entre todas aquellas otras inútiles, que se resistía a abandonar mi cabeza. Por más viento que soplase o por más voces ajenas que se oyesen, su forma no cambiaba y se adhería firmemente al cerebro.

Era la imagen de un árbol.

Un árbol por completo blanco, como el esqueleto de alguna criatura muerta, retorcido como si cayera sobre sus espaldas toda la fuerza de gravedad del planeta. Un árbol que nos arrebató todo: los finos dedos de mamá, las pupilas de Miki que brillaban como dos lagunas, los brazos protectores de papá, la cálida primavera, la habladora Sakura…

Esa imagen que no se borra en modo alguno de mi corazón, en estos momentos se encuentra desatando toda su fuerza para arrinconarme sin piedad. Me había tomado por sorpresa y a duras penas conseguía reunir las fuerzas para no desplomarme. Quería huir de aquel lugar, pero tanto las piernas como el resto del cuerpo estaban enredados entre las ramas del árbol, manteniéndome inmovilizado.

—Kaoru.

Otra vez una voz que me llamaba. Ahora se trataba de una voz masculina. Una voz enérgica de hombre, que salía de las sombras del árbol. Las partículas de arena que flotaban a mi alrededor ahora se transformaban en intensos puntos de luz que volaban apuntando hacia mí. Envolvían no solo mis contornos sino también a Sakura o incluso al extraño árbol y, después, revelaban poco a poco su auténtica condición.

Era un caluroso día de verano.

El parque estaba alfombrado por unas hojas tan grandes como la palma de una mano y el árbol de donde habían caído, como si fuera incapaz de vencer al calor, se mecía con aire cansado. Junto a la máquina expendedora de bebidas había un ejemplar de la revista *Jump* que debía de haber tirado alguien y, quizá por culpa de la lluvia del día anterior, estaba mojado como si sudara. Acuciado por una enorme sed, me dispuse a comprar una Coca-Cola en la máquina automática. En aquel entonces todavía costaban cien yenes, y yo acostumbraba a guardar las lengüetas que abrían la lata.

Después de introducir la moneda y alargar la mano mientras pensaba *Bueno, aquí viene mi Coca-Cola*, resultó que alguien se me adelantó por detrás apretando el botón de una lata de café. Sin darme tiempo ni para sorprenderme, la lata de café que iba levantando ruido al rodar cayó en la boca de la máquina y apareció reluciente ante mis ojos. Entonces no comprendía todavía el buen sabor del café, y como, más que ninguna otra cosa, lo que sentía era la boca reseca, me di media vuelta con gran enfado.

Debido al fuerte sol que me daba de cara, durante unos segundos no pude ver bien el rostro del otro, pero sí pude distinguir que se estaba riendo.

—Kaoru.

A lo lejos, Miki estaba jugando con Sakura y oía su risa cantarina.

Ah, la voz que oí antes era la de Miki, pensé.

Estaba persiguiendo a Sakura mientras gritaba algo, y Sakura, que todavía caminaba con torpeza, huía de ella dando saltitos, como una pelota que rebotase.

—Pero ¿qué haces? —le grité a la figura frente a mí.

Entonces se rio y dijo:

—Ja, ja, ja. Perdón, ha sido una broma. Esa lata me la tomaré yo.

Como si le pareciera muy divertido, lanzó hacia mí una moneda de cien yenes y lo hizo como si la disparase sujetando el borde con el pulgar a modo de una bala, produciendo un leve tintineo metálico. El caso es que como el chico aquel se reía con alegría, me contagió su estado de ánimo e intenté fingir que le quería pegar, mientras me reía yo también. Tras esquivar mi golpe, el otro me frotó la cabeza con ambas manos y después desvió la mirada hacia Miki y Sakura. Era un chico alto, guapo y fuerte pero, sobre todo, cariñoso.

—¿Vamos, Kaoru?

Era nuestro hermano mayor.

SEGUNDO
CAPÍTULO

HAJIME

Pasaron veinte años y cuatro meses desde que un caluroso día de verano nuestro hermano mayor atravesara berreando el útero de nuestra madre a lo largo de trece horas y media hasta que falleció. Sucedió hace cuatro años.

El nacimiento de nuestro hermano mayor fue un incidente rodeado de gran dramatismo.

Huelga decir que su concepción no fue el resultado de aquella cita en el barrio chino de Kobe, sino que el diminuto «huevo» que lo originó quedó adherido a las paredes del útero de mamá tras unos ocho meses de repetirse varias citas entre nuestros progenitores. Y tres meses después de aquello, mamá se dio cuenta de la presencia de nuestro hermano en su seno y no fue por que no le viniera la menstruación, sino porque comenzó a sentir un apetito feroz y a ser asaltada por unas irrefrenables ganas de vomitar. Cuando, sin que se lo esperase, en el hospital le informaron del embarazo, dijo:

—Pero ¿qué tontería es esa?

Echando la vista atrás, el cálculo decía que nuestro hermano fue concebido el día del cumpleaños de mamá y el motivo por el que podía saberse era muy sencillo. Mamá tuvo su primera relación sexual en la fecha del cumpleaños y le dolió tanto que durante los tres meses siguientes, es decir hasta el día en que supo que estaba embarazada, no dejó que papá se volviese a acostar con ella. En otras palabras, nuestro hermano fue concebido en la primera y única vez en que nuestros padres se habían acostado juntos hasta entonces.

Por cierto, aún no lo he mencionado, pero el nombre de nuestro hermano mayor era Hajime, que se escribe con el ideograma de «primero» y que encierra demasiadas connotaciones, por lo que es un poco vergonzoso. Él solía decir a menudo: «Soy el número uno y soy único».

Pero cuando Miki consiguió arrancar la historia a mi madre quedó muy impresionada y, siempre que salía la frase, replicaba: «No eres el número uno, solo eres el primero».

A todo esto, Miki tenía ocho años cuando escuchó aquella vergonzosa historia de labios de mamá. Temible niña y temible madre.

Bien, el caso es que aquel hermano mayor nuestro, concebido de manera tan milagrosa y llegado a la vida en calidad de primer hijo de la familia Hasegawa, se crio rodeado de grandes cuidados y atenciones.

Hajime, ya de niño, era muy popular. Una vez, la maestra del jardín de infancia hizo la siguiente pregunta a las niñas del grupo *Yuki* (Nieve) donde estaba mi hermano: «¿Quién es el chico que más os gusta?».

Hajime obtuvo una aplastante victoria, ya que todas las niñas del grupo excepto una (a la que le gustaba el profesor de natación) lo señalaron a él. Al año siguiente, el último del jardín de infancia, dos niñas del grupo *Yuri* (Lirio) se pelearon como gatas por ocupar el asiento contiguo al de Hajime, y se desencadenó un problema porque una de ellas agarró unas tijeras y le hizo un corte a la otra. De esa manera, Hajime se fue convirtiendo en un personaje legendario del jardín de infancia.

Cuando yo era pequeño, a menudo me bastaba con decir «eh, que soy el hermano de Hajime» para que las niñas me dejaran jugar con ellas a las cocinitas o me enseñaran sus braguitas con dibujos de fresas, así que me beneficié en buena medida de su popularidad.

Nací dos años después que mi hermano, en el mes de mayo, y, como se dice que en esa época el viento trae diferentes olores, me pusieron de nombre Kaoru («Aroma»). Pensándolo ahora, parece que mis padres elegían el primer nombre que se les pasaba por la cabeza para sus hijos. A todo esto, los ideogramas que eligieron para el nombre de Miki son los de «belleza» y «excelsa». Además, como era la primera niña que tenían, estaban encantados con ella y la miraban hasta decir basta. El resultado fue que Miki creció como una niña caprichosa y testaruda.

Nuestro hermano tenía una memoria fuera de lo normal y aseguraba que recordaba no solo el aspecto del cielo el día en que nacimos Miki y yo, sino también el del día de su propio nacimiento, y decía recordar haber visto las manos de mamá o el rostro de papá ese mismo día.

—¡Estoy segura de que mientes! —le gritaba Miki.

—Digo la verdad. De hecho, tengo recuerdos incluso de cuando estaba en el vientre de mamá.

—¿Qué tipo de recuerdos?

—Un espacio oscuro y blando. Bebía agua a grandes tragos y de vez en cuando me hacía pis. Cuando mamá decía algo, siempre lo escuchaba, y cuando nací y la escuché hablar, me dije: *Ah, esta es la persona cuya voz oía siempre.*

Todavía hoy me resulta imposible creer aquellas afirmaciones, pero lo cierto es que también contaba otras cosas como que papá llevó al hospital unas flores amarillas vagamente parecidas a girasoles aunque no lo eran, junto con una gran cantidad de plátanos, o que el primer día que llegó a casa una vez que a mamá le dieron el alta, había un gran camión parado frente a la casa del vecino. Se trataba de detalles que solo podían saber nuestros padres y, cuando les pregunté años después, me dijeron que así era.

«Es verdad, aquellas flores amarillas no eran girasoles, sino margaritas, porque le gustaban a tu madre. Lo de los plátanos fue porque pensé que le vendrían bien después del parto, ya que son muy nutritivos. Nadie lo vio ni lo hablamos con otros y es algo que solo tu madre y yo sabemos».

«Ahora que lo dices, el día que volvimos con Hajime a casa desde el hospital, el vecino acababa de mudarse. Vino a presentarse, pero como mamá estaba todavía en pijama, le daba mucha vergüenza. ¿Por qué conocerá Hajime todo eso?».

También le pregunté a mi hermano acerca del día en que nací yo.

«Había un olor espantoso por toda la casa, y vomité», me dijo.

Pensé que vaya unas cosas tan desagradables que decía, pero cuando le pregunté a la abuela, que entonces todavía vivía, replicó con tono nostálgico:

—¡Sí, es verdad! El día que naciste, sí. La cañería de los desagües se rompió. El agua del retrete se esparció por toda la casa y fue algo terrible. Hajime repetía *apechta, apechta* y terminó vomitando.

Al ver que mi semblante se ensombrecía, Hajime se apresuró a añadir:

—Pero estaba muy contento por que fuese a tener un hermanito.

Aunque sabía que mi hermano decía medio avergonzado aquellas palabras solo por consolarme, me alegré de que lo hiciera. Hajime tenía la capacidad de animar mi espíritu cuando hablaba.

REGALAR FLORES

A diferencia de mi hermano, yo apenas guardo recuerdos claros de cuando era muy niño, pero sí que me acuerdo de los días en torno al nacimiento de Miki. Aquella madre que siempre había conocido delgada, tenía una barriga enorme, y mi hermano y yo pegábamos a menudo la oreja a ella intentando captar algún sonido de Miki o poníamos la palma de la mano encima con objeto de sentir sus movimientos. Miki estaba ya muy grande dentro del vientre de mamá y era mucho más violenta que cuando mi hermano o yo nos encontrábamos en ese mismo estado. Por eso, cada vez que daba una de sus frecuentes patadas, papá exclamaba:

—¡Vaya! Nos va a nacer un niño de lo más revoltoso.

Lo cierto es que cuando Miki nació pesaba 4,5 kilos, por lo que era un bebé bastante grande. Hajime había tardado trece horas y media en nacer y yo unas seis. Quizá porque entre mi hermano y yo habíamos ensanchado el conducto, Miki, en palabras de mamá, «se deslizó al tercer apretón que di».

Me encanta esa expresión «se deslizó». Si hubiera dicho «se escurrió», sonaría muy insípido y si fuera «se resbaló» parecería como si algo hubiera salido mal. «Se deslizó» era la expresión perfecta para describir el nacimiento de un bebé. Reflejaba de un modo certero que el bebé había hecho su esfuerzo, la madre también, y ambos se habían coordinado para respirar a un tiempo y cumplir la tarea.

Así es que Miki se deslizó hasta este mundo en un día lluvioso. Fue en un año bisiesto, el 29 de febrero.

En aquel entonces yo contaba tres años y nueve meses, y era antes de mudarnos a la casa actual. El jardín era mucho más pequeño que el que tenemos ahora pero, gracias a las flores que plantaba mamá continuamente, siempre tenía un aspecto magnífico.

El día en cuestión, mi hermano y yo estábamos en casa comiendo una tortilla francesa con arroz que había hecho nuestra abuela y que no sabía demasiado bien (debido a que mezcló unas setas *shiitake* secas que había tenido un tiempo en agua). En ese momento recibimos mediante una llamada telefónica de nuestro padre la noticia del nacimiento de una niña.

—Eh, ya tenéis una hermanita.

La alegría que mostraba nuestro padre era extraordinaria, por lo que deduje que el hecho de que en adelante tuviéramos una hermana debía ser algo bastante especial, pero yo, que andaba con la idea de jugar con un hermanito como Hajime había hecho conmigo, me quedé un poco decepcionado. Más que cualquier otra cosa, lo primero que pensé fué: *¿De qué manera puedo enseñarle a mear?*

A espaldas de nuestra madre, mi hermano me había enseñado en el jardín cosas como la manera de mear al aire libre o cómo hacer que la meada llegase lo más lejos posible. Mi intención era que dichos conocimientos se fueran transmitiendo de hermano a hermano y ahora me encontraba con que íbamos a tener una hermanita, lo cual suponía un gran fastidio. Sabía ya que las niñas no tenían pito porque «jugaba a los médicos» con las compañeras fascinadas por el «legendario Hajime» y también que a la hora de orinar se ponían en cuclillas, pero carecía del más mínimo conocimiento de cómo podían mear de pie o hacer que el chorro llegase lo más lejos posible. Pensando que quizá tuviera alguna buena idea al respecto, dirigí la mirada hacia mi hermano, pero por lo visto estaba tan extasiado ante la idea de tener una hermanita que no paraba de acosar a preguntas a papá por el teléfono.

—¿Cómo es? ¿Qué ojos tiene? ¿Y las piernas?

Cuando por fin mi hermano se quedó a gusto de tanto preguntar, le saqué el asunto de las meadas.

—¡Idiota! Las niñas no hacen esas cosas.

Por una parte fue una decepción, pero por otra un alivio. Y es que cuatro años después una señora del vecindario vio a Miki en la calle orinando de pie contra un poste de la luz y se formó un pequeño revuelo. Cuando se lo recuerdo a Miki siempre se enfada, así que lo dejaremos aquí.

Con objeto de recibir a la primera niña de la familia Hasegawa, que llegó a casa tres días después del parto, papá y la abuela iban de un lado para otro atolondrados, comprando ropita y juguetes para ella. En mi caso, lo normal era heredar las cosas que se le iban quedando viejas a mi hermano y no recuerdo que me comprasen juguetes nuevos, pero mi padre adquirió para Miki incluso una camita de madera muy clara.

En lugar de los helicópteros o aviones que sobrevolaban la cabeza de Hajime y la mía, en la habitación de Miki había mariposas y flores, y en lugar del sonajero azul claro que usamos mi hermano y yo, ahora había uno de color rosa que hacía un sonido más agradable. Nos desconcertaba un poco ver que de pronto toda la casa se había vuelto de colores suaves, todo tenía un aspecto adorable y, hasta cuando mamá no estaba, nos daba reparo orinar en el jardín.

—Kaoru, a partir de ahora queda prohibido mear en el jardín.

—Tienes razón. A lo mejor nuestra hermanita piensa que huele mal.

En ese instante, nos volvimos un poco más adultos. La primera promesa que nos hicimos mi hermano y yo fue que en adelante solo mearíamos al aire libre cuando estuviéramos fuera de casa. Fue algo muy viril. Después, nuestros pensamientos fueron saltando de un lado a otro.

—¿Deberíamos regalar flores a nuestra hermana cuando llegue?

—Quizá sea una buena idea…

Entre mi hermano y yo decidimos regalar flores a esa hermanita que todavía no habíamos visto. Para mí sería la primera vez que le daría flores a una chica. Era la época en que el «legendario Hajime» estaba en el apogeo de su popularidad y se escuchaba cada dos por tres en el aula eso de «el chico que más me gusta es Hajime Hasegawa». Como yo estaba al tanto de ello, daba por sentado que para mi hermano no sería ninguna novedad entregarle flores a una chica, pero me encontré con que la especialidad de mi hermano era recibir regalos (desde caramelos a canicas, pasando por las albóndigas que daban en la comida del colegio) y que en lo que respecta a regalar flores a una chica era tan principiante como yo.

Ambos hermanos estábamos muy emocionados por lo que representaba una experiencia desconocida y hablábamos animados sobre si sería mejor tal o cual color cuando caímos en la cuenta de cierto problema.

—Pero ¿dónde conseguiremos las flores?

En aquel tiempo no existía en nosotros el concepto de «comprar flores». Pensamos que quizá podrían servir las flores que había en nuestro jardín, pero recordamos una ocasión en que la pelota que tiramos fue a impactar contra los pensamientos que cultivaba mamá y lo triste que quedó al ver el destrozo. Dado que tanto mi hermano como yo queríamos mucho a mamá, deseábamos evitar la repetición de una escena similar, así que continuamos pensando otras posibilidades y llegamos a la conclusión de que saldríamos a recoger flores «que no fueran» de nadie. Es decir, pensamos que al igual que mamá se entristeció mucho cuando perdió sus flores, cualquier otro debía de sentir lo mismo, y por tanto la única solución para no perjudicar a nadie era encontrar flores que cumplieran aquella característica. Aquel fue otro momento en que nos hicimos un poco más adultos. Pensándolo bien, en los tres días que tardó Miki en llegar a casa, nos hicimos más adultos y viriles.

Sin embargo, aquí se nos planteaba un nuevo problema: ¿dónde encontrar flores que no fueran de nadie? No teníamos la menor idea, pero sí nos parecía evidente que por las cercanías no íbamos a encontrarlas. Los crisantemos enanos que crecían cuatro casas más allá eran de la familia Kato y las astromelias que había al doblar la esquina de aquella casa y avanzar un poco más eran de la familia Miyake. Entonces se nos ocurrió que para encontrar flores que no fuesen de nadie debíamos ir hasta donde se acabara nuestra urbanización llena de vallas de bloques prefabricados y calles de hormigón.

Así las cosas, decidimos salir a explorar el vecindario en busca de las «flores que no fuesen de nadie».

El mayor obstáculo que debíamos vencer era la abuela. Cada vez que intentábamos salir de casa, comenzaba: «¿Eh, pero a dónde vais?». E insistía una y otra vez en ello hasta saber dónde. En general, la abuela era una persona muy optimista, pero únicamente en lo que concernía a sus nietos dejaba correr su imaginación con un pesimismo que llegaba a parecer increíble, e incluso juntaba sus manos en un rezo por que no nos sucediera nada. Se imaginaba que al ser dos niños tan guapos nos querrían raptar, o que podríamos sufrir un accidente por algún desastre natural, o también que podríamos contagiarnos de repente de alguna enfermedad desconocida…

Los lugares a los que nos permitía ir la abuela eran el parquecito de la jirafa (que llamábamos así porque tenía un tobogán en forma de jirafa), que quedaba a unos diez minutos de paseo, o el parque Fuji (que no sabemos por qué se llamaba así), que estaba dentro de una urbanización próxima. Y en alguna ocasión estiraba su generosidad y nos daba una moneda de cien yenes para que comprásemos algo en una tienda de chucherías del barrio llamada Sat-chan (donde no trabaja nadie que se llame Sat-chan).

Tras deliberar el asunto con Hajime, decidimos que iríamos a buscar las flores al lugar más lejano, que era el parque de la jirafa. Como hacia las cinco de la tarde vendría la abuela a buscarnos, hasta entonces podíamos aparentar que habíamos ido solo a jugar.

A las dos de la tarde pasamos a la acción, o sea comenzamos por mentir a la abuela, y acto seguido salimos de casa. Yo estaba tan impaciente que había estado metiendo prisa a Hajime para salir antes, pero, una vez más, mi hermano hizo gala de su inteligencia. Dijo que si salíamos con prisas la abuela sospecharía, así que, como de costumbre, nos entretuvimos merendando algo y después, como si se nos hubiera ocurrido en ese momento, le dijimos a la abuela:

—Abuela, nos vamos al parque de la jirafa.

Teníamos tres horas de tiempo.

Era un día soleado e incluso hacía sentir la proximidad de la primavera. Salimos con nuestros abrigos de plumas bicolores a franjas, azul y rojo en el caso de mi hermano y verde y amarillo en el mío. En el pecho tenían cosido un parche de tela que decía Go! y, aunque entonces no conocía su significado, por algún motivo me gustaba.

—Hajime, ¿te gustan estos abrigos a rayas?

—Me gustan.

—A mí también.

Caminábamos canturreando algo con la nariz, muy alegres y animados. Dimos la vuelta a la esquina de la casa de los Kato mientras mirábamos sus crisantemos enanos, y al instante llegó la primera de las dificultades, un hueso duro de roer. Nos topamos con una de las más apasionadas fans de Hajime. Se me ha olvidado su nombre, pero llevaba un peinado de tazón como el de las muñecas japonesas y tenía los ojos bastante rasgados. Era un año mayor que mi hermano, y en cuanto nos vio exclamó con cara de felicidad: «¡Ah!». Había tenido la suerte de encontrarse nada menos que con Hajime Hasegawa. Sentí que nos íbamos a meter en una situación engorrosa y, tal y como me temía, aquella niña dijo:

—Hola, Hasegawa. ¿A dónde vas?

—Al parque —contestó él sin más detalles intentando zafarse de ella.

Sin embargo, la otra no se dio por vencida.

—¿A qué parque?

Se estaba poniendo pesada y después, aprovechando su mayor edad para hablar como una sabelotodo, añadió comentarios sobre diversos parques, tales como «en el parque xxx hay un señor raro que se baja los pantalones. Es peligroso ir allí», o también «en el cercado de arena del parque zzz está enterrado el cadáver de un gato que encontaron muerto hace tiempo». Pero como, en cualquier caso, teníamos prisa, mi hermano se limitó a agitar la mano a modo de despedida mientras decía: «Gracias. Bueno, hasta otra».

Sin embargo, cuando intentamos pasar de largo, la niña perdió su anterior serenidad de persona mayor que nosotros y, con gran nerviosismo, gritó:

—¡Yo también voy!

El poder de atracción de Hajime Hasegawa era impresionante. Mi hermano se veía en apuros pero, virilmente, contestó:

—No, hoy voy a jugar solo con mi hermano.

El truco estaba en la palabra «hoy». De esa manera hacía concebir a la niña la esperanza de que a lo mejor otro día sí jugarían juntos. En detalles como este residía la fuerza del mítico Hajime Hasegawa.

—¿Con tu hermano? —preguntó la niña con rostro sorprendido mientras me miraba fijamente.

Después, contestó malhumorada tal y como esperábamos mientras le brillaban con furia sus ojos rasgados:

—*Bah*, no se parece en nada.

Mi hermano, aunque en el fondo estaba ya cansado, contestó con jovialidad:

—Pues aunque no se parezca, es mi hermano.

Después me tomó de la mano e, ignorando a la niña, echó a caminar. Viendo que aun así ella parecía dispuesta a seguirnos, le gritó:

—No puedes venir porque no vas vestida de rayas.

No parecía una razón muy convincente, pero servía para recalcar su deseo de que no viniera, y tras ello echamos a correr.

Como mi hermano era muy rápido, me costaba ir a su paso, pero me esforzaba pensando que, al llevar un abrigo a rayas como el suyo, podría correr tan deprisa como él.

Cuando vimos que ella se había dado por vencida, comenzamos a caminar a paso normal, pero pensando que en el parque de la jirafa corríamos el riesgo de que nos viera alguna otra persona, mi hermano decidió que fuéramos al parque de las campanadas.

Su decisión me sorprendió.

Aquel parque en el que, haciendo honor a su nombre, todos los días sonaban unas campanadas a determinada hora, era muy extenso, contaba con un estanque y, ciertamente, debía de haber en él muchas «flores que no eran de nadie» pero, a la velocidad de nuestras infantiles piernas, quedaría más o menos a una hora de camino. Las veces que habíamos ido allí fue porque nuestro padre nos llevó en automóvil.

—Pero para ir hasta allí hace falta coche, ¿no? —pregunté un tanto temeroso.

—Conozco el camino —contestó Hajime con gran confianza.

—¿El camino?

—Eso es. Tú has ido alguna vez a casa de Yusuke, ¿no?

—¿Yusuke? ¿El gordo?

—Sí. Cerca del supermercado Sunny.

—Sí, ya me acuerdo.

—Siempre pasamos con el coche por delante de él.

—Sí, pero ¿y el camino a partir de ahí, lo sabes?

—Después de la casa de Yusuke hay que seguir recto, ¿verdad? Entonces se llega a una carnicería que tiene un cerdo extraño dibujado en el letrero. Ahí hay que doblar la esquina y seguir todo derecho un buen rato, ¿recuerdas? Después hay que pasar por debajo de aquel puente. Después se sigue recto hasta llegar a un punto donde hay que torcer.

Pensándolo ahora, en aquella explicación de mi hermano mayor sobre el camino hasta el parque de las campanadas no se detallaba si había que torcer a la izquierda o a la derecha ni se daba la menor indicación de cuál era la distancia que había que recorrer en línea recta, y ya para colmo esa frase final de «un punto donde hay que torcer» era de lo más imprecisa. Pero como entonces mi hermano era para mí poco menos que un héroe, pensé que si hacía las cosas como decía él llegaríamos sin ningún género de dudas al parque de las campanadas.

—¿Qué te parece, Kaoru? ¿Vamos allí?

—¡Sí! ¡Vamos!

Así es que dejamos atrás el parque de la jirafa y echamos a andar en dirección al parque de las campanadas.

EL ANCIANO

Contaré antes el resultado final. Aquel día no conseguimos encontrar las flores para nuestra hermana pequeña. Y, por primera vez en nuestra vida, montamos en un coche patrulla.

No solo no estábamos a las cinco en el parque de la jirafa, sino que escuchamos dar las seis en la campana del parque de las campanadas.

Gracias a la información facilitada por aquella niña con peinado de tazón fascinada por Hajime, todo el vecindario salió a buscarnos por todos los parques habidos y por haber, y la abuela, al ver que su exhaustiva búsqueda resultaba infructuosa, llegó a la conclusión de que nos habían raptado.

La señora Kato, la de los crisantemos enanos, dijo: «¿Y si han ido al parque de las campanadas?». No obstante, la mayoría de los interpelados rechazó la propuesta arguyendo que estaba demasiado lejos para que unos niños de nuestra edad hubieran podido llegar hasta allí. Es decir, que conseguimos hacer algo que normalmente no hubiera podido hacer un niño por su cuenta.

Papá, que había pasado el día en la oficina presumiendo de su primera hija, volvió tan feliz a casa para encontrarse con un coche patrulla a la puerta, a todos los vecinos charlando sonrientes con cara de alivio, a la abuela regañándonos mientras lloraba a lágrima viva, y a nosotros dos llorosos y cabizbajos.

Yo hubiese querido explicar que solo pretendíamos regalar flores a nuestra hermanita, unas flores «que no fueran de nadie», pero mi hermano, por más que lo regañaran, mantenía el secreto como un hombre adulto. Lo único que decía era «perdón» y, por lo demás, tenía los labios firmemente cerrados.

A sus cinco años, mi hermano mayor tenía su pequeña cabeza ocupada con cierto asunto.

En el parque de las campanadas nos habíamos encontrado con un hombre que resultaba difícil de olvidar.

Cuando llegamos al parque, nuestros plumas de rayas estaban impregnados de sudor, a pesar de que era invierno, y manchados de barro. Además, yo tenía la rodilla manchada de sangre por la herida que me había hecho al tropezar y las mejillas con la costra de las lágrimas resecas de entonces. Mi hermano no se había caído pero, cuando atravesamos un bosquecillo intentando atajar el camino se clavó algunas espinas que parecieron dolerle, y aunque no lloró, estaba muy pálido por el temor a habernos perdido. Y, efectivamente, como es lógico, nos perdimos. Sin saber muy bien por dónde habíamos cruzado, al final, milagrosamente, divisamos la gran campana del parque, pero para entonces estábamos tan sucios como dos gatos vagabundos y, más que la alegría por haber llegado al objetivo, estábamos tan preocupados que lo primero que nos vino a la cabeza fue: ¿y ahora cómo regresamos?

En aquel parque había un amplio estanque con un camino a su alrededor para pasear. Junto a la ribera del estanque se veía una fuente, y cuando llegamos a ella había un perro que, cansado por el paseo, bebía con ansia.

Hajime y yo nos lavamos la cara y las manos en la fuente y luego nos secamos restregando las manos contra los abrigos de plumas. Una vez con la cara lavada nos sentimos refrescados y con más ánimo. Teníamos ante nosotros la gran tarea de regresar a casa pero, al mismo tiempo, nos sentíamos orgullosos de haber conseguido llegar hasta allí siendo solo unos niños, así que enseguida olvidamos los lloros o la palidez de antes y decidimos cumplir el objetivo original de buscar flores para nuestra hermanita.

Junto a la vereda que circundaba el estanque crecían gencianas, crisantemos silvestres, rompepiedras y otras flores con las que se podía hacer un ramo bonito, pero estaban plantadas de una manera tan ordenada que su aspecto de ser «flores de alguien» nos cohibía, por lo que decidimos adentrarnos en la arboleda.

—Hajime, ¿qué te parecen estas?

—Fíjate bien. Tienen al lado una tablilla de madera con el nombre escrito. Eso significa que son de alguien.

—Ah, es verdad…

Estando en medio de la arboleda, a pesar de ser todavía de día, el entorno era umbrío y cuando caminábamos hacíamos crujir bajo nuestros pies las ramitas secas que todavía no se habían podrido. De vez en cuando aparecía un solitario banco con la superficie de pintura blanca descascarillada y los hierbajos crecidos hasta la altura del asiento, por lo que su estado no animaba a sentarse. Alguna vez vimos un saltamontes que nos adelantaba, quedando admirados por el largo trecho que recorría con sus brincos.

Aquí y allá, dispersos entre los hierbajos, se veían tréboles blancos u otras florecillas diminutas, pero eran tan pequeñas que corríamos el riesgo de que el bebé se las metiera en la boca, y además los tréboles blancos solían ser objeto de nuestras meadas, por lo que nos resistíamos a escogerlos.

Buscábamos flores con tanto afán, que no éramos conscientes de cómo pasaba el tiempo. Justo en ese momento nuestra abuela, que había visto que no estábamos en el parque de la jirafa, desplegaba en casa todo su pesimismo y comenzaba a armar un verdadero revuelo, pero nosotros no teníamos medio de conocer todo aquello.

Cuando nos hartamos de buscar flores nos divertimos trepando a una lila de Indias o meando por ahí como de costumbre.

Entonces, Hajime descubrió a un anciano inmóvil, sentado entre la foresta como si fuera un tocón de árbol cortado. Vestía un abrigo completamente negro y se cubría con un gorro de lana de rombos blancos y rojos. La barba blanca que le crecía en el mentón se alargaba hasta el pecho y la mano con la que sostenía el bastón parecía hecha de corteza de árbol. Por más que lo mirábamos estaba tan tieso como si hubiera echado raíces y parecía tener la vista clavada en algún punto. La arboleda ya estaba oscura pero, en contraste con la penumbra reinante, el punto donde se sentaba el anciano era el único en el que incidía el sol del atardecer (era una hora en la que el sol ya estaba muy bajo) y la sensación que ofrecía su figura era la de que, de seguir así, se iba a evaporar.

—¿Estará muerto?

—Chist…

El rostro del anciano recordaba al de la Muerte que vi en las cartas del tarot que tenía mamá y seguía sin mover un músculo. Su ojo derecho era de un precioso color verde idéntico al de una de las joyas favoritas de mamá mientras que el izquierdo tenía el mismo tono grisáceo de las vallas, lo cual me produjo una gran sorpresa, porque era la primera vez que veía una persona con los ojos de colores diferentes y eso me hacía continuar mirándolo fascinado. El anciano tenía unos ojos grandes y además los mantenía muy abiertos, como si se hallara sorprendido por algo. Aquellas dos aberturas, similares a la poza de una cascada, parecían querer tragarme.

Mientras me encontraba absorto mirándolo, de pronto el anciano se puso en pie con un jadeo y comenzó a sacudirse el polvo y los hierbajos de sus ropas. Con cada palmoteo que daba a la vestimenta se levantaba una nube de polvo como no había visto otra, y solo con mirar aquello me entraron ganas de toser.

—¿Qué te pasa, chico? ¿Te has constipado?

De pronto, el anciano hablaba. Pero, como lo hacía mirando al frente, al principio no pensé que se estuviera dirigiendo a mí. Por lo visto, el hombre no era consciente de la existencia de una gran cantidad de polvo acumulada sobre su cuerpo. Pero obviamente no podía decirle «me han entrado ganas de toser al ver el polvo que levantas» ni tampoco quería mentirle contestando que estaba constipado, porque entonces se preocuparía mi hermano, así que opté por guardar silencio.

—¿Qué haceis aquí, niños?

Al oír aquello por fin recordamos por qué habíamos venido al parque de las campanadas y cuál era nuestro objetivo (lo cierto es que cuando empezamos a jugar, se nos olvidó por completo). Ahora que lo recordábamos volvimos a sentirnos orgullosos de la hazaña, reforzada por el hecho de haber encontrado alguien con quien hablar. Entonces, nos pusimos a conversar muy animados con el anciano (bueno, a decir verdad, habló sobre todo mi hermano, pero yo intercalaba un comentario de vez en cuando).

El anciano se masajeaba insistentemente el punto del que arrancaba el pulgar y parecía no estar escuchando lo que le decíamos pero, de vez en cuando, en momentos que no tenían nada que ver, murmuraba «ah, ya», como para seguirnos la corriente. Me daba la sensación de que no asimilaba nada de lo que le decía mi hermano. Pero cuando terminamos de hablar, el anciano, como hacen los gatos, estiró lentamente la espalda y, tras olfatear varias veces el aire, dijo:

—Entonces, niños, hoy es un buen día para vosotros. Así que os ha nacido una hermanita, ¿eh?

—Sí.

—Ya veo.

El anciano se acarició la larga barba con aquella mano que parecía una rama de árbol y, con expresión de satisfacción, entrecerró los ojos. Después aspiró un poco de aire y añadió lo siguiente:

—Oíd esto. Todas las cosas de este mundo, absolutamente todas, son de alguien.

Aquellas palabras nos causaron una profunda desazón. Todos nuestros esfuerzos, los peligros y aventuras corridos hasta entonces, habían sido en vano… También las flores de este jardín, al igual que los crisantemos enanos de la señora Kato o las astromelias de la señora Miyake, eran de alguien, y por tanto no podíamos llevárnoslas. Miré de reojo a mi hermano, que apretaba mi mano en silencio, y vi que tampoco él podía ocultar el impacto recibido por aquella frase.

El anciano giró el rostro de modo que su oreja derecha apuntó hacia nosotros y vimos que, aunque estaba renegrida y sucia, era grande y se extendía hacia los lados, como si quisiera captar con ella nuestras emociones. El anciano no nos miró ni una sola vez pero, quizá porque sintió nuestra decepción, sonrió con expresión amable y dijo:

—Pero ¿sabéis?, también es cierto que todas las cosas de este mundo no son de nadie.

Quedamos todavía más confundidos. Todas las cosas de este mundo eran de alguien y, al mismo tiempo, no eran de nadie. Los crisantemos enanos eran de la señora Kato pero, a la vez, no eran suyos; las flores que crecían en nuestro jardín eran de mamá pero, a la vez, no eran suyas. Esta rodilla mía teñida de sangre o las sonrosadas mejillas de mi hermano no eran nuestras, pero tampoco eran de nadie. Mi hermano permanecía en silencio y cabizbajo. Era su pose habitual cuando estaba concentrado pensando en algo. El anciano no parecía advertir que con sus palabras nos había sumido en una completa confusión, porque continuó hablando como si tal cosa.

—Aquí donde me veis, ya he vivido ochenta años.

Por aquel entonces al fin acababa de asimilar que dentro de poco cumpliría los cuatro años de edad y era incapaz de contar más allá de diez. Por eso, cuando el anciano hablaba de «ochenta», no comprendía cuánto podía ser eso, pero a la vista de aquel brazo reseco como una rama o su blanca barba que se alargaba como la cola de un cometa sí que comprendí que debía de ser una cantidad de tiempo inconmensurable.

—Cuando vives ochenta años, bañado de esta manera por la luz del sol, piensas…

El polvo que antes se había quitado el anciano comenzaba a flotar en torno suyo, creando una atmósfera de narración secreta.

—Ah, todo a mi alrededor me pertenece, y en realidad no tengo nada.

El anciano cerró el ojo del color de las vallas y, como deslumbrado, miró hacia el sol.

—La luz, el cielo, el agua...

El anciano miró hacia nosotros como si quisiera decir «y, por supuesto, las flores también», pero aquella mirada nos atravesaba y era como si estuviera contemplando algo mucho más grande, algo que se moviera muy despacio, algo incomprensible para nosotros. Entonces me di cuenta de que los ojos de aquel anciano no podían ver.

—Mis ojos no pueden ver. Estos ojos que durante décadas contemplaron el cielo, el mar, los inmensos edificios o las mujeres bonitas, cierto día dejaron de ver.

El anciano se restregó los ojos, aquellos ojos que ahora ya no podían ver.

—Aquello fue duro, muy duro...

A lo lejos se oyó el ulular de la sirena de un coche patrulla. El anciano dejó de restregarse los ojos y giró de golpe la cabeza en dirección al sonido, pero después dirigió la vista hacia el cielo y prosiguió hablando lentamente.

—Pero ¿sabéis una cosa? Estos ojos que tengo son míos, pero entonces sentí que no lo eran. Me dije que eran algo que había devuelto a Dios. Ya no puedo ver las montañas ni las estrellas, pero me acuerdo de la forma que tiene la falda de las montañas, y en cuanto a las estrellas, aunque no pueda ver su colocación, sí puedo sentir su luz. Yo no puedo ver las cosas, pero puedo hacer que todo me pertenezca y también puedo devolvérselo a cualquier otro.

Pensativo, con la cabeza ladeada como cuando miraba a papá jugar solo al ajedrez, me esforzaba por comprender el sentido de las palabras del anciano o la forma de aquello que estaba mirando con tanta fijeza.

—Por eso, niños, puedo seguir viviendo.

La sirena de la policía sonaba ya muy cerca. En ese momento comprendimos que venían en nuestra búsqueda y que, sin duda, la abuela y papá nos regañarían con los ojos desorbitados. Pero aun así, nos resultaba imposible apartar la vista de aquel anciano con el rostro cubierto de arrugas horizontales y verticales tan anchas como el río Amazonas, aquel anciano cuyos ojos ya eran inútiles pero que había visto muchas, muchísimas cosas más que nosotros.

El viento que cruzaba en torno nuestro traía ya los olores de la noche y los insectos que estaban posados en los árboles comenzaban a regresar a la tierra. Los pájaros iban plegando sus alas y hacían sonar sus gargantas como preparativo para el día por venir, pero, más que todo aquello, lo importante era que el sol emprendía su camino lentamente para iluminar a otras personas de diferentes lugares.

Hajime señaló unos tréboles blancos que crecían a nuestro lado y dijo:

—Bueno, entonces estas flores también nos pertenecen a todos.

Y, tras aspirar una bocanada de aire, añadió:

—Pero tampoco son de nadie, ¿verdad?

El efecto de la penumbra combinada con los rayos de poniente sobre el rostro del anciano hacía que el verde del ojo derecho cobrase una tonalidad más intensa y que el gris del izquierdo pareciese casi blanco. Entrecerró los ojos con aire de felicidad y murmuró:

—Eso es.

Al oír aquello, Hajime, al igual que había hecho el anciano, estiró la espalda y miró hacia el cielo. El sol ya cubría todo el cielo del oeste y era como si nos estuviera diciendo adiós. Mi hermano lo miraba con expresión satisfecha, como un rey que diera su aprobación para que el sol se marchara al siguiente lugar de trabajo y, como para sí mismo, murmuró:

—Ya veo.

Subíamos por primera vez en uno de esos coches patrulla que tanto nos gustaban, pero íbamos muy callados.

Los policías que nos encontraron en el parque nos lanzaron una lluvia de preguntas. Cuando me miró desde arriba uno de aquellos policías tan altos, sentí como si hubiera hecho algo tremendamente malo. Otro de ellos, al vernos tan cabizbajos, nos preguntó con tono cariñoso:

—¿Habéis estado todo el tiempo solos?

Al oír aquella pregunta advertimos por primera vez que el anciano ya no estaba con nosotros. En el lugar en que había estado hasta hacía apenas unos momentos solo había un árbol que ya había perdido todas sus hojas y, en contraste, un arbusto con gran cantidad de hojas muy pequeñas y muchas flores, que se mecían al viento. Pero nosotros sentíamos que, de alguna manera, el anciano seguía allí mientras que, a la vez, se encontraba también en algún lugar muy lejano. Pensamos que el cuerpo del anciano había regresado a algún lugar muy apacible y desconocido.

Nosotros, que por lo general éramos tan miedosos que nos sentíamos incapaces de ir solos por la noche al retrete, en aquella ocasión no experimentamos ni una pizca de miedo.

Era una sensación muy extraña. Era como si de repente hubiéramos sido envueltos por alguna presencia de gran tamaño y, al mismo tiempo, permaneciéramos firmemente en pie por nuestras propias fuerzas, sin apoyo de nadie. Frente a nosotros se tendía algún tipo de ente indeciblemente largo que nos atemorizaba y consolaba a partes iguales, un ente que nos pertenecía aunque, en algún momento, regresaría a su lugar de procedencia. Hasta que llegara ese momento, debíamos concentrar nuestro esfuerzo en contemplar las flores, en olfatear los olores, en querer a nuestra hermanita. Por primera vez en nuestra vida, nuestras cabecitas giraban a toda velocidad. Era como si un nuevo camino se abriera de repente ante nuestros ojos.

El policía miraba con ojos extrañados cómo permanecíamos con la vista clavada en algún punto, hasta que por fin dijo:

—Bueno, ¿volvemos a casa?

MIKI

Después del «incidente del parque de las campanadas» y durante unos tres meses nos tuvieron prohibido jugar fuera de casa. No obstante, para nosotros aquello no suponía ningún castigo.

Nuestra hermanita había llegado.

Era la primera vez que veíamos a un bebé de sexo femenino y nos fascinaba comprobar que era tan blandita que cuando la tocábamos parecía que fuese a deformarse o que su olor fuera tan dulce como el de la leche con miel puesta a calentar, un olor que, de alguna manera, nos reconfortaba. Pensé: *Es un olor que está vivo.*

Me quedaba embobado con aquellas manitas tan diminutas como bolitas de caramelo granulosas con esos diez dedos con uñas similares a almejitas o con esos cabellos rubios tan suaves que parecía que si soplara un poco de viento se los llevaría. De vez en cuando prorrumpía en un ostentoso bostezo con rostro de felicidad y la lengüita roja que asomaba brevemente en esos momentos me hacía pensar en alguna fruta deliciosa y desconocida.

Hasta entonces, por más que mamá me dijera «lávate las manos en cuanto llegues a casa», me costaba hacerle caso, pero ahora, antes de entrar en la habitación donde estaba nuestra hermanita, me lavaba con profusión hasta las muñecas e incluso los resquicios entre las uñas, y a la hora de dirigirle la palabra lo hacía en voz tan baja como la de un petirrojo que estuviera contando un secreto.

En alguna que otra ocasión, la bebé se quedaba mirándome fijamente y entonces me alegraba tanto que le decía «¿qué quieres?», pero un instante después ella ya estaba mirando para otro lado y además con mucho interés, por lo que entonces miraba yo también en la misma dirección pero, como si estuviera persiguiendo con la vista una mariposa blanca, al momento volvía a mirar para otro lado. Producía idéntica impresión que si quisiera absorber todo aquello que veía; era una mirada ávida, pero que se paseaba de una manera tan placentera por el espacio que también podía interpretarse como que no deseaba nada.

La primera reunión de la familia Hasegawa se celebró con motivo de la elección del nombre para nuestra hermanita.

Mamá se sentó en el centro con la niña en brazos. Las comisuras de los labios apuntaban ligeramente hacia arriba con la expresión cariñosa de costumbre y sus ojos brillaban acuosos, henchidos por el cariño hacia todos los que la rodeaban. El pelo liso que caía largo hacia atrás brillaba con el negro más intenso del mundo y la nariz poseía la capacidad de olfatear al instante la tristeza a su alrededor, pero además contaba con un corazón capaz de aliviar en un segundo aquella misma tristeza. Esa bebé que tenía a la madre más feliz del mundo que en Año Nuevo engullía las empanadillas chinas, a un padre guapo y cariñoso que le sonreía cargado de amor y a dos hermanos como nosotros que, a pesar de nuestra corta edad, vivíamos con la tranquilidad que daba saber que nuestros padres se querían, nos regaló un bostezo nacido del fondo de su corazón que reflejaba cuán a gusto se sentía.

Fue papá quien decidió que la niña se llamaría Miki. La verdad es que no habría hecho falta celebrar aquella reunión, porque ya tenía el nombre decidido de antemano. La primera vez que papá vio a Miki, quedó sorprendido, ni que decir tiene, por su belleza en sí misma y por su excelsa apariencia, pero además le admiró el generoso milagro que significaba en su vida cotidiana que aquella mujer que para él era más importante que cualquier otra cosa en el mundo, más que los recuerdos de su niñez o que un brillante futuro o una gloria rutilante, hubiera dado a luz a una hija suya y además que en casa tuviera a dos maravillosos niños revoltosos aguardando su llegada.

Así, nada más ver a la bebé, exclamó:

—Qué belleza tan excelsa...

Por eso escogió para su nombre los caracteres de *mi* («bello») y *ki* («excelso»). Y después se echó a llorar sonoramente de felicidad.

Aquel llanto sonaba tan inocente para proceder de un hombre, tan sincero, que en su reverberar por el hospital consiguió humedecer poco a poco los ojos de las otras madres que lo escucharon y despertó al recién nacido que ellas todavía no habían visto.

Si mamá era la mujer más feliz del mundo, papá era el hombre más feliz del universo.

COSAS INCORPÓREAS

Oí decir una vez que como un bebé es un ser muy débil, que en modo alguno puede sobrevivir por sí solo, Dios hizo que fueran tan adorables como un ángel. Así, debido a lo encantadores que son, las personas a su alrededor se sienten impulsadas a atender todas sus necesidades. No sé si aquello sería cierto o no pero, desde que nació, Miki mostraba una misteriosa capacidad para que la gente estuviera siempre pendiente de ella y, a la vez, para que si uno se la quedaba mirando un tiempo, le entrasen ganas de llorar de felicidad. Miki se crio, literalmente, recibiendo el cariño de todos aquellos que tenía a su alrededor.

Yo mismo, sin ir más lejos, me veía incapaz de conciliar el sueño solo con pensar que, en la habitación de al lado, Miki estaba respirando con esa boquita como la primera uva de algún país donde fuera verano, exhalando un aliento que olía a días soleados. La abuela nos había prohibido jugar fuera, pero aun así los días que teníamos libres los pasaba mirando el rostro de Miki, salvo aquellos momentos en que me iba a comer o tenía que hacer mis necesidades. Los días que debía ir al jardín de infancia apuraba hasta el último minuto mi tostada del desayuno (motivo por el que mamá me regañaba a menudo), y por la tarde, cuando la profesora decía «Adiós, chicos», no había terminado ella de hablar cuando ya salía yo del aula disparado para volver cuanto antes a casa.

Mi hermano mayor contaba con una edad en la que poco a poco debía comenzar a comportarse de un modo más adulto y además, para él, ya era el segundo bebé que veía, por lo que mostrando la suficiencia del veterano argüía: «Huele igual que tú cuando eras un bebé, Kaoru». Así que, a diferencia de mí, no se pasaba el día junto a Miki. Pero aun así, si Miki rompía a llorar, salía corriendo hacia su habitación y se quedaba allí con cara de felicidad cuando ella lo miraba fijamente.

Los cabellos de Miki, que habían sido dorados, cobraron el mismo color de la medianoche que tenían los de mamá, y para cuando aquellos ojos inquietos de mirada errante adquirieron la costumbre de mirar a un punto concreto, Miki alzó su trasero con un fuerte impulso y comenzó a sostenerse sobre las dos piernas, dando sus primeros pasos a una edad muy temprana.

El primero que vio aquello fui yo. Hajime iba sustituyendo poco a poco el cariño que sentía hacia Miki por el interés hacia la bella profesora del grupo *Tsuki* (Luna) de la escuela, hacia objetos tales como unos nuevos guantes o hacia los escarabajos rinoceronte que aparecían cuando se pegaba una patada a un tronco caído. Por lo visto ya había obtenido suficiente satisfacción con estar presente por pura casualidad el día en que Miki balbuceó por primera vez *mamma* o el día en que su cuello dejó de bambolearse para adquirir firmeza. Pero el día en que Miki se puso en pie estaba jugando a las batallas en el jardín trasero junto con un chico del vecindario. A mi hermano le gustaba hacer el paracaidista, que consistía simplemente en subirse a la valla y saltar desde allí una y otra vez con un gran pañolón atado al cuello y un paraguas abierto, como si volara por los aires. Con todo, visto desde abajo con el cielo azul de fondo, resultaba un espectáculo que animaba lo suyo.

Aquel día, en la hora en que solía jugar con mi hermano me encontraba solo y aburrido. Mamá, en la sala de estar con Miki en brazos, veía la tele pero se sentía tan feliz que se adormilaba. Miki no mostraba el menor interés por los bonitos juguetes de niña que le habían comprado papá o la abuela, y hacía cosas como lanzar a la puerta con una puntería sorprendente uno de mis coches de juguete, o meterse en la boca la goma de borrar de Hajime del personaje de *Kinnikuman*. En suma, que más bien le gustaban los juegos dinámicos, como a los niños, por lo que mis padres siempre estaban con el corazón en un puño.

Ese día había escogido como diversión utilizar una zapatilla para darse golpecitos en su propia pantorrilla o en el suelo y, como si le gustara el ruido que levantaba, entrecerraba los ojos con expresión satisfecha, pero de pronto paró de dar golpes. Yo, que en ese momento me encontraba en la sala de estar sentado a la mesa mientras rebañaba con el dedo el chocolate Milo que se había quedado en el fondo del vaso, miré hacia ella al darme cuenta de la repentina tranquilidad reinante tras aquellos continuos golpecitos.

Miki, como si fuera un niño de la tribu masái que ve por primera vez un avión, miraba hacia la ventana con la boca abierta de asombro. La niña, que desde hacía un tiempo había abandonado su mirada errante para observarnos fijamente a los ojos a mamá o a mí, en aquella ocasión volvía a tener una expresión ausente, como si contemplase el vuelo de aquella mariposa blanca que, obviamente, no estaba allí. Me preguntaba qué podría estar pasando, así que probé a llamarla:

—¿Miki?

Y entonces la niña se puso en pie.

No recuerdo cuándo fue la primera vez que yo me puse en pie. Pero creo que para un bebé debe de suponer un considerable esfuerzo ponerse en pie por primera vez. Y, hasta donde yo sé, lo normal es que en esos momentos se apoyen en la pared o que la madre les agarre de la mano o cualquier otro tipo de ayuda.

Pero Miki, como si fuera algo sencillo, se había puesto en pie. Por supuesto que lo hizo apoyando primero las manos en el suelo pero, más que parecer un bebé que se ponía en pie, recordaba a una abuelilla que, fatigosamente, reuniera fuerzas para levantarse diciendo: «Vamos allá».

Tras ponerse en pie de sopetón, Miki alargó los brazos y, para mi sorpresa, comenzó a dar pasitos. Caminaba con la evidente intención de agarrar algo.

Mamá, que dormitaba despreocupada, se despertó con el ruido que hizo Miki al chocar con el sofá y mi grito simultáneo de «¡Miki!». Bueno, en realidad solo con eso no se hubiera despertado, pero casi a la vez la abuela, que sí escuchó mi grito, puso en marcha sus elucubraciones pesimistas y acudió a la carrera, lo que terminó de espabilarla.

Aun después de haberse chocado con el sofá, Miki parecía seguir mirando algo. Al final, nunca supimos qué era lo que estaba mirando la niña, pero cuando le pregunté sobre ello unos años después, me dijo que se acordaba de aquel momento, por lo que me sorprendí al ver que no solo Hajime sino también ella contaba con una memoria excepcional, lo cual me hizo avergonzarme de lo poco que recuerdo yo las cosas.

Desde luego, mis hermanos no eran normales.

Aquel día cenamos arroz con judías rojas. En casa, cuando hay algo que celebrar, mamá siempre cuece arroz con judías rojas (cuando Sakura ladró por primera vez, también comimos lo mismo). Pero como también prepara ese plato en otras ocasiones intrascendentes, por ejemplo, si salen guisantes en el jardín o si crezco lo suficiente como para que ya no me valga la ropa vieja de mi hermano, cuando nos sentábamos a la mesa y veíamos arroz con judías rojas, ya habíamos dejado de preguntar: «¿Qué se celebra hoy?». Pero, gracias a eso, cuando Miki tuvo su primera menstruación, un tanto temprana, se evitó una cena con ambiente incómodo.

Hajime parecía profundamente dolido por no haber estado presente en aquel momento histórico en que Miki anduvo por primera vez sobre sus dos piernas. Me preguntaba con todo detalle sobre el asunto mientras, indignado, daba puñetazos sobre la mesa.

En cuanto a Miki, que había podido andar una vez, pasó después cerca de dos meses sin volver a hacerlo, haciendo gala de su carácter caprichoso, pero cuando volvió a hacerlo añadió a su gusto por los juegos dinámicos cierta faceta primitiva (comer la tierra de las macetas o atrapar cucarachas), causando todavía más sudores a nuestros padres y a la abuela.

Un año después de que Miki se pusiera en pie por primera vez, la abuela falleció. Aquella abuela tan optimista en todo aquello que no se refirirera a sus nietos, no se dio cuenta de que su cuerpo estaba siendo invadido por el cáncer.

Tres meses después de que la hospitalizasen nos dijo a modo de despedida:

—Llevaos siempre bien toda la familia.

Tras ello, sin causar molestias a nadie, falleció en paz.

Aquella fue la primera ocasión en que contemplé con mis propios ojos cómo alguien moría. El cadáver de la abuela que vi durante el funeral estaba muy pálido y parecía muy delgado y liviano, sin que recordase para nada a un ser humano. Aquello era una entidad diferente a esa abuela que nos perseguía diciendo «¡Eh! ¿Pero dónde vais?». Parecía solo algo que estaba allí tumbado. Tenía los labios ligeramente entreabiertos, dejando ver unos dientes que brillaban blancos como la cera.

Mi hermano había ingresado por aquel entonces en un equipo infantil de béisbol y en una de las carreras a la base se dio un tropezón que le produjo una fractura de hueso, por lo que, como iba con el brazo derecho envuelto en vendas, tuvo que hacer la ofrenda de incienso con el izquierdo, no sin dificultades. A partir del accidente, Hajime comenzó a practicar con objeto de usar la mano izquierda igual que la otra, y aunque había llegado a ser bastante habilidoso, en ocasiones como esta, que nos ponían varios platos delante, parecía que no le resultaba nada fácil comer.

Apartándonos de los adultos que hacían comentarios con voces lloriqueantes, mi hermano y yo salimos fuera del crematorio llevando a Miki con nosotros.

Miki parecía incómoda dentro de aquel vestidito de terciopelo negro que llevaba por primera vez y no paraba de intentar quitárselo, por lo que teníamos que estar atentos para impedírselo. Nos quedamos un rato contemplando el humo grisáceo que salía de la chimenea del crematorio, pensando: *Hmm... En esto consiste la muerte de las personas...*

Una presencia blanca, delgada, tan incorpórea como el humo...

Mirando fijamente cómo aquel humo en que probablemente se había convertido la abuela ascendía hacia el firmamento, Hajime dijo:

—Abuelita, vuelve con nosotros, ¿eh?

Y, después de decirlo, lloró un poco. En ese momento nos acordamos de aquel anciano con quien nos encontramos en el parque de las campanadas. Todo lo que hay en este mundo es de alguien pero, a la vez, no es de nadie. También las tortillas francesas rellenas de arroz que hacía la abuela e incluso su propio cuerpo. Cada vez que soplaba un poco de viento, aquella desvalida columna de humo en que se había convertido la abuela recorría lentamente su camino de vuelta hacia alguna parte.

El cielo era de un azul que parecía pintado, y parecía ignorar por completo que nuestra abuela hubiese fallecido. Miki miraba sorprendida cómo Hajime lloraba. Tenía la misma expresión que aquella primera vez en que se puso en pie.

MUESTRA DE VALOR

Al igual que Hajime había creado su aureola de leyenda en el jardín de infancia, Miki también se convirtió en un personaje de cierta celebridad en el suyo. Pero el caso de Miki fue un poco diferente.

Mi hermano cimentó su leyenda sobre la base del atractivo físico que le ganó popularidad entre las niñas, pero Miki, además del atractivo para el sexo opuesto, se hizo famosa por su carácter violento.

Cuando veía algo que no le gustaba, ponía en práctica su técnica pulida a base de jugar a la pelota con nosotros y, con certera puntería, comenzaba a lanzar cosas. Podían ser sandalias o la vajilla de plástico del comedor del jardín de infancia, pero en cualquier caso se ponía a disparar todo aquello que tuviera alrededor.

Pegaba a quien tuviese cerca. Pero no de la forma en que suelen hacerlo las chicas, es decir, tirar de los pelos, arañar o pellizcar, sino con un puñetazo como es debido. Y, además, repetía. Parecía un boxeador. Alguna vez se limitaba a rozar suavemente la mandíbula del contrincante a modo de aviso, otras le pisaba el pie para que no pudiera esquivar el golpe, desarrollando una técnica que no tenía nada que envidiar a la de los adultos. La profesora a su cargo solía decir: «A veces Miki me da miedo».

Consultaba el asunto con otros maestros y puede entenderse que estuviera a punto de volverse neurótica.

Mi hermano se había hecho muy popular entre el profesorado por lo adorable que resultaba y su buen comportamiento, pero Miki, por el contrario, era el tipo de niña que más odiaban las maestras.

Miki, a pesar de su corta edad, tenía unas facciones bellas que la convertían en lo que se llama «una chica bonita», por lo que también cabía pensar que muchas de las maestras sintieran celos de ella por eso y de ahí naciera la dureza con que la trataban. A Miki, como si fuera una vieja con almorranas, le costaba estarse quieta en su silla y, por ejemplo, una vez que se dedicó a escupir a lo lejos las pepitas de la sandía que les dieron de comer, la maestra la golpeó a placer con el libro de dibujos. También, en una ocasión en que estaban haciendo unas prácticas de baile, Miki se puso a hacer unos ejercicios diferentes a los de las otras, por lo que la castigaron a estar de pie en el patio de deportes hasta el fin de la clase. Aquel era un frío día de invierno e incluso caían unas briznas de nieve, por lo que, como es natural, Miki acabó con un gran resfriado que la tuvo una semana en cama. La diferencia con Hajime era que Miki, con una admirable entereza, nunca contaba esas cosas a nuestros padres. Ahora recuerdo que cierto día volvió a casa con unos moratones que, sin lugar a duda, deberían traer alguna discusión con el jardín de infancia. Al verla llegar así, mamá exclamó toda apurada:

—¡Ay! ¡Pobrecita! ¿Quién te ha hecho eso? ¿Quién?

Y a papá, que ya andaba también planeando la venganza, tampoco le contó nada. Con los labios firmemente sellados y aparentando una tranquilidad absoluta, se fue a la cocina y sacó algo de la nevera. Pero a mi hermano y a mí sí nos contó la verdad. Y además lo hizo hablando como una ametralladora, pero de una manera desordenada en la que los tiempos saltaban y de pronto aparecían nombres de niños que desconocíamos, por lo que no pudimos comprender al cien por cien lo que había ocurrido. Aun así, Hajime acarició la cabeza de Miki y la elogió diciendo: «Qué bien has aguantado». Los únicos hombres en este mundo que podían tocar la cabeza de Miki eran papá y Hajime. Cuando algún otro intentaba tocarle la cabeza, Miki le soltaba uno de sus habituales ganchos de derecha.

Lo cierto es que si hay una niña que no tenía aguante, esa era Miki, pero ella, al ver que su hermano la elogiaba, pareció alegrarse de todo corazón. Para Miki, aquel hermano tan guapo y cariñoso lo era todo y al resto de los hombres los consideraba, en sus propias palabras, «mierda». Por cierto que para ella yo merecía la condescendiente clasificación de «coleguilla».

Dada su belleza, muchos chicos intentaban congeniar con Miki. La invitaban a montar a los columpios, ocasión que querían aprovechar para tocarle suavemente la espalda mientras la empujaban, o querían jugar con ella en la arena para ver lo que descubriera la falda al sentarse en cuclillas. Los niños ardían de pasión con ese tipo de deseos y cada vez que había un tiempo de descanso andaban merodeando frente a la puerta del grupo *Hoshi* (Estrella). Miki se limitaba a echar una rápida ojeada desdeñosa al panorama y, sin aparentar mayor interés, acaparaba ella sola el órgano y se ponía a tocar. El resto del grupo *Hoshi*, que ya conocía el carácter salvaje de Miki, se resignaba con paciencia hasta que ella se cansara del órgano.

El motivo de que Miki se pusiera a tocar el órgano con expresión de desinterés hacia todos aquellos chicos a quienes le gustaba no era que quisiera atraer la atención de nadie, sino que quería practicar para tocar algún día delante de Hajime. Del mismo modo, si aguantaba que la profesora le diera azotes en el culo sin llorar ni gritar lo más mínimo, no era por despecho, sino para que después Hajime elogiara su resistencia. Y cuando lucía un aspecto distante al columpiarse no era porque estuviera divagando o con la mente en blanco, sino porque estaba pensando en Hajime.

Toda la vida de Miki giraba en torno a nuestro hermano mayor y todas sus emociones dependían de la relación que guardaran con él. Aquella expresión ausente que adoptaba a menudo suponía un estímulo para los chicos de alrededor, que quedaban todavía más prendados de ella. A todos los chicos de cualquier edad les atraen las chicas enigmáticas como un gato.

Por su parte, Hajime también mostraba hallarse encantado con aquella preciosa niñita tan testaruda que siempre seguía sus pasos, y protegía a Miki con un cariño nada habitual en un niño. La llevaba a jugar a todas partes, e incluso cuando se trataba de alguna diversión imposible para las fuerzas de Miki (por ejemplo, el béisbol, la lucha *sumo* o trepar a los árboles), insistía en incluirla en el grupo. A mí también me llevaba, pero como yo no era tan testarudo, a menudo me daba por vencido a la mitad.

En aquellos días había una diversión de moda entre Hajime y sus compañeros, ante la cual yo siempre me retiraba y que llamaban «muestra de valor». Consistía en clavar petardos en una mierda de perro (preferiblemente, lo más reciente posible). Hasta aquí creo que es algo más o menos normal entre los niños japoneses, pero la «muestra de valor» tenía un ingrediente distinto. Después de encender los petardos, se hacía un círculo entre todos en torno a «aquello» que estaba a punto de explotar. Como es natural, poco a poco los participantes iban huyendo del círculo por temor a la explosión, siendo tildados de cobardes, mientras que los que se quedaban hasta el final eran considerados héroes. En pocas palabras, era el juego del gallina pero con mierda.

Miki, a pesar de que apenas contaba cinco años, consiguió la gloriosa tarea de quedarse hasta el final. Mezclada entre robustos chicos de la escuela primaria, estaba claramente mucho más cerca de la mierda que los demás y se quedó hasta el final junto con Hajime y Yamashita, el *catcher* del equipo infantil de béisbol, con lo que quedó con toda la cara embadurnada de mierda.

A Hajime y su compañero les bastaba con limpiarse las camisetas en la fuente, pero el caso de Miki era diferente. Estaba a punto de vomitar ante el hedor de la mierda, pero bastó con que Hajime dijera a los demás «Impresionante, ¿eh? Esa es mi hermana», para que sonriera feliz, se le quitara el mal humor y se despidiera con un alegre «Voy un momento a bañarme».

Al llegar a casa sufrió la previsible acometida de mamá.

—¡Aaaay! Pero ¿qué te ha pasado?

Aun así no soltó una palabra y se metió en silencio a bañarse. Una vez limpia, salió otra vez disparada hacia donde estaba mi hermano con sus compañeros, que, sin hartarse, ya estaban de nuevo clavando un petardo en otra mierda.

FERRARI

Por aquel entonces había en el vecindario un hombre al que apodaban Ferrari y que daba mucho miedo. Solía merodear por los alrededores del parque número 1, en una plaza donde crecía un gran olmo, que antes utilizaban como aparcamiento los residentes de unos bloques de viviendas cercanos. Sin embargo, una vez que se hizo un aparcamiento nuevo para ellos, el lugar se había convertido en un punto donde se tiraban bicicletas viejas o se abandonaban coches en un estado lamentable, lo cual le confería una atmósfera bastante anormal.

Ferrari siempre andaba merodeando entre aquellos vehículos abandonados y de vez en cuando se lo veía volteando sobre la cabeza un trozo de cañería de hierro mientras farfullaba cosas incomprensibles.

Tenía el pelo cortado de manera rara, como si el peluquero se hubiera equivocado, y en algunas partes había grupos de mechones que parecían una barrita de caramelo. Los ojos estaban hinchados como si le hubieran pegado y uno miraba hacia arriba y otro hacia abajo, como si quisieran ver al mismo tiempo el amanecer y el atardecer. Lo que más asustaba de él era la nariz, difícil de describir, cuyos orificios eran tan horriblemente grandes que hacían pensar en los agujeros negros del universo. Eran realmente del mayor tamaño que pueda imaginarse en un ser humano y parecía que quisieran acaparar ellos solos todo el oxígeno que hubiera alrededor. Y a pesar de ello, Ferrari siempre jadeaba como si tuviera dificultades para respirar. Cuando oíamos aquella respiración dificultosa que parecía estar proclamando «me falta aire, me falta aire», se nos encendía la señal de alarma sabiendo que Ferrari andaba cerca.

El origen del mote «Ferrari» residía en que se pasaba todo el año con la camiseta de un Ferrari y en la inusitada velocidad de sus piernas. Si nos acercábamos a tomarle un poco el pelo nos gritaba como una fiera algo incomprensible, que sonaba a «quééépassamalditosaaarghuuurgh...» y entonces se lanzaba a por nosotros a toda velocidad. Corría a la velocidad de un león que intentase acorralar a una cebra. Nos fijamos en que calzaba unas sandalias de madera, lo cual reforzaba nuestra creencia de lo increíblemente rápidas que eran sus piernas. Corriendo en igualdad de condiciones resultaba evidente que no tardaría en alcanzar a unos niños como nosotros, así que salíamos disparados en cuanto veíamos que iba a echar a correr y nos subíamos a toda prisa a algún árbol que tuviéramos cerca.

Ferrari tenía un tipo de extraña minusvalía que le impedía discernir las cosas que estuvieran a una altura mayor que la suya. Siempre caminaba mirando al suelo, pero si en alguna rara ocasión miraba al frente o hacia arriba, comenzaba a agitar la cabeza tembloroso y enseguida volvía a dirigir la vista al suelo. Daba la impresión de que temía que en caso de mirar al cielo sería absorbido por el sol.

Como, lógicamente, Ferrari no podía subir a los árboles, desde lo alto empezábamos a reírnos de él con sonoros *buuuuum*, que imitaban el ruido de un Fórmula 1 al correr, sabiendo que él no alcanzaba a vernos. Pero al oír aquel sonido actuaba como si tuviera al enemigo frente a él.

—*¡Grrrosvoyamooleeeeraaarghpalos!*

Y comenzaba a blandir a un lado y a otro el trozo de cañería metálica.

Este hombre tan temible se hallaba incluido también en la lista de las «muestras de valor».

Es decir, aparte del juego del gallina con la mierda, estaba el juego del gallina con Ferrari, que consistía en competir por ver cuán cerca podía uno acercarse a él y luego esperar hasta el límite a que Ferrari llegase antes de subirse al árbol.

La mayoría de los chicos echaban a correr en el instante en que Ferrari se volvía hacia ellos, y entre lo espantoso de su expresión en ese momento y lo impresionante de su pistoletazo de salida, todos huían espantados. Hajime solía echar a correr cuando Ferrari se hallaba a unos quince metros de distancia. El récord lo tenía un tal Mochizuki que, curiosamente, pertenecía al club de ping pong, y una vez echó a correr cuando Ferrari estaba ya a solo cinco metros de distancia, pero eso le costó la espantosa experiencia de que, mientras trepaba al árbol, Ferrari llegase a agarrar durante un segundo el borde inferior de su abrigo. Gracias a eso, durante un tiempo Mochizuki se convirtió en el héroe del grupo.

Por mucho que nuestro hermano llevase a Miki a todas partes, ni siquiera él se sentía capaz de hacerla participar en esta competición. Para ser una chica, Miki corría bastante deprisa, pero la velocidad de las piernas de Ferrari era algo tremendo y, sobre todo, llevaba aquella cañería de hierro. No era ni mucho menos el mismo riesgo que el de embadurnarse de mierda.

Pero como Miki no era de las que se dan por vencidas, si supiera que Hajime y los demás se iban a jugar sin ella, era seguro que diría sin falta: «¡Yo también voy!».

Por eso nuestro hermano ponía mucho cuidado en que todo lo relativo al juego del gallina con Ferrari fuera secreto.

Cierto día en que yo estaba en casa viendo la televisión, se me acercó Miki.

—¿Dónde está Hajime?

Como yo había oído que se iban a jugar a aquello, fingí ignorancia:

—Pues no sé…

Entonces Miki se sentó a ver la tele conmigo poniendo cara de aburrimiento, pero pasado un tiempo parece que no pudo aguantar más y se puso en pie.

—¡Voy a buscarlo!

Azorado, comencé a decir cosas para tranquilizarla que pudieran retenerla, como «Seguro que todavía está en la escuela» o «Debe de estar a punto de llegar». Sin embargo, el grado de terquedad de Miki supera todo lo habitual. Una vez que ha tomado una decisión, ya puede venir una tormenta o verse entre las fauces de una bestia, que no para hasta llevar a cabo su objetivo. Se quitó de encima a ese hermano que intentaba detenerla y se calzó sus botas favoritas (calzaba botas incluso en los días soleados).

A decir verdad, me daba pereza seguir reteniéndola y además quería ver el resto de la serie de televisión de samuráis, pero pensé que si dejaba salir sola a Miki, después no podría soportar la mirada de mi hermano, así que decidí ir detrás de ella.

Miki realizó su búsqueda centrándose en el parque de la jirafa y el parque de la escuela primaria, que eran los lugares donde solía jugar nuestro hermano. Yo sabía que Hajime y sus compañeros estarían en las cercanías del parque número 1, así que, con objeto de que Miki no fuera hacia allí, iba decidiendo la ruta como quien no quiere la cosa. Por suerte, como Ferrari solía moverse por las cercanías del parque número 1, los adultos nos tenían dicho que no pasáramos por el lugar. Hajime nunca había llevado a Miki allí y por lo visto a ella tampoco se le pasaba por la cabeza que su hermano pudiera estar en esa dirección.

Una vez que Miki se cansó de buscar por todas partes, le propuse que nos volviéramos a casa. No parecía muy conforme, pero como ya había buscado en todos los lugares que se le ocurrieron, incluso alguien como ella se veía obligada a admitir que no quedaba sino abandonar.

Eché a andar hacia casa y Miki me iba siguiendo como a disgusto. De vez en cuando se oía el alegre griterío de otros chiquillos y entonces se quedaba unos segundos mirando en aquella dirección, poniendo atención por si entre las voces distinguía la de Hajime, pero cuando notaba que no era así, reanudaba el camino enfurruñada.

Cuando llegamos cerca de la casa de los Aoki y yo ya respiraba aliviado pensando que casi estábamos de vuelta, nos topamos por primera vez en mucho tiempo con aquel hueso duro de roer. Es decir, la niña con peinado de tazón con quien tuvimos que lidiar hace años cuando fuimos al parque de las campanadas. Ya había crecido bastante y le quedaba un poco rara la mochilita de niña que llevaba a la espalda, más aún porque el pecho empezaba a mostrar cierta prominencia y el redondo trasero se veía ya bastante carnoso. Sus brazos presentaban también un aspecto blando y rollizo, pero el peinado seguía siendo el mismo de antaño y sus ojos rasgados tampoco habían cambiado. Sorprendentemente, a pesar de haber terminado ya el jardín de infancia, durante esos seis años nunca había dejado de estar enamorada de «Hajime Hasegawa» y lo mismo por San Valentín que en el cumpleaños o que en Navidad, o en cualquier otra celebración que hubiera, nunca dejaba de traer algún regalo. Andaba cada dos por tres merodeando cerca de nuestra casa, buscando la ocasión de encontrarse casualmente con nuestro hermano.

Tuve el presentimiento de que iba a dar problemas, así que me limité a una leve reverencia sin mayor compromiso, mientras tiraba de la mano de Miki para alejarnos. «Dura de roer» (la verdad es que no sabíamos su nombre) miró a Miki e hizo un gesto de disgusto. El motivo es que Miki, cuando veía alguna niña que se acercaba a Hajime, acostumbraba a escupirla o a tirarle una rana muerta, y en cierta ocasión había lanzado con certera puntería a la frente de «Dura de roer» una servilleta de papel empapada en agua, y hasta que la niña comprendió qué era aquello que se le había pegado a la piel, pasó unos momentos de pánico.

La niña me miró y sonrió.

—Hola, Kaoru. ¿Qué tal?

Por aquel entonces «Dura de roer» ya era lo suficientemente mujer como para mostrarse agradable con el hermano menor del chico que le gustaba para que luego este le dijera «Oye, qué buena chica es esa». Su intención de usarme para hacerle propaganda resultaba evidente. Y además, tratándome con cariño, como si fuera su propio hermanito, se sentía un poco como si estuviera casada con Hajime. De hecho, eran varias las amigas de mi hermano que se me acercaban diciendo «Kaoru, ¿tienes novia?» o «¡Qué delgado estás! Tienes que comer más», como si se tratara de mis hermanas mayores. Lo cierto es que las chicas tienen un comportamiento de lo más enigmático.

Bueno, volviendo a «Dura de roer», que en su día le hizo a mi hermano aquel comentario malicioso sobre mí («Pues no se parecen en nada»), ahora parecía haberse olvidado de ello y me sonreía mostrando la mayor de las simpatías. Como yo también me había hecho adulto, le contesté: «Bien, gracias».

Y tras este breve intercambio de saludos, me dispuse a volver a casa sin más dilación. «Dura de roer», con un ligero brillo en sus ojos rasgados, preguntó con fingido desinterés lo que era previsible:

—¿Y Hajime?

Miki, quizá por reacción a esa pregunta, comenzó a mirar en derredor como buscando algo para lanzarle a la otra, incrementando mi preocupación. Pensando en terminar cuanto antes con el asunto, me hice el tonto.

—No lo sé.

«Dura de roer» no parecía conforme con que la conversación terminase y que se cortara allí el lazo con la familia Hasegawa. Con el sentimiento de superioridad que da el tener mayor edad optó por congeniar con Miki, a pesar de que le disgustaba.

—Miki, ¿cuántos años tienes? —le preguntó con una sonrisa.

Miki miró con severidad el sonriente rostro de la chica y después se quitó una bota y comenzó a llenarla con arena y piedrecitas. Me asusté pensando en la posibilidad de que quisiera tirarle aquella bota a «Dura de roer» que, molesta por la severa mirada de Miki, revelaba la herida causada en su amor propio haciendo un comentario de lo más inconveniente.

—Últimamente Hajime practica un juego bastante peligroso, ¿verdad?

Miki detuvo su mano y miró a «Dura de roer», que se rio con cara de «Ah, ¿pero no lo sabías?». No me cansaré de repetirlo, pero las mujeres son muy maliciosas. De verdad.

—Creo que vosotros dos deberías advertirle, porque es realmente algo peligroso.

Ya estaba otra vez hablando como si fuera su novia. Me apresuré a tirar del brazo de Miki para llevármela cuanto antes a casa, sospechando cuál era el juego del que estaba hablando la otra. Pero Miki, cuando se trataba de algo de Hajime, olvidaba su orgullo o cualquier otra cosa.

—¿Qué juego es ese? —preguntó a «Dura de roer».

La chica, satisfecha de saber algo de Hajime Hasegawa que los demás ignoraban, mantuvo su expresión de «Ah, ¿pero no lo sabías?» y, contoneando un poco el cuerpo, guardó silencio.

—¿Qué juego es ese? —repitió Miki con la bota llena de piedras en la mano derecha.

Entré en pánico y en mi interior se mezclaron los dos sentimientos opuestos. Por una parte rogaba por que la otra contestase antes de que Miki le tirase la bota y por otra deseaba que no contase nada. Pero la situación se desatascó enseguida. «Dura de roer» contestó con tono jactancioso:

—¿Acaso no lo sabes? Últimamente, en el parque número 1…

Entonces Miki, sin escuchar el resto, echó a correr, y en su lugar quedaron solo las piedras y la arena que cayeron de la bota.

Fue todo tan rápido que mi cerebro tardó en reaccionar y para cuando quise echar a correr en pos de Miki ya se había perdido de vista. Podía estar ahora cubierta de sangre, con la cañería de hierro tirada a su lado mientras Ferrari la miraba con el cuerpo manchado por la sangre de ella… Por lo visto había heredado el pensamiento pesimista de la difunta abuela, y al comenzar a imaginarme las posibilidades que podían darse en los siguientes minutos, sentía que me pesaban las piernas. Para colmo, «Dura de roer» corría pegada a mi espalda y además resoplaba *fuu fuu haa*, aspirando dos veces seguidas y espirando una, como si estuviera haciendo una maratón, lo cual suponía una presión adicional que me impedía correr bien.

Cuando llegamos al parque número 1 la escena era un auténtico pandemónium.

Miki estaba parada justo en medio del trayecto por el que corría Ferrari y mi hermano, que la había visto, se estaba bajando del árbol con las facciones pálidas.

—¡Huye!

En aquella ocasión, «Dura de roer» le gritó a Miki sin ningún tipo de ínfulas, sino de todo corazón, pero Miki, que no entendía nada de lo que estaba pasando, seguía allí como embobada mirando a Ferrari.

Yo corría obsesionado con la única idea de proteger a Miki, y mi hermano, debido a las prisas con que se bajó del árbol, cayó en mala posición y ahora corría arrastrando la pierna derecha, pero estaba claro que ninguno de los dos podíamos vencer la velocidad de las piernas de Ferrari.

Los compañeros de mi hermano estaban gritando algo desde lo alto del árbol.

La cañería de hierro que blandía Ferrari despidió unos destellos al darle la luz del sol y cerré los ojos, mitad por estar deslumbrado y mitad a modo de plegaria.

Aun así, Miki seguía mirando a Ferrari como extrañada.

El día en que retiraron los vehículos y bicicletas abandonados en el parque número 1, Ferrari desapareció de repente, dejando tras él toda una serie de leyendas urbanas. Algunos decían que había sido profesor de universidad, otros que había estado ingresado en un centro psiquiátrico y tampoco faltaba quien contaba que en tiempos había sido un millonario que vivía en una casa con muchos criados.

Aquel día en que se topó con Miki, Ferrari corría como el viento cuando vio delante de él a una niñita completamente inmóvil que lo miraba. Una niña que no dejaba de mirar con ojos extrañados su rostro con aquella nariz de enormes agujeros, mientras él blandía su cañería de hierro.

Ferrari se paró en seco.

Estaban a una distancia de unos tres metros, mucho menor que la de aquel récord alcanzado por Mochizuki. Así, Hajime y yo pudimos llegar hasta ella y rodear su cuerpo con los nuestros. Yo me sentía incapaz de apartar la vista de la cañería de hierro que empuñaba Ferrari con su mano derecha y mi hermano, por su parte, estaba atento a los próximos movimientos del hombre. Mi corazón latía a toda velocidad y el sonido de su ritmo se mezclaba con el del corazón de mi hermano.

A pesar de que estaba prácticamente tapada por nuestros cuerpos, Ferrari no apartaba la vista de Miki. Su expresión era la de un ciego que de pronto pudiese ver por primera vez el mar, o la de un jefe de caravana en el desierto que, tras un largo viaje, divisara a lo lejos la oscilante forma de un oasis, los ojos de alguien que estaba viendo algo insustituible, algo de un valor inapreciable.

Miki, en contraste con el pánico que nos invadía a nosotros dos, seguía mirando con toda calma a Ferrari y nadie hubiera dicho que era la misma niña que antes corría desaforada o que estaba llenando su bota de piedras para arrojársela a alguien. Sentíamos que junto a nosotros estaba una niña mucho, muchísimo más adulta que «Dura de roer» e, incluso, tuvimos la extraña ilusión de que no éramos nosotros quienes la estábamos protegiendo, sino ella quien nos protegía.

Ferrari respiraba jadeante, con dificultad, con unos bufidos como los de un cerdo, pero, a diferencia de otras veces, no nos pareció un sonido desagradable ni miserable, sino que acarició nuestros oídos como una especie de escala musical irregular que resultaba agradable de escuchar.

—Yo... —dijo Ferrari entrecortadamente entre jadeo y jadeo.

Esperamos atentos a que continuara hablando. Pensándolo ahora, era la primera vez que prestábamos atención a lo que tuviera que decir Ferrari, y también fue la última.

—Yo...

Miki agarraba con una mano la de Hajime y con otra la mía. Eran unas manitas pequeñas como el broche que usaba mamá y que me hicieron recordar que, en realidad, Miki era solo una niñita.

Ferrari dejó de concentrar su mirada solo en Miki y amplió su campo de visión a los tres. Como Ferrari no podía ver a un tiempo demasiadas cosas, iba paseando la mirada lentamente, con atención, sobre los tres, como si quisiera acostumbrar sus dañados ojos a vernos. Después, tras boquear un par de veces ruidosamente aspirando el aire, siguió hablando.

—He recordado aquello.

No teníamos la menor idea de qué podría ser aquello que había recordado Ferrari. Hasta Miki nos preguntó:

—¿Qué dice ese hombre?

Pero Ferrari, como alguien que se estuviera quitando de encima un gran peso con el que llevase cargando mucho tiempo, exhaló un largo suspiro y levantó la mirada hacia aquel firmamento que antes tanto miedo le daba mirar.

—He recordado aquello.

Esa fue la última vez que vimos a Ferrari.

Una vez que desapareció, los niños ya teníamos permiso para jugar en el parque número 1. Pero no íbamos allí. Ahora que habían retirado los vehículos desahuciados y las bicicletas rotas el lugar estaba tan limpio como desolado, pero por contra era como si nos diese reparo estar allí y nos sentíamos incómodos. En cualquier caso, si no estaba Ferrari allí, para nosotros ya no presentaba ningún atractivo.

Miki, que tenía una memoria tan sorprendente como la de Hajime, curiosamente no recuerda lo sucedido aquel día. Si le hablábamos de Ferrari, se limitaba a contestar «¿Quién es ese?», mientras ladeaba la cabeza. Entonces mi hermano y yo sentíamos con mayor fuerza todavía que Miki era una niña realmente enigmática.

LA MUDANZA

E n la primavera de aquel año, nos mudamos de casa.

Nuestra casa actual era una de esas que se construyen para la venta según una serie de modelos predeterminados, iguales en todo el barrio, y muy estrecha. En nuestra habitación se escuchaba incluso el ruido de la respiración de Miki al dormir, por lo que no teníamos ningún tipo de intimidad.

Un día Miki oyó el ruido que producían papá y mamá cuando hacían «aquello».

Al principio Miki dormía en medio de papá y mamá, alineados los tres, pero últimamente ya dormía casi siempre en nuestra habitación. En nuestra habitación había una litera. Mi hermano tenía asignada la cama de arriba y yo la de abajo pero, como era muy generoso, me decía: «Puedes dormir tú en la de arriba». No obstante, a mí me gustaba escuchar desde abajo la rítmica respiración de Hajime cuando dormía. Me sentía a gusto sabiendo que tenía encima a mi hermano y cuando a veces veía que asomaba un pie suyo fuera de la cama, me tranquilizaba todavía más y podía dormir mejor.

Miki se traía una almohada a nuestra habitación y se subía la primera de todas por la escalerilla para dormir al lado de Hajime. Alguna vez me hacía reír sujetándose con las piernas en la barandilla de la litera y colgando cabeza abajo.

A menudo, cuando yo estaba ya adormilado, decía «Kaoru, ¿estás despierto?» y, a pesar de nuestra corta edad, nos quedábamos hablando hasta altas horas de la noche.

La voz de Miki que me llegaba a través del colchón sobre mi cabeza producía la misma sensación que el ruido de las olas que se escucha al ponerse una caracola en el oído, y la piernecita de Miki que sobresalía junto con el brazo de Hajime era tan blanca como un trozo de coral arrastrado hasta la playa, reluciendo con aspecto desvalido.

Cierto día Miki me llamó con su habitual «Kaoru, ¿estás despierto?» y al abrir los ojos vi que ella y Hajime me miraban desde la litera de arriba con un aspecto nada corriente. A pesar de la oscuridad, me di cuenta de que ambos tenían el rostro colorado y también comprendí que no era únicamente porque estuvieran asomados cabeza abajo.

—Kaoru, ¿lo oyes? —dijo mi hermano con tono de quien está contando un secreto.

Al principio no entendí de qué estaba hablando, pero me esforcé por escuchar con atención. Y oí una voz muy cariñosa y dulce, como la que pone una gata cuando llama a uno de sus gatitos. No tardé mucho en darme cuenta de que aquella era la voz de mamá, pero me sorprendió el hecho de que hasta entonces nunca le hubiera escuchado usar ese tono de voz.

Alguna vez, por ejemplo cuando estaba cosiendo, mamá dejaba escapar de pronto un suspiro de felicidad. Era algo similar a un barquito que estuviera haciendo la señal de zarpar, un sonido incitante que hacía que los hermanos nos mirásemos y sonriésemos, pero la voz de mamá en aquella noche no encerraba el mismo tono travieso. Era una voz que recordaba a los pétalos de una hortensia desprendiéndose, una voz afligida pero al mismo tiempo ilimitadamente suave, que nos hacía permanecer inmóviles escuchándola.

Nos olvidamos de nuestros cuchicheos y nuestras risitas y, como quien espera el paso de un cometa, guardamos silencio con la mirada clavada en el techo. Bueno, desde mi posición no se veía el techo, pero podía imaginarme fácilmente las bellas líneas como ríos que surcaban las tablas del techo y cómo aquellos ríos, a través de la ventana, desembocaban en el firmamento.

Mi corazón latía con fuerza por la excitación y me resultaba imposible dar media vuelta y seguir durmiendo. Seguro que Hajime y Miki se sentían igual. Pero, mientras escuchábamos aquel jadeo regular de nuestra madre, como si hubiéramos caído bajo algún tipo de hechizo, terminamos por quedarnos dormidos sin darnos cuenta.

—¿Qué estábais haciendo anoche? —preguntó Miki a la mañana siguiente en la mesa del desayuno mientras se afanaba en untar con mantequilla de cacahuete una tostada.

Miki siempre nos ponía nerviosos con ese tipo de preguntas. En aquella época yo todavía no había aprendido nada sobre esos asuntos, pero sí sabía que los hombres y las mujeres se entregaban desnudos a algún tipo de práctica lujuriosa y mi hermano acababa de recibir en la escuela una especie de charla de educación sexual que incluía la consabida frase de «Bien, de aquí en adelante quedaos solo las chicas». Por eso, nos daba reparo preguntar a nuestros padres sobre esas cosas.

Miki había visto en el jardín de infancia que los niños levantaban la falda de las niñas o que intentaban tocarle las tetas a la maestra, por lo que tenía cierto conocimiento de la existencia en este mundo del interés por el sexo, pero todavía no entendía por qué mamá profería la noche pasada unos gemidos tan rebosantes de felicidad ni cómo ni para qué podía generarse una voz como aquella.

Más que los dos hermanos, quien más se azoró fue nuestro padre. Su reacción al oír aquella pregunta fue exactamente lo que se llama «sobresalto», y después del sobresalto, como si fuera la viñeta de un cómic, se atragantó con el café y comenzó a toser.

Mamá miró a Miki con expresión de «uy, vaya, vaya» y, para nuestra sorpresa, se echó a reír. Después de reírse un rato, se sentó en la silla con decisión, como diciendo «Bueno, vamos allá», y nos miró a los tres hermanos uno por uno. Yo estaba muy inquieto pensando en qué iría a decirnos nuestra madre, pero como ella adoptó la misma pose que usaba cuando echaba las cartas del tarot, con esa cara de «Ahora veréis», sentí una gran expectación.

Mamá carraspeó como dándose importancia y miró a Miki con intenso cariño.

—Miki, ¿a quién se parecen tus ojos?

Miki, al encontrarse con que ahora era ella la interpelada, pareció un tanto confusa, pero como ese Hajime que tanto le gustaba la miró animándola a contestar, pensó un tiempo y dijo:

—A los tuyos.

—Y entonces, ¿tu nariz?

—Pues… a la de papá.

—¿Y la boca?

—A la tuya.

—¿Y las orejas?

—¿Las orejas? Pues… pues… a las de Hajime.

Mamá exhaló un suspiro como aquellos que dejaba oír cuando tejía y acarició la cabeza de Miki.

—La forma de tu cabeza se parece a la de Kaoru, tus dedos son igualitos a los míos cuando era pequeña, y el remolino de tu coronilla es como el de papá. Tus zapatos se desgastan en los mismos puntos que los de Hajime y cuando dormís se os levanta una de las piernas de idéntica forma.

Miki siempre parecía como en trance cuando mamá le acariciaba la cabeza. Sus ojazos adquirían una mirada vacua y daba la impresión de que todavía estaba medio dormida, pero cuando adoptaba aquella expresión era precisamente cuando más me gustaba su rostro.

—A pesar de que todos habéis nacido por separado, si tú te pareces a papá, a mamá, a Hajime y a Kaoru es porque tus padres hemos usado la magia de aquellos que se quieren.

—¿Magia?

—Sí. La magia que tiene mamá desde que nació y la magia que tiene papá desde que nació. Entonces, cada uno de los dos comenzamos a usar esa magia, y las juntamos.

—¿Y cómo?

—Queriéndonos mucho.

—¿Solo eso?

—No. Cuando sentimos que nos queremos mucho, mucho, mucho, entonces ya no nos hace falta la ropa. Y aunque no llevemos ropa encima, no nos da vergüenza.

—¿Os quedáis desnudos?

—Eso.

—¿Y después?

—Cuando estamos desnudos, papá me dice que me quiere mucho y me besa por todo el cuerpo.

—¿Todo el cuerpo?

—Eso.

—¿En el culo también?

—Sí.

—¿Y en las tetas?

—En las tetas, en el culo, en las piernas, en el pelo... Por todas partes.

—¿Y eso no te hace cosquillas?

—Como papá me quiere mucho, no me hace cosquillas. Es una sensación muy agradable.

—¿De qué manera?

—Es como si estuviera volando por los aires.

—¿Volando?

—Sí. Me siento ligera, como si flotase. Es algo sensacional.

—Hmmm...

—Y entonces es cuando juntamos la magia de papá con la de mamá.

—¿Magia?

—Sí. Papá tiene uno de los elementos para formar tu cuerpo y tu madre tiene el otro. Y solamente pueden combinarse cuando los dos padres se quieren mucho.

—Entiendo.

—Y entonces, los dos elementos se convierten en uno.

—Pero ¿cómo?

—El elemento de mamá está en el interior del vientre. Papá tiene el suyo dentro del pito. Entonces, introduce el pito en el vientre de mamá.

—¿El pito?

—Eso es.

—¡Qué cochinada!

Mamá soltó una carcajada. Papá, habiendo olvidado que se había atragantado con el café, lucía un rostro avergonzado pero, a la vez, miraba a mamá depositando en ella su confianza y con una sonrisa forzada.

—No es ninguna cochinada. A mamá le encanta el pito de papá.

—¿Y cómo se introduce en el vientre?

—En mi cuerpo hay un camino por el que naciste tú, ¿no? Pues papá llama a su puerta y dice «Con permiso». Entonces, como a mí me gusta mucho papá, le contesto «Sí, adelante» y le abro la puerta.

—Hmm…

—Entonces, como papá también me quiere mucho, comienza a usar su magia e introduce en mi cuerpo el elemento necesario para formar el tuyo.

—Ya.

—Y desde ese momento, tú ya existes.

—¿Desde ese momento?

—Eso es. Yo quiero a papá y papá me quiere a mí y desde el momento en que combinamos nuestra magia, Miki ya comienza a existir.

Miki no terminaba de comprender las palabras de mamá, pero sentía que su nacimiento era el resultado de alguna clase de ceremonia muy importante, y a juzgar por la satisfacción de su rostro, la idea le agradaba.

Mamá volvió a liberar uno de aquellos suspiros como cuando tejía, pero ahora sonaba como si se fuera a echar a llorar de felicidad o a desvanecerse de un momento a otro.

—Gracias por haber nacido, Miki.

Dos años después Miki entendió que aquello de lo que le habían hablado era el sexo, y comprendió con mucho más detalle que mi hermano o que yo todo lo relativo a su funcionamiento, pero, cuanto más sabía acerca de ello, más se percataba del escasísimo margen de probabilidades que encerraba el hecho de su nacimiento y a veces lanzaba admirada una exclamación por lo extraordinario que resultaba.

El día de la mudanza estaba lloviendo.

Caía una fina llovizna que hacía dudar de si llevar paraguas o no, y que humedecía suavemente nuestra casa. Cuando por fin vino la compañía de mudanzas, los empleados eran dos chicos tan delgaduchos que incluso alguien tan débil como yo dudaba de si serían capaces de hacer el trabajo. Pero, cuando se pusieron manos a la obra, trabajaban con una rapidez sorprendente y mi hermano se quedó embobado mirando cómo encajaban en el camión el aparador de la vajilla, la lavadora u otras muchas más cosas. Incluso Miki, que no solía elegiar a nadie que no fuera Hajime, exclamó «¡Qué majos son!».

Todos los vecinos estaban alrededor asistiendo al desarrollo de la mudanza, pero nadie llevaba paraguas. Papá y mamá se veían muy atareados repartiendo palabras de agradecimiento y carecían del tiempo libre necesario para contemplar pensativos y emocionados cómo todos nuestros recuerdos iban siendo encajados dentro de aquel camión.

Hajime no estaba menos atareado, porque había toda una fila de niñas que venían a despedirse de él y algo similar sucedía con Miki, ya que cada dos por tres llegaban chicos para entregarle algún regalo.

Un compañero mío de clase acudió a despedirse de mí trayendo algo de lo más inusitado, un colorido haz de grullas de papel.

—Bueno, que te vaya bien —le dije.

—Ya quedaremos algún día para jugar —contestó él.

En suma, las palabras habituales de despedida. También vino otro al que le dio por soltar unas lágrimas ante las que no sabía si alegrarme o avergonzarme y que me produjeron un hormigueo en torno a las orejas. Pero como no quería que mi familia me viera llorar, me rasqué las orejas y me reí.

Cuando llegó la hora de partir tuvo lugar un incidente importante para mí. Estaba guardando en mi cartera el colorido haz de grullas de despedida cuando se me acercó una chica.

Era una conocida del colegio apellidada Yukawa, que alguna vez había atraído mi atención cuando, con aire avergonzado, se ponía unas gafas rosas solo durante las clases o cuando la veía por algún pasillo limpiando afanosamente con un trapo.

Yukawa traía entre sus blancos y finos dedos un sobrecito color azul claro. En algunos puntos le habían caído gotas de lluvia, quedando de un azul un poco más oscuro que el resto, por lo que parecía un sobre moteado.

—Toma, lee esto —me dijo con voz temblorosa.

Después de haber conseguido decir aquello con gran esfuerzo, se escondió entre el resto de la gente. Como yo era el hermano de Hajime, sabía que aquello era una carta de amor y sentí que enrojecía al instante, así que volví a rascarme más fuerte que antes las orejas. Pero al ver que ninguno de mis compañeros de clase se reía ni hacía bromas sobre aquello, sentí un gran alivio y me di cuenta de lo bueno que era el vecindario donde habíamos vivido hasta entonces.

—Gracias.

Al mismo tiempo que murmuraba la palabra sin dirigirme a nadie en particular, el camión de mudanzas tocó el claxon a modo de despedida.

Nuestra casa, ya del todo empapada, me pareció todavía más pequeña pero, al estar siendo lavada por la lluvia, relucía ofreciendo un aspecto muy bonito. Las hortensias que crecían junto a la puerta de entrada todavía no habían florecido pero las otras flores del jardín suplían la falta con su frágil belleza.

Pensé que en un día lluvioso como aquel los gatos del parque de las campanadas no podrían tumbarse al sol como de costumbre. También que llegaría el día en que aquella «Dura de roer» que lloraba más que nadie tendría hijos con algún hombre y que sin duda Yukawa seguiría poniéndose aquellas gafas rosa clarito solo durante las clases. Y que la abuela continuaría preocupándose por nosotros, mirándonos desde el paraíso.

Habíamos estado viviendo en un vecindario realmente pequeño.

Dentro del vehículo, Miki se sentó sobre las rodillas de mi hermano y miraba con atención el panorama exterior. Mamá no paraba de agitar la mano hacia los demás en señal de despedida. Papá se acomodó en el asiento del copiloto y miraba un mapa del nuevo vecindario al que íbamos. Hajime acariciaba la cabeza de Miki mientras sonreía perdido en agradables recuerdos.

Yo guardaba en el bolsillo aquella carta del sobre moteado que me proporcionaba un calorcillo en el vientre y hacía saltar por los aires todas mis inquietudes hacia el nuevo barrio.

Habíamos estado viviendo en un vecindario realmente pequeño.

Pero ahora ya no se veía casi nada por culpa de la lluvia.

TERCER CAPÍTULO

UNA BARRIADA NUEVA

Cuando comenzó nuestra nueva vida, una chica vino a vivir con nosotros. Era una chica tranquila y delgada, nuestra Sakura... Bueno, en realidad Sakura se instaló en casa cierto tiempo después de la mudanza. Hasta entonces se dieron determinados antecedentes.

Nuestra nueva casa no estaba nada mal.

El recibidor era suficientemente amplio como para que, aun tumbándose un leopardo en él, pudieran colocarse sin problemas los zapatos de toda la familia y la escalera de caracol que conducía al segundo piso era más alta que el árbol del membrillo que crecía en el jardín. La sala de estar tenía un ventanal que cubría toda la pared, por lo que disfrutaba de una iluminación casi sorprendente y las partículas de luz iban alegremente de un lado para otro por el espacioso recinto. La cocina, que conectaba con la sala de estar, tenía un mostrador muy elegante que los niños utilizábamos para jugar a que nos encontrábamos en un bar. En la habitación de seis esteras de *tatami* colocamos una foto de nuestra difunta abuela y el rostro que lucía en aquella fotografía parecía estar disfrutando del olor de un *tatami* nuevo. En cuanto al baño, recubierto de azulejos azul oscuro como el fondo del mar, aun cuando se hiciera nadar en él la rana de juguete que tanto le gustaba a Miki, casi nunca chocaba con las paredes. Al girar el grifo color plata de la ducha salía un chorro caliente con la fuerza de una tormenta tropical y el retrete de estilo occidental era, para alegría de Miki, de color rosado, en un cuarto de baño que, una vez más, era muy luminoso. El jardín era tan extenso que se podían usar a placer las raquetas de bádminton sabiendo que no existía la preocupación de tener que ir a buscar los volantes de plumas a la casa del vecino, y mamá temblaba de emoción imaginando los tipos de flores que podría plantar allí mientras decía: «¿Qué flores podríamos poner?».

Pero lo que más nos fascinaba era que cada uno tendría su propia habitación. La que estaba empapelada con un material de madera de nogal sería para Miki, la que tenía un gran armario era la mía y la única que contaba con un balcón, aunque también era la más pequeña, fue para Hajime. Estábamos muy excitados por el hecho de contar con nuestro propio espacio e incluso Miki, que era incapaz de dormir sola, acariciaba con expresión satisfecha el papel de nogal.

«¡Huele a nueces!», decía muy contenta mientras nos miraba, y papá y mamá parecían también muy felices al oírlo. En la habitación de ellos ya había instalada una cama doble *king size* que nos sorprendió por su tamaño, y al ver aquella mullida cama que parecía el vientre de una ballena y las felices expresiones de nuestros padres tuvimos la vaga idea de que quizás en un futuro próximo llegaría una hermanita o hermanito.

Aquellos dos empleados delgaduchos de la empresa de mudanzas parecían no cansarse nunca y, con la misma eficacia de antes iban distribuyendo por la casa todas nuestras pertenencias, dejándonos todavía más admirados.

Nuestra nueva casa quedaba a mitad de camino de una cuesta. Se había dividido la zona en una serie de parcelas escalonadas a fin de crear una barriada nueva y cuando nosotros nos instalamos todavía quedaban varios terrenos pendientes de edificar. De aquellas tres casas donde Miki robaría mucho tiempo después los periódicos, solo existía entonces la de la familia Onishi, y mamá, que iba con mucho ánimo por las casas de los vecinos para presentarse, acabó bastante pronto la tarea. De hecho, al haber menos casas de las esperadas, todavía hoy tenemos guardadas algunas toallas de las que compró para repartir en aquella ocasión.

La casa que quedaría un poco más arriba de la nuestra todavía no había sido edificada, así que usábamos la parcela como nuestro terreno de juego. Fue también allí donde Miki montó por primera vez en bicicleta y también fue allí cuando, una vez que vimos moverse los hierbajos, nos acercamos creyendo que serían saltamontes y, para nuestra sorpresa, terminamos atrapando una pequeña serpiente. Fue también en ese terreno donde, ahora que habíamos dejado de mear al aire libre, hicimos una corona para Miki a base de tréboles blancos.

Había dos parques más o menos cerca de casa pero ofrecían un aspecto tan obvio de «recién hechos», con sus relucientes toboganes rojos y esos columpios que no chirriaban, que nos sentíamos un poco cohibidos en ellos y pasó un tiempo hasta que nos acostumbramos. No sé explicarlo, pero era como si toda la barriada estuviera gritándonos: «Oye, oye, no manchéis».

Así es que, al sentirnos en medio de ese ambiente tan pulcro, como vigilados, nos daba un poco de reparo jugar allí.

Por eso, en los días siguientes a la mudanza nuestro lugar favorito de juegos era la parcela libre de al lado.

La nueva escuela de primaria donde ingresamos estaba a unos cinco minutos caminando en la dirección de bajada de la cuesta.

Como era el mes de abril y el curso comenzaba justo entonces creo que nuestra llegada no debió de llamar demasiado la atención, pero por otra parte hay que tener en cuenta que el número de alumnos era escaso. En mi nueva escuela cada curso estaba dividido en solo tres grupos de alumnos y en cada uno de ellos éramos apenas treinta. Era una escuela tan tranquila que nunca hubiera pensado que apenas tres años después los cursos contarían con siete grupos de cuarenta alumnos cada uno.

Al ser nuevo, en el primer día de clase tenía que presentarme en público y ya asumía que alguien diría: «Parece un nombre de niña».

Sin embargo, nadie hizo semejante comentario. Como me quedé un tanto desconcertado, fui yo mismo quien añadió:

—Sí, Kaoru Hasegawa. Parece un nombre de niña, pero como veis soy hombre.

Pero a pesar de mis palabras, nadie hizo el menor comentario. El profesor echó una ojeada por toda la clase y, viendo que no había ninguna reacción, dijo muy despacio, como para que se recordase bien el nombre:

—Muy bien, Kaoru Hasegawa. Ya sabéis, a llevarse bien entre todos.

Bueno, pues ese era el tipo de escuela donde estábamos.

Al pisar el linóleo del pasillo con las zapatillas que se usaban para el interior de la escuela, levantaba un sonido como si lo acabaran de pulimentar, mientras que en la escuela anterior solo se oía algo similar algún día que lo enceraban. Los sanitarios del servicio de chicos estaban relucientes y tan limpios que casi daba reparo mear en ellos (en la escuela anterior a menudo meábamos dos compañeros haciendo un aspa de manera que apuntábamos al sanitario del contrario y quedaba todo salpicado).

En aquella escuela también imperaba la atmósfera de «Oye, oye, no manchéis» y no había ningún compañero que tuviera la camiseta deshilachada por los sobacos (la mía estaba deshilachada en ambos sobacos) o que tuviera los calcetines agujereados (mamá me cosía tantas veces los calcetines que ya estaban deformados).

El día en que Hajime dio sus palabras de presentación ante la clase se corrió el rumor entre las chicas de que había llegado un compañero muy guapo pero, a diferencia de la escuela anterior, ninguna de ellas se puso a competir por ser la primera en dirigirle la palabra. Todas se acercaban a la puerta del aula para mirar discretamente a mi hermano. De vez en cuando soltaban unas risitas o cuchicheaban al oído, y si Hajime sentía sus miradas y dirigía la vista hacia ellas, se daban media vuelta a toda prisa fingiendo desinterés.

Una vez mi hermano extendió la mano derecha hacia la chica que se sentaba a su lado diciéndole «Encantado» y ella se puso colorada, mirando hacia el suelo en silencio. Las otras chicas de la clase que lo vieron se pusieron a cuchichear.

Bueno, pues ese era el tipo de escuela donde estábamos.

Creo que aquel ambiente tan particular, tan impersonal y rígido, se debía a que era la escuela de una barriada recién creada. Si, por ejemplo, mi hermano invitaba a algún compañero de clase diciendo «Vamos a jugar», el otro se volvía enseguida a casa y los únicos juegos que parecían interesarles eran los videojuegos. En nuestra casa no había videojuegos y, como de costumbre, seguíamos jugando en la parcela de arriba. Nos íbamos acostumbrando poco a poco a los parques nuevos y, como si quisiéramos convertirnos en los encargados de desgastarlos, empujábamos con todas nuestras fuerzas los vacíos columpios o trepábamos por los toboganes en sentido contrario.

Pensándolo ahora, tengo la impresión de que en aquella nueva escuela la mayoría de los alumnos procedían de familias lo suficientemente desahogadas económicamente como para haber podido mudarse a la recién creada barriada y las diversiones que tenían eran también las propias de la gente con dinero. Había todos los descampados que uno pudiera desear, pero todos los compañeros estaban enganchados a los videojuegos y apenas se veía ningún niño jugando al aire libre.

Nuestra nueva casa era muy amplia, pero de ningún modo éramos una familia de dinero.

Papá trabajaba en una empresa de transportes. No es que fuera conductor de camión, sino que su labor consistía en controlar en qué ruta estaba y a dónde se dirigía el camión que transportaba tal o cual cosa. Unos tres días a la semana trabajaba en el turno de noche y entonces volvía a casa a la mañana siguiente con los ojos enrojecidos. Lo cierto es que nuestro padre era un hombre muy trabajador, casi demasiado. No se tomaba ningún día de vacaciones y aun cuando bebiese alcohol, nunca llegaba tarde. Por encima de todo, papá se sentía muy orgulloso de su trabajo.

—Vuestro padre sabe por qué camino circulan en todo momento los bultos llegados de cualquier parte del mundo y quién los va a recibir. Y si cometo aunque sea un pequeño error, ese envío tan importante no llega a su destinatario.

Nosotros nos quedábamos admirados de que papá tuviera en sus manos el destino de todos los envíos del mundo y lo que más nos impresionaba era cuando nos enseñaba de qué manera iba indicando por radiotelefonía a los conductores de camión cuáles eran las rutas más rápidas.

—Bzzz... bzzz... llamando al número 226, conteste 226. Hay un atasco en la carretera número 27 debido a un accidente. Gire a la derecha por la antigua carretera Yamate y siga por la calle Hanada. Adelante...

Papá conocía todas las carreteras del Japón y también conocía hasta la última callejuela que pudiera servir para facilitar la ruta. Nos emocionaba intensamente saber que bastaba una palabra de nuestro padre para que cientos de camiones decidieran la ruta por la que conducían.

Pensándolo ahora me doy cuenta de que aunque nuestro padre no recibiese un salario en absoluto espectacular, era el hombre más feliz del universo. Se esforzaba por sacar adelante a su familia, y para él aquella familia era como si fuera un castillo a su cargo en el que no faltaba de nada.

De por sí, la mayoría de nuestros compañeros de clase pertenecían a familias adineradas y como nosotros procedíamos de un barrio popular, ese hecho a menudo nos planteaba muchas dudas. Por ejemplo, nos preguntaban: «¿Qué automóvil tenéis en casa?». O se reían de nosotros por no tener videojuegos. El vehículo que tenemos en casa es uno de segunda mano tipo furgoneta, al que de vez en cuando se le para el motor pero, cuando salimos con él toda la familia para dar una vuelta, es agradable ver desde arriba a los coches deportivos de chasis bajos y podemos jugar a las cartas en el asiento de atrás. No teníamos videojuegos, pero sí un ajedrez extranjero del que papá estaba muy orgulloso y las cartas del tarot que tenía mamá eran algo que nunca vi en ninguna otra casa.

Pero lo que más nos enorgullecía era que nuestro padre, a pesar de ser todavía joven, hubiera podido comprar una casa tan amplia como esta de ahora.

Miki se hallaba tan desconcertada como nosotros con la nueva escuela. Ya en la ceremonia de ingreso al colegio Miki llamó la atención por soltar una ostentosa ventosidad y, para colmo, como se aburría con el discurso del director del colegio, intentó marcharse por ahí a alguna parte. En pocas palabras, que hizo quedar mal a la profesora al cargo de ella. Pero Miki se dio cuenta de que el ambiente de aquella escuela era más bien frío, muy diferente al del jardín de infancia donde había acudido hasta entonces.

Las otras chicas tenían celos de la belleza de Miki y por lo general la ignoraban, pero no hacían cosas como las del jardín de infancia, que le escondían las zapatillas o la tiraban de los pelos. Al no ejercer un ataque directo, Miki tampoco podía, como antes, devolvérselo levantándoles la falda o escupiendo a su sombra.

Algunos chicos se acercaban a hablar con Miki, pero más que intentar atraer su atención, lo hacían para tomarle un poco el pelo. Le decían cosas como:

«Eh, ¿pero no llevas gafas?» (por el anuncio de las Gafas Miki), o «Uy, pero si no tiene cola» (por el Ratón Mickey).

Miki, que tampoco era que escuchara con mucha atención, no entendía bien lo que le estaban diciendo, pero por otra parte le parecía que no era como para soltar un puñetazo, por lo que en general se quedaba con la mente en blanco. La expresión de Miki cuando se quedaba así resultaba impresionante. Era como si tuviera las pupilas de los ojos abiertas al máximo, la nariz y la boca concentradas en respirar y todas las fuerzas hubieran abandonado su cuerpo. Parecía un buzón que llevase allí años. Al carecer de enemigo al que golpear, se quedaba sentada en el aula con la boca perdida y expresión ausente. Cuando alguna vez me acerqué a escudriñar su aula temiendo que pegase a alguien, me sorprendía al verla en aquel estado.

Debido a la insatisfacción que sentía hacia la escuela, Miki se apegaba todavía más a Hajime. En cuanto él intentaba salir de casa, Miki se ponía en pie toda nerviosa y salía detrás gritando: «¡Yo también voy!». Incluso, con todo lo que le gustaban los tomates, cuando Hajime dijo que a él no le gustaban, dejó de comerlos (y realmente desde entonces pasó a odiar los tomates).

Nuestro hermano, por su parte, tenía ganas de jugar con Miki, sí, pero concentraba sus esfuerzos en cambiar el grisáceo ambiente que reinaba en la nueva clase. A diferencia de mí, que siempre me doy por vencido y me adapto a lo que haya, mi hermano se tomaba esas cuestiones como un desafío y buscaba abrir su propio camino. Sin amilanarse por las negativas, invitaba una y otra vez a jugar al béisbol o al fútbol a los compañeros que se disponían a volver a casa o cuando una chica había pasado por la peluquería le decía «Te has cortado el pelo, ¿no?».

También buscaba pelea cuando se enteraba de que alguien iba hablando mal de él a sus espaldas. Hajime usaba todo su cuerpo para intentar terminar con aquel ambiente que podía volvérsele en contra. Era su modo habitual de actuar. Antes de ponerse a dar vueltas a los problemas dentro de su cabeza, usaba el cuerpo. Movía las piernas, agitaba los brazos y, de un modo natural, hacía que todos estuvieran pendientes de él. Mi hermano se peleó decenas de veces en toda su vida, pero creo que este fue el período en que más utilizó el cuerpo. Volvía siempre agotado a casa, comía con abundancia y dormía como preparándose para los alegres días que sin duda llegarían.

Miki, al ver que ya no podía seguir jugando con su hermano a las «muestras de valor», estaba todo el día con aire tristón.

Sin duda se sentía mucho más triste de cuanto nosotros podemos imaginar al darse cuenta de que ya no tenía a aquella abuelita que la regañaba por mear de pie en la calle, ni a aquella «Dura de roer» que probaba una y otra vez a acercarse a su hermano, ni tampoco chicos a los que poder pegar a gusto. Pero sobre todo, porque notaba que, inexorablemente, Hajime se iba marchando poco a poco a un mundo muy lejano del suyo.

EL DROMEDARIO MORADO

Fue justo en esos días cuando Sakura llegó a casa. Cuando un día Miki empezó de repente a decir que quería tener un perro, Hajime y yo quedamos al instante encantados con la idea. No sabíamos qué pretendía exactamente Miki diciendo aquello, pero debió ser una de las primeras veces en nuestra vida que nos mostrábamos por completo de acuerdo con una idea de Miki. Papá y mamá se esforzaron por hacernos entender el enorme trabajo que suponía criar un ser vivo, pero como se trataba de esa Miki que ya podía venir una tormenta o verse entre las fauces de una bestia, e incluso ser tragada por una ballena, que nunca cambiaba de opinión, cierto día nuestros padres dieron finalmente su brazo a torcer y se decidió que tendríamos un perro en casa.

Esa Sakura a la que he mencionado tantas veces.

El primer día que llegó a nuestra casa, Sakura no se apartó ni un segundo de Miki.

—Uy, pero qué perrito tan delgado —fue el comentario de mamá.

Y lo cierto es que Sakura era muy pequeñita.

—Le hemos puesto Sakura de nombre.

—¿Eh? ¿Pero ya tiene nombre?

Por lo visto a mamá le sorprendía que aquel perro diminuto como una legumbre tuviera ya nombre.

—Oye, Miki, ¿y por qué le has puesto Sakura?

—Es un secreto.

Miki guardaba en el bolsillo el pétalo rosa que se había desprendido del cuerpo de Sakura, aunque lo cierto es que ella misma ya lo había olvidado. Una semana después lo encontró todo reseco, pero cuando lo recogió era fresco como un pez recién nacido y al meterlo en el bolsillo que quedaba al costado derecho de su vientre brillaba igual que una joya.

Mamá, que ya sabía que Miki era muy terca, miró hacia mí buscando una respuesta. El rostro de mamá expresaba tal felicidad y Sakura, por su parte, tenía unos ojos tan bonitos, que yo mismo me sentí como si tuviera los bolsillos llenos de pétalos de flores rosas.

—Es un secreto —contesté yo también.

Sakura era realmente muy tranquila y ni ese día ni el siguiente ladró una sola vez. Al principio todos en casa comentábamos «Qué perro tan tranquilo», pero pasó una semana y luego otra y seguía sin ladrar.

Decidimos llevar a Sakura al veterinario. Pensándolo ahora resulta ridículo, pero un día a eso de las nueve de la noche montamos a Sakura en el coche y fuimos a un veterinario de las afueras toda la familia junta. Nos preocupaba el estado de Sakura pero, a la vez, nos sentíamos muy emocionados de tener con nosotros un ser vivo al que teníamos que cuidar al máximo. Era como si estuviéramos buscando un nuevo lugar donde esconder un tesoro muy valioso.

Sakura parecía también muy excitada por el hecho de subir a un coche por primera vez y, estirando su cuerpo sobre las rodillas de Miki, miraba por la ventanilla el paisaje que íbamos dejando atrás. Miki le iba susurrando al animal.

—Sakura, eh, Sakura. ¿Cómo se dice *guau*? Prueba a decir *guau*.

Pero Sakura se limitaba a echar miradas intranquilas a Miki y no ladraba ni una sola vez.

Cuando llegamos al veterinario estaban a punto de cerrar, por lo que la sala de espera ya estaba en penumbra y, aparte de nosotros, solo había una señora regordeta que abrazaba un gato persa con cara de mal genio y una pantalla de papel en torno al cuello que parecía una antena parabólica. La señora llevaba un vestido color morado que parecía teñido con pintura al óleo y unas gafas de sol que la hacían parecer una libélula. De vez en cuando se removía y canturreaba alguna canción en un idioma extranjero desconocido. Sonaba como el cántico de algún tipo de ceremonia o rito ocultista de mal agüero, que daba un poco de miedo:

—*Iizaarah, zaa fauebah, shinyuubii orau, yoraa putmi, aazah toppora wa...*

Sin embargo, cuando uno llevaba un tiempo escuchando, terminaba por sentirse relajado e incluso le entraba el sueño. De vez en cuando las orejas de Sakura daban un respingo y se revolvía inquieta entre los brazos de Miki. Mientras, Miki parecía como hechizada por la señora y su gato, permaneciendo completamente inmóvil.

El gato de la antena parabólica parecía sentirse muy a gusto con las caricias de la señora. Comenzaba a ronronear y, como si de vez en cuando se acordara, lanzaba un bufido retador a Sakura. Sakura, como cobardica que era, se asustaba ante aquellos bufidos y recogía el rabo haciéndose un ovillo mientras temblaba sobre las rodillas de Miki.

—*Yooraa putmi aazah toppora wa...*

El aire acondicionado de la sala de espera era muy antiguo y levantaba un zumbido sordo. Era un ruido que se parecía al de la lavadora de casa que me hacía sentir todavía más somnoliento y, aunque me da vergüenza confesarlo, en algunos momentos me quedé adormilado sobre las rodillas de mi madre. Mamá me acariciaba las orejas y el roce de sus manos cerraba más y más mis pestañas.

—*Yooraa putmi aazah toppora wa...*

Comencé a soñar.

Iba montado en un dromedario color morado y viajaba por un desierto tan blando como las huevas de pescado. El sol brillaba sobre mi cabeza, soplaba un viento nornoroeste pero no hacía volar los granos de arena. Yo llevaba en el bolsillo unos perritos calientes rodeados de mucho huevo que me había preparado mi madre y me lamentaba porque, en lugar de ir con mi cantimplora, me había equivocado y traía una pequeña de Miki con diseño de flores. A lo lejos se veían las luces de alguna ciudad pero no me dirigí hacia allí. Sentía unos grandes deseos de ver el mar y entonces le preguntaba a una chica de largos cabellos que estaba cantando recostada sobre unas rocas: «¿Hacia dónde queda el mar?». La chica de los largos cabellos sonreía y entonces me di cuenta de que se parecía a Miki, por lo que de pronto me entraron ganas de volver a casa. Entonces me daba media vuelta para dirigirme hacia la ciudad, pero aquellas luces de antes habían desaparecido y, al no saber qué hacer, de pronto empecé a llorar estruendosamente. Lloraba y lloraba, y todo a mi alrededor se empapaba con mis lágrimas mientras que el dromedario morado susurraba «Perdona, ¿eh?». Me sentía profundamente avergonzado y buscaba alguna excusa que formular cuando me despertó la voz de una enfermera.

—Señores Hasegawa…

Me restregué los somnolientos ojos y me incorporé todavía con la mente en blanco. Avergonzado, aparté la mano de mamá que me estaba acariciando la cabeza, pero ella se reía. Cuando nos dirigimos a la sala de reconocimiento pasamos por delante de la señora del vestido morado. El gato de la antena parabólica seguía mirando de manera agresiva a Sakura y cuando eché una breve mirada hacia ellos la señora me susurró en voz muy muy baja «Perdona, ¿eh?».

Me giré sorprendido hacia ella y entonces sonrió y volvió a canturrear aquella incomprensible melodía.

El veterinario miró con rostro extrañado a Miki que, con Sakura entre sus brazos, había entrado la primera en la sala de reconocimiento, y a los dos hermanos, que íbamos detrás caminando muy despacio. El veterinario era un hombre con la parte superior de la cabeza completamente calva pero el pelo de los laterales anormalmente largo. Pero además, su rostro era terso y reluciente, lo cual, unido a unos ojos saltones y a una boca grande que parecía a punto de desgarrarse, le daba aspecto de *yokai* maligno de esos que los padres usan para asustar a los niños diciendo que se los llevarán si hacen algo malo. En cuanto Miki entró en la sala de reconocimiento, se escondió detrás de Hajime llevando a Sakura en brazos y yo por mi parte sentía miedo de mirar fijamente al veterinario, por lo que me puse a fingir que miraba los carteles clavados en la pared. El veterinario comenzó a hablar.

«¿Saben ustedes que los perros también sienten estrés?», o «Es mejor cortarle las uñas una vez al mes».

Pero, más que Miki o que yo, quien tenía más miedo era Sakura. La sala que olía a desinfectante, el *yokai* de bata blanca, el inquietante sonido que hacía la mesa de reconocimiento, los aullidos cargados de tristeza que proferían en las habitaciones del fondo los «pacientes ingresados»… Todo el cuerpo de Sakura temblaba y el morro, que es lo más importante para un perro, aparecía reseco.

—¿Qué le pasa a este perro? —preguntó el *yokai* con una voz sorprendentemente alta.

Miraba con expresión amable a Miki, que seguía con Sakura en los brazos. Lo cierto es que, a pesar de su intención, su rostro parecía estar diciendo «Ahora os voy a comer a todos».

Miki, como si hubiera olvidado para qué habíamos ido allí, abrazaba a Sakura mientras comenzaba a retroceder, pero mamá la contuvo. Entonces el *yokai* decidió que debía enfrentarse con un hombre adulto y papá, reuniendo valor, arrebató a Sakura de los brazos de Miki y la llevó hasta la mesa de reconocimiento.

Con objeto de congraciarse con nosotros los niños, a quienes notaba temerosos, desplegó toda su amabilidad y exclamó: «¡Vaya, pero qué perrito tan mono!» (aunque a nosotros nos sonó a «Hmm… Tiene un aspecto delicioso. ¿De qué manera podemos cocinarlo?»).

Entonces, el *yokai* intentó agarrar a Sakura y Miki, en un acto reflejo, gritó:

—¡Déjala!

Justo en ese momento se oyó un *guuuón*.

Sakura soltó un ladrido que resonó en toda la clínica. Debía de sentir mucho miedo, pero el caso es que fue su conmemorativo primer ladrido y acto seguido, como si se hubiera roto el dique, continuó ladrando.

Guuuuón, guuuuón.

Me encontraba paralizado por la sorpresa cuando mamá soltó un gritito con voz alegre. Por su parte Miki volvió a abrazar a Sakura y, bailoteando contenta, gritaba:

—¡Ya ladra! ¡Ya ladra!

Sakura, de un modo que parecía impropio en aquel cuerpecito, ladraba con tono grave, profundo, como si fuera un mono que está avisando a sus compañeros del peligro. Pero de vez en cuando aullaba con un *guau* que sonaba más amenazador y nos dejaba bastante sorprendidos. En cuanto al *yokai*, nos miró con aire receloso y preguntó a papá:

—Bueno, y entonces, ¿qué dolencia presenta este perro?

Papá, con aspecto de sentirse muy incómodo comenzó a intentar explicar la situación, pero entonces los niños salimos corriendo de la clínica mientras le gritábamos a la sorprendida enfermera: «¡Muchas gracias!». Después, entre risas, nos íbamos pasando a Sakura de unos a otros.

El gato de la antena parabólica y la señora del vestido morado ya no se veían por ninguna parte.

LA ENTRADA Y LA SALIDA

Al principio, Sakura dormía en el recibidor de la casa. Los primeros días se acomodaba en una caja de cartón que había contenido setas pero, a medida que fue creciendo, cambiamos la caja por otra de zanahorias y después por una de coles, a la que sustituyó una nueva de servilletas de papel Elleair. Cuando dejó de caber en la caja de botellas de té negro Asahi, Sakura durmió por primera vez fuera de casa. Papá y Hajime fueron al centro de artículos del hogar y compraron una caseta que para Sakura resultaba demasiado grande. Era como esa donde duerme Snoopy, con un tejado triangular de color rojo, y Miki pintó en ella un letrero que decía: «La casa de Sakura». Además, a la derecha de la puerta escribió «Entrada» y a la izquierda «Salida».

El primer día que Sakura cruzó aquella abertura que era a la vez entrada y salida, era el primero que nevaba. Todo el jardín quedó recubierto de blanco y Sakura, que era la primera vez que veía la nieve, estaba muy excitada. Pero como era hembra, no alborotaba demasiado, y en cambio jugaba a entretenimientos más elegantes, como olfatear las huellas que había dejado o probar a comerse un bocadito de nieve.

—¡Pobrecita! No puede ser que el primer día que vaya a dormir fuera esté nevando —protestaban las mujeres de la casa.

—Nada de eso. Los perros tienen que dormir fuera, haga el tiempo que haga —argüíamos los hombres.

Al final, hicimos valer nuestra opinión y Sakura, pasito a pasito, se metió en su caseta mientras caía un polvillo de nieve.

Sakura, que no estaba acostumbrada al lugar, se movió por el interior olfateando todos los rincones y, finalmente, se sentó en una esquina colocando la cabeza sobre las patas delanteras y resopló con aire de satisfacción.

Aquella noche hizo mucho frío. La nieve absorbía los ruidos del entorno, por lo que era una noche silenciosa donde solo se escuchaba de tanto en tanto el silbido del viento del norte. Bajo el futón, la única zona que conservaba algo de calor era la que estaba pegada al propio cuerpo, por lo que permanecí inmóvil viendo cómo el vaho de mi aliento se transformaba en una neblina blanca.

El primero que decidió levantarse fue papá.

Se oyó el suave chirriar de la puerta de su dormitorio, después el crujido de los escalones mientras bajaba al primer piso y, finalmente, el ruido metálico de la cadenita de la puerta de entrada al desplazarse. Segundos después, algo más audible, llegó el de las zapatillas de papá pisando la nieve en dirección a la caseta. Yo, inmóvil en la cama, ponía la máxima atención en captar e interpretar todos aquellos sonidos, intuyendo los respectivos movimientos.

Pero cuando escuché la voz de papá diciendo «Sakura, vamos dentro», me puse tan contento que salí de la cama disparado.

En el recibidor me encontré a una somnolienta Sakura.

—He pensado que lo podemos dejar para un poco más adelante, ¿no? —sonrió papá avergonzado, de pie junto a ella.

—Sí, pero ahora no tenemos ninguna caja —asentí yo embargado de felicidad.

Antes de darnos cuenta, estaba toda la familia reunida en el recibidor acariciando por turnos a Sakura, que nos miraba sorprendida. Nos reíamos intercambiando comentarios del tipo «Qué blandos somos».

A partir de entonces, meter de vez en cuando a Sakura en casa por las noches se convirtió en nuestra diversión secreta. Un día porque llovía mucho, otro porque caían truenos y también otros en los que no sucedía nada de particular. Extendíamos una manta en el recibidor y dejábamos que Sakura durmiera allí. Sakura, ya desde antes de abrirle la puerta, parecía muy contenta de que la metiéramos en casa y, junto con los momentos de llevarla de paseo o de darle de comer, era cuando más fuerte agitaba el rabo mientras lanzaba unos ladridos de alegría:

Guau, guau.

En cuanto abríamos la puerta, se metía en casa a la velocidad de Carl Lewis y, aprovechando la situación, iba hasta la sala de estar pero nadie la regañaba por ello. Miki se ponía a gatas y entre las dos competían por tirar de una toalla o se revolcaban por el suelo. Al ver aquello, mamá la reconvenía con un:

—Miki, que eres una chica…

A mí lo que me encantaba era usar a Sakura como almohada, lo cual hacía reír mucho a los demás.

De esa manera, nos pasábamos un buen rato jugando con Sakura hasta que mamá decidía que ya era suficiente y empezaba:

—¡Eh! Estáis llenando todo de pelos. ¿Quién va a limpiar esto?

Aquella era la señal para echar el telón a los juegos con Sakura y que ella se tumbara en el recibidor.

A veces, desde nuestras camas, oíamos los gruñidos de Sakura o el ruido que hacía al rascarse la cabeza con las patas traseras, y nos íbamos adormilando con el suave arrullo de aquellos sonidos.

En realidad, el mero hecho de saber que Sakura se encontraba allí nos hacía sentir libres de preocupaciones aun en medio de una total oscuridad y era lo que más nos ayudaba a conciliar el sueño.

Desde que llegó Sakura desapareció como por ensalmo aquel ambiente de cierta desazón que reinaba en nuestro hogar debido a que no nos acostumbrábamos al nuevo entorno y otra vez nos encontrábamos de buen humor. Apenas terminaban las clases, Hajime volvía a casa como una flecha y se ponía a jugar con Sakura en el jardín, y yo hacía lo mismo. Mamá se alegraba al ver a los dos hermanos entretenidos juntos, porque le recordaba los tiempos en que Miki acababa de nacer.

—Si Sakura fuera un ave, pensaría que sois sus padres —comentaba papá.

Además de haber conseguido comprar su propia casa, papá experimentaba una satisfacción adicional por el hecho de poder permitirse el lujo de tener un perro, lo cual lo hacía esforzarse todavía más en el trabajo. En cuanto a mamá, estaba admirada de que, a pesar de que no le había enseñado a hacerlo, Sakura evitaba pisar los parterres de flores y quería al animal como si fuera una nueva hija suya.

Por su parte Miki se sentía muy contenta de que Hajime volviera a jugar con ella, pero sobre todo parecía sentir un irrefrenable amor por aquella Sakura que se entregaba a ella con total confianza y respiraba con toda tranquilidad al adormilarse junto a su cuerpo. Miki, a la que hasta entonces le costaba sonreír, gracias a Sakura repartía sonrisas con toda naturalidad e incluso murmuraba en sueños: «Sakura».

EL PRIMER PASO PARA

SER ADULTO

En los días en que Sakura comenzaba a dormir fuera, Hajime también dijo que a partir de entonces dormiría solo en su habitación.

Gracias en parte a los esfuerzos de Hajime, y sobre todo a que cada dos por tres iban ingresando nuevos alumnos a la escuela, el centro pareció cobrar una vitalidad mucho mayor. En cierta zona donde antes solo había casas grandes se edificó un bloque de viviendas de protección oficial y muchas familias que vivían en los aledaños se mudaron allí. Lógicamente, con eso dejó de haber solo chicos de padres adinerados y aparecieron otros que, como nosotros, se habían criado en barrios populares, así como otros cuyas familias se sostenían gracias a los ingresos de la madre y también los procedentes de familias numerosas. En otras palabras, llegaron muchos niños cuyas familias no podían permitirse un jardín donde cultivar flores o tener un perro en casa. Hajime, que por entonces ya era una figura popular en la escuela, se topó con un alumno recién llegado que le preguntó con agresividad: «¿Qué pasa, que tú eres el amo aquí en esta escuela?». Y así, en aquella escuela que al principio parecía un lugar de conductas modélicas, comenzaron a soplar diversos vientos. O, dicho de otra manera, de nuevo volvíamos a estar en una escuela divertida.

Me alegré de toparme otra vez con chicos que se burlaban de mí diciendo «¡Tienes nombre de mujer!» y cierta chica con la que de pronto crucé la mirada me espetó en broma: «¿Qué pasa, te gusto?». Con lo cual me hizo reír.

En aquella barriada, como corresponde a todo lugar nuevo, comenzaban a ocurrir cosas. Curiosamente, por lo que a nosotros respecta, aquel periodo de cambios coincidió con la llegada de Sakura y la nueva situación nos iba trayendo alegrías diarias como en su día lo hizo el pétalo de flor pegado al rabo de la pequeña, débil y vulgar chica que ahora vivía con nosotros.

Miki, como de costumbre, adoptaba a menudo un aire ausente, pero cuando jugaba con Sakura no le importaba revolcarse por el suelo enseñando las bragas, pese a lo cual cuando reaparecieron chicos que le levantaban la falda siguió propinándoles uno de sus puñetazos.

Con la llegada de la primavera, Hajime aguardaba ya el día de la ceremonia de ingreso a la escuela secundaria.

De nuevo aparecían los alumnos que, comparándome con mi hermano, decían: «¿El hermano menor de Hasegawa? Pues no os parecéis». Y también aquellas que me trataban bien «porque eres el hermano menor de Hasegawa», así que de una manera o de otra mi vida se veía influenciada por la existencia de Hajime, cosa a la que ya estaba más que acostumbrado. Él, como de costumbre, era la estrella allá donde iba, pero resultaba algo tan natural como que los girasoles creciesen mirando al sol.

Aquel hermano mayor mío que gozaba de tanta popularidad al principio dormía en la litera de mi habitación. Cuando de pronto dijo que deseaba empezar a dormir solo, nuestros padres lo aceptaron como un deseo perfectamente lógico y yo mismo, aunque me sentía apenado, lo comprendí. Intuí que en mi hermano se comenzaban a despertar las reacciones fisiológicas propias del sexo masculino.

Hajime, para estar en sexto de primaria, era bastante alto y daba la impresión de que la mochila regular del colegio era demasiado pequeña y le apretaba. Como el barrio no era muy extenso, incluso las chicas de escuela secundaria conocían a mi hermano y por lo visto aprendía muchas cosas de ellas. La primera vez que encontré una de sus revistas pornográficas fue cuando él estaba todavía en la escuela primaria. No sé explicarlo bien, pero probablemente deseaba un espacio privado donde dar satisfacción por su cuenta a ese cuerpo que se estaba desarrollando a mayor velocidad que el de sus compañeros.

Quien no se sentía nada conforme con la decisión era Miki. Por mucho que ahora estuviera Sakura, las horas más importantes para Miki eran aquellas en las que podía dormir junto a Hajime.

Hajime, una vez que pasaron los tres primeros meses de estar embobado con Sakura, comenzó a jugar al fútbol en la escuela después de terminar las clases y aun los días en que no había clases iba también para entrenarse. En la escuela, Miki iba a menudo al aula donde estaba Hajime pero no se decidía a hablarle, ya que siempre lo veía ocupado hablando con otra gente.

Por eso, como la única hora en que podía tener a su hermano para ella sola era la de dormir, le resultaba insoportable que se la arrebataran y se resistió caprichosa hasta el final.

—¡Entonces yo también quiero dormir en tu habitación!

Hajime se sentía profundamente incómodo y sin saber qué hacer. Al igual que le sucedía con Sakura, no se trataba de que él hubiese dejado de querer a Miki, pero sentía la llamada de las propias necesidades de su cuerpo. Al igual que hacía unos años mamá le habló a Miki sobre el sexo, quizá hubiera estado bien que ahora Hajime hiciera lo mismo pero, como es natural, no se sentía capaz. Intentaba consolar como podía a esa Miki que lloriqueaba sin cesar y, cuando por fin la niña se durmió cansada de tanto llorar, Hajime se fue a su habitación y cerró la puerta, dando así los primeros pasos que todos debemos dar para convertirnos en adultos.

Aquella noche no podía dormir. En la cama de abajo de la litera, Miki dormía a mi lado, agotada de tanto llorar. En la cama de arriba, al faltar mi hermano, el colchón transmitía frialdad. Y Sakura, en su caseta del jardín, debía de estar suspirando tristemente. En aquellos momentos pensé con toda seriedad en el proceso de convertirse en un adulto.

Hacerse adulto no era dormir solo, sino pasar la noche sin dormir.

Como mamá cuando dejaba escapar aquella voz de gata o como Hajime que, a pesar de todo lo que lloró Miki por él, insistió en marcharse a su habitación para acostarse a solas. Seguro que ambos tenían el corazón arrebatado por alguna emoción tan fuerte que no les importaba reducir sus horas de sueño.

No sabía si mi hermano estaba enamorado de alguien o no, pero sí sabía que el cuerpo de mi hermano deseaba ardientemente el contacto con alguna chica bonita y agradable.

Esa noche mi hermano, pensando en alguien, se veía invadido por una emoción mucho más cálida que la que pudiera experimentar durmiendo con nosotros y se sentiría infinitamente más solo que la soledad tangible de dormir sin nadie al lado.

Por hacer la prueba, me puse a pensar en aquella chica llamada Yukawa. En la carta que me escribió ponía: «Siempre me has gustado». Se veía que había borrado varias veces la frase con la goma y el papel todavía conservaba el dulce olor de la goma. Imaginándome que aquel olor era el de la chica, no me cansaba de olfatearlo.

Cuando recordaba las gafas de Yukawa con aquel color rosado que parecía el de un bebé recién salido del baño y el aire avergonzado con que se las ponía cuando comenzaba la clase, sentía como si alguien me estuviera retorciendo el vientre con un pellizco.

Intenté pensar que aquello era lo que se sentía cuando alguien te gustaba, pero me pareció que debía de estar equivocado y cuanto más intentaba reflexionar más hormigueo sentía por todo el cuerpo.

Mirando cómo Miki, recostada en mi brazo a modo de almohada, se daba media vuelta de vez en cuando, terminé por quedarme dormido.

YAJIMA

Al llegar al sexto curso de la escuela primaria, yo también dije, como mi hermano, que quería dormir solo. Aparte de aquella historia que escuchamos con Miki de que Hajime era el hijo del que se quedó embarazada mamá la única vez que se había acostado con papá, ya conocía bastantes cosas acerca del sexo. Por aquel entonces Miki dormía en la cama superior de la litera pero, cuando yo dije que quería dormir solo, aceptó sin mayor problema y, llevando una almohada y un juego de futones, pasó a dormir en su habitación de papel de nogal.

Hajime se alegró de mi decisión y, sin que se dieran cuenta mamá ni Miki, me trajo una revista pornográfica.

Hajime tenía ya una novia. En palabras de mi hermana era una chica «muy adulta», que fue quien le había arrebatado su virginidad. Una vez que se ha probado el sabor del sexo, sucede como con los monos, que solo se piensa en volver a hacerlo una y otra vez. Hajime, con objeto de buscar el equilibrio de su propio cuerpo, tenía diversos tipos de revistas pornográficas.

El primer día que mi hermano trajo a su novia a casa, se armó un pequeño revuelo.

—El próximo domingo voy a traer a mi novia a casa.

Mi hermano anunció el asunto con aires de comentario casual sin mayor trascendencia, y después carraspeó como si estuviera enfadado y se volvió hacia su habitación. Nuestros padres, en la sala de estar, aparentaron no menor indiferencia.

—Ah, vale.

Pero, una vez que se cerró la puerta de Hajime, comenzó el alboroto entre los dos.

—¿Has oído? ¡Su novia, ha dicho! —comenzó mamá.

—Una novia… Vaya, vaya. El chico va espabilando…

En cuanto a mí, como ya había escuchado el asunto de la novia de labios de mi hermano, estaba al tanto, pero lo cierto es que nunca la había visto, por lo que dejaba correr mi imaginación recreando los posibles aspectos que podría tener.

Quien más se alteró por la noticia fue Miki.

Ya andaba yo temiendo sus reacciones cuando Miki comenzó a abrir y cerrar la nevera con violencia. Sakura, que estaba en la habitación justo en ese momento, se llevó un pellizco en el trasero. Un rato antes estaba tan contenta porque Miki la estuvo acariciando cariñosamente, así que se llevó una gran sorpresa ante el doloroso pellizco y emitió un débil e inquisitivo gemido lastimero. Parecía estar diciendo: «Pero… ¿es que he hecho algo malo?».

El día en que la novia de Hajime vino a casa, Sakura estaba extremadamente limpia. Fui yo quien se encargó de lavarla. Me imaginaba que, viniendo la novia de mi hermano a casa, lo más probable era que mostrara deferencia hacia el perro de la familia, y diciendo «¡Qué mono!», se pusiera a acariciarlo. Por mucho que le disgustasen los perros, seguro que haría el esfuerzo de acariciar a Sakura, y no estaría nada bien que su mano quedara con mal olor. Pensando en todo aquello, procuré lavarla con más cuidado que otras veces. A Sakura no le gustaba el agua, así que no paraba de lamerse el rostro y encogía su rabito de forma que quedase pegado a la barriga.

Su mirada me decía: «¿No llevamos ya mucho más tiempo que otras veces?».

Después de enjabonarla por tercera vez, por fin Sakura, como si fuera un polluelo recién nacido, quedó bien limpia y con aspecto esponjoso. Obviamente, por más que la frotase no se le iban a borrar los pequeños parches negros de la cara, pero sí que despedía un buen olor cuando se movía que le otorgaba cierto aire femenino.

Papá y mamá intentaban, dentro de lo posible, comportarse como de costumbre, pero saltaba a la vista que se habían vestido de manera más elegante que en un festivo normal y habían puesto sobre la mesa del comedor una bandeja de plata con frutas aparentando que siempre estaba allí, lo cual me hizo reír.

Miki, malhumorada, estaba tumbada en su habitación.

Cuando vi por primera vez a la novia de mi hermano me sorprendió que fuera una persona con un aire mucho más adulto de lo que yo esperaba. Tenía el pelo recogido por detrás en un moño y los labios pintados de rosa. Vestía ropa vaquera descolorida, pantalón y chaqueta, y tanto por su aguda mirada como por su aspecto general parecía estar diciendo: «Conmigo nada de bromas».

Era muy bonita, pero no era una chica del tipo que le gusta a la gente mayor. Papá, al ser hombre, la acogió encantado con esa actitud de «a las mujeres bellas no hay que ponerles pegas», pero cuando mamá entró en la habitación trayendo una tarta de manzana casera (era la segunda vez que la preparaba), la chica exclamó: «¡Uy! ¡Me encanta la tarta de manzana!». Y mamá, a pesar de que había preparado el dulce esperando esa reacción, se limitó a contestar «Ah, qué bien» mientras miraba con expresión decepcionada a aquella chica que se sentaba con una rodilla levantada.

Por mi parte, aunque había imaginado que al ver a Sakura ella exclamaría «¡Qué mona!» y la acariciaría, me quedé un poco consternado al ver que no solo no lo hizo, sino que la ignoró por completo y subió enseguida a la habitación de mi hermano en el segundo piso. Sakura, con el cuerpo exudando buen olor, se movía alegremente entre todos como si dijera «¿Quién es esa chica tan bonita que acaba de llegar?».

Miki continuó acostada en su habitación, de mal humor.

A la noche, Hajime me llamó a su habitación y me preguntó como un poco avergonzado:

—Kaoru, ¿qué te ha parecido la chica?

—¿Cómo que qué?

—Pues no sé, si te ha parecido bonita o cualquier otra opinión...

—Sí, es bonita.

—¿Y qué más?

—Pues...

No podía decirle que me daba miedo, así que opté por guardar silencio.

Por lo visto Hajime se hallaba completamente embobado por ella. Me dijo que se llamaba Yuko Yajima, que vivía sola con su madre sin que se supiera nada del padre y que su hogar estaba en un bloque de apartamentos próximo a la escuela secundaria.

En aquel entonces ya habían aparecido también en nuestro barrio un buen número de lo que se llama «jóvenes peligrosos». Nuestro hermano no tenía para nada su mismo carácter pero en su calidad de chico de otros barrios perteneciente a una familia no especialmente adinerada, sentía que tenía muchos puntos en común con ellos y, como además era un chico despreocupado y alegre, enseguida congeniaba con cualquiera.

Debido a su excesiva popularidad, cierto día recibió una llamada de atención por parte de un grupo de alumnos de un curso superior, pero eso era normal en los chicos que, como él, destacaban del resto. Hajime no era del tipo de los que se acobardan y huyen, sino que más bien se enfrentaba a los demás con un aire retador de «¿y yo qué culpa tengo de gustarle a la gente?». Así que el resto se quedaba admirado de su actitud viril y se ganó también el respeto de los alumnos de mayor edad.

Yajima, en pocas palabras, entraba dentro de la clasificación de los «peligrosos». Pero se diferenciaba del resto. Por ejemplo, no era como esas chicas que imitaban a los hombres apestando a tabaco o usando un lenguaje soez. Ella siempre olía a perfume y guardaba distancias con el resto adoptando esos aires de mujer adulta. A juzgar por su expresión, no le interesaban las mismas cosas que a los demás, y solía apartarse del grupo para sentarse ella sola mientras se sumía en sus pensamientos.

«Ni yo mismo sé muy bien lo que pasa por su cabeza», decía a menudo Hajime cuando hablaba de ella. En esos momentos hablaba excitado como si saliera entusiasmado de ver un peliculón, pero a la vez se refiriera a algo muy serio.

—¿Qué quieres decir con eso de «lo que pasa por su cabeza»?

—No sé cómo explicarlo… Verás, por ejemplo, cuando acaban los clases, como es lógico, salimos juntos de la escuela, ¿no? Y en el camino de vuelta, pues yo voy feliz contándole todo tipo de cosas, sobre lo que ha pasado ese día o sobre Sakura.

—Sí.

—Pues Yajima va escuchándome sonriente pero, de vez en cuando, adopta de pronto una expresión triste, y cuando se pone así ya no hay nada que hacer. Ya se ha perdido por completo en otro mundo y, por más que diga yo, aunque vuelva a sonreír está por completo ausente.

—Hmm…

—A veces me preocupo pensando si realmente le gusto…

—Yo creo que sí le gustas, ¿no?

—Sí, ella dice que le gusto, pero…

—¿Qué?

—Pues que…

—Pero ¿qué?

—No sé, pero además parece que no soy su primer novio…

—¿Y qué más da?

—Pues hombre, *eso*, ya sabes.

—¿*Eso*? Ah, ya caigo…

Me di cuenta de que ahí estaba el fondo de lo que le preocupaba.

Hajime era el *primer* hijo que tuvieron papá y mamá la *primera* vez que ella se acostaba con alguien. Aquella circunstancia parecía obsesionarle de algún modo. En esas fechas en que estábamos hablando yo era todavía un niño, pero estaba seguro de que si yo alguna vez tuviera una novia y no fuera para ella su primer hombre, a mí no me importaría en absoluto.

Desde hacía años yo asumía que dada mi condición de hijo intermedio entre Hajime y Miki, mi existencia pasaba casi desapercibida. Por eso, ser el segundo o el tercero en cualquier otro campo no tenía para mí la menor importancia. Cuando oí las preocupaciones de mi hermano, sentí que aquella circunstancia mía me resultaría muy ventajosa cuando se tratara de asuntos de ese cariz. Nada como enfrentarse a las cosas sin esperar nada de ellas. Así luego ni te decepcionas ni te deprimes.

—Me pregunto qué clase de tipo sería el primero...

Mi hermano parecía muy dolido de que le hubieran arrebatado ese primer puesto que hasta entonces siempre había ocupado en todos los campos. Por una parte me daba lástima, pero por otra me parecía una preocupación tan estúpida que me limité a asentir de manera maquinal.

En casa teníamos otra persona a quien le habían arrebatado el primer puesto. Se trataba de Miki. Mamá le contó la mala impresión que se había llevado de ella y entonces el malhumor de Miki se intensificó todavía más.

—¿Y por qué a Hajime le gusta esa tal Yajima?

—Pues no tengo ni idea. Es cierto que es toda una belleza, desde luego...

—Ah, ¿sí? —respondió Miki con desinterés.

—Tu padre se quedó también como embobado solo porque era muy bonita...

—¡Bah!

No hay nada más desagradable de ver que el rostro de una mujer cuando está hablando mal de otra. A menudo escucho a alguna chica de la clase empezar a criticar a cualquier otra que llame un poco la atención y siempre me da la impresión de que precisamente por pasarse todo el día hablando de los demás es por lo que la otra se ve más fea. Cuando comienzan a arrugar el entrecejo o a crispar los labios y después a agitar la mano delante del rostro de manera exagerada, me asusto tanto como si estuviera viendo a alguna siniestra criatura sobrenatural. Y a pesar de ello, cuando la chica a la que estaba criticando cruza después delante suyo, la saluda sacudiendo la mano toda sonriente mientras dice: «¿Qué tal, xxxxx? Hasta la vista». Pero por mucho que sonría entonces, una vez que has visto su rostro de *yokai*, ya no tiene remedio.

Cuando Yajima venía a casa, Miki ponía una cara como si hubiera reunido todas las arrugas de su cuerpo en torno a la nariz y comenzaba a producir todo tipo de ruidos desagradables. Soplaba sin ton ni son mi flauta, o arañaba con sus uñas el cristal de las ventanas para levantar un chirrido en una actitud demasiado infantil para una niña que ya estaba en tercero de primaria. Pero nunca se acercaba a la habitación de Hajime. Probablemente Miki, a su manera, intuía lo que podía estar ocurriendo allí y tenía miedo de averiguarlo. Y lo cierto es que cuando Hajime se metía con Yajima en la habitación echaban el cerrojo, por lo que una vez mamá les llamó la atención.

En cuanto a Sakura, al principio parecía cohibida y cuando venía Yajima se quedaba como saludándola desde la distancia, moviendo levemente el rabo, pero poco a poco se fue acostumbrando a verla y entonces, aun con cierto recato, se acercaba a recibirla.

«Hola, encantada. Me llamo Sakura Hasegawa, ji, ji, ji».

LA FUERZA DEL AMOR

El primer día que Yajima acarició la cabeza de Sakura fue cuando yo estaba saliendo del recibidor con ella para sacarla a pasear. Al reconocer a la pareja que llegaba con el uniforme del colegio, Sakura comenzó feliz a agitar el rabo tan rápido que parecía que se le iba a desprender.

«Bienvenido a casa, Hajime. Yajima-san, ¿te acuerdas de mí? Soy Sakura Hasegawa, ji, ji, ji. Voy a salir de paseo con Kaoru».

Yajima bajó la mirada hacia esa Sakura que ponía todo el interés del mundo en hacer buenas migas con ella y, tras unos segundos sin saber qué hacer, acarició suavemente la cabeza del animal con sus finos y bellos dedos.

Sakura entrecerró los ojos como disfrutando de la caricia y meneó el cuerpo suavemente con cuidado de no asustar a la chica. Yajima, que al principio acariciaba con recelo a Sakura, murmuró en voz baja: «Qué blandita...».

Después, con más brío, siguió acariciando la cabeza del animal. En aquella ocasión ya no quedaba nada del aroma a jabón en el cuerpo de Sakura y tenía su olor habitual de perro, pero a Yajima no pareció importarle y seguía acariciándola.

Mientras permanecía contemplando a Yajima acariciando la cabeza del animal y a Sakura con expresión placentera y los ojos semicerrados se me ocurrió que parecían dos hermanas que congeniasen muy bien y experimenté una reconfortante sensación de felicidad. Hajime debía de sentirse igual y, escogiendo un tono que no interfiriese con la escena, comentó:

—Sakura parece muy contenta...

Y se agachó para acariciarla él también.

Al instante Yajima me pareció una chica encantadora.

Hasta entonces, por culpa de detalles como sus aires de mujer adulta y su pintalabios rosa, la gente le tenía miedo o rumoreaba que era una chica mala, pero lo cierto es que no era nada más que una chica vergonzosa. Desde que sus padres se divorciaran cuando era una niña muy pequeña, Yajima había vivido solo con su madre, y aquella madre, por decirlo de alguna manera, era una mujer de muchos amores.

Aparecían por su casa una variedad tal de hombres, sin nada que los unificase, que cabía pensar que aquella mujer carecía de preferencias tipológicas. Desde que era una niña, Yajima conocía con mucho mayor detalle que Miki las cuestiones relativas al sexo y también sabía que cuando venía un hombre a casa lo mejor era salir. No se trataba solo de que, de la misma manera que nosotros escuchamos cierta noche aquellas extrañas voces de nuestros padres ella hubiera podido escucharlas también, sino de que los hombres que traía su madre a casa siempre eran bastante problemáticos.

Aquellos hombres no presentaban ningún punto en común por lo que respecta a su aspecto físico, pero todos poseían un carácter similar al del padre de Yajima. En suma, su muy particular sentido de la virilidad y su comportamiento violento. Así, por lo visto la madre de la chica recibía a menudo puñetazos estilo *swing* o patadones en mitad de la espalda descargados a conciencia. El trabajo de Yajima consistía en recoger los restos de vajilla destrozada o en atender a su ensangrentada madre y, mientras miraba cómo sangraban los labios de su sollozante progenitora, la chica se quedó con la vaga impresión de que la relación hombre-mujer «debe de ser algo así».

La sangre que corría junto con la saliva y las lágrimas relucía mientras iba despidiendo un tenue olor desagradable y al secarse se pegaba a la piel, pero la experiencia parecía algo por completo vacuo. Por probar, una vez Yajima ofreció su suave y delgado cuerpo a un hombre por el que no sentía el menor interés y, tal y como se imaginaba, lo único que le quedó después fue el rastro opaco de la sangre sobre su muslo y un dolor sordo estancado en la entrepierna.

El motivo por el que a menudo Yajima cobraba un aire ausente era aquella actitud suya de hacer frente a todo con la idea de que «debe de ser algo así».

Cuando los chicos que se sentían atraídos por esa pose emprendían sus ataque para conquistarla y se encontraban con que ella actuaba como si no existieran en absoluto era porque en el corazón de Yajima no había arraigado el concepto de «amor».

En ese sentido, el encuentro con mi hermano supuso para ella una verdadera revolución. Hajime le decía con todo su cuerpo «estoy enamorado de ti» y dedicaba también cada parte del mismo a volcar en ella todas las formas posibles de cariño. Aquella era la forma propia de querer de la familia Hasegawa, y Hajime, que había escuchado de labios de mamá la experiencia tan maravillosa que era el acto sexual, trataba el cuerpo de Yajima como si fuera la porcelana más delicada del mundo. Y cuando Yajima adoptaba su acostumbrado aire ausente, siempre le preguntaba: «¿En qué estás pensando ahora?».

Yajima, que consideraba que no estaba pensando en nada especial, se daba cuenta por primera vez gracias a esas preguntas de Hajime de que siempre estaba divagando sobre algo y, por el tenue calor que sintió en torno a los ojos al advertirlo, se dio cuenta de que se sentía triste.

A Yajima le sorprendía que, a diferencia de su casa, donde nunca daba el sol, la nuestra fuera siempre tan increíblemente soleada, y no menos le sorprendía la belleza de nuestra madre y el hecho de que preparase tan a menudo pasteles desconocidos para ella. Pero lo que más le sorprendía era ver a nuestro padre, sonriendo apaciblemente y enfrascado en la lectura. El concepto que tenía Yajima de un padre no era el de alguien que leyese libros y las únicas sonrisas de las que sería capaz estaban cargadas de lascivia. La figura de alguien como nuestro padre, que se limitaba a sonreír pensando todavía que el mundo era «un lugar bello y noble», la tenía totalmente admirada.

Cuando acarició la cabeza de Sakura, Yajima percibió por primera vez su suavidad y quizás aquello le hizo comprender el concepto y ver que el mundo podía ser también un lugar más suave de lo que ella pensaba.

Yajima venía a casa cada vez con mayor frecuencia y cuando mamá le dijo «Con tanta pintura esos labios estarán asfixiados, me da mucha pena», dejó de pintárselos. Además, comenzó a reírse imitando las carcajadas de mamá, aunque no tan sonoramente.

Miki era la única que no cambiaba de actitud y seguía encerrándose en su cuarto malhumorada.

Para cuando ingresé en la escuela secundaria, Yajima y mi hermano ya eran una pareja famosa en todo el centro. De por sí, Hajime siempre había gozado de gran popularidad y a ello se sumaba la gran belleza de Yajima, por lo que desde el primer momento que comenzaron a salir juntos ya se comentaba sobre ellos, pero el año en que comencé primero de secundaria, los rumores sobre su excelente relación se hallaban a la orden del día.

Fue por entonces cuando Yajima, que antes siempre había llevado el pelo largo, un buen día se lo dejó muy corto y pasó a lucir la belleza propia de un enérgico corzo. Aquellos que conocían su aspecto anterior cuando enroscaba su larga cabellera en un moño y se pintaba los labios de rosa quedaron sorprendidos ante la transformación, pero aunque hubiera dejado de pintárselos, el bonito rosado salmón de sus labios seguía sobresaltando el corazón de los chicos y su impecable nuca, que recordaba a un árbol joven bajo la luz del sol, hacía suspirar de admiración hasta a las chicas. En cualquier caso, todo el cuerpo de Yajima reflejaba su alegría de estar enamorada y la gente que se cruzaba con ella se giraba para mirarla mejor, no solo por su belleza, sino por el vaporoso y agradable aire que desprendía.

Me sentía orgulloso de mi hermano por considerarlo responsable de una gran parte del cambio operado en Yajima. Hajime, por su lado, al recibir el intenso amor de Yajima, parecía gozar de un cuerpo cada vez más robusto, capaz de albergar una vitalidad inagotable.

Comprendí la inconmensurable fuerza del amor.

YUKAWA

En aquelllos días, yo mantenía correspondencia con Yukawa.

«Hola, Hasegawa, ¿qué tal estás?».

«Hoy Sato ha vuelto a vomitar la leche. ¿Te acuerdas de que le pasaba a menudo en el comedor?».

«Voy a ir al cine con mis amigas, Yokoyama y Mika Kinoshita».

Me enviaba cartas llenas de ese tipo de anécdotas y comentarios intrascendentes, que iban aumentando al mismo ritmo que el tamaño de Sakura pero, dejando aparte aquella lejana primera carta, Yukawa nunca volvió a escribir que yo le gustase ni tampoco se lo escribí yo a ella.

Yo, a diferencia de mi hermano, no conocía todavía la «alegría de amar». Más o menos, tenía una vaga idea de que enamorarse de alguien traía aflicciones y alegrías a la hora de dormir pero no sabía si sería capaz de ser amado integralmente por alguien o de corresponderle de manera que siempre luciese una sonrisa en sus labios.

Con todo, cuando pensaba en Yukawa, sentía un calorcillo en mi pecho que me reconfortaba como el primer trago de chocolate con leche que se toma en los días fríos, pero llegó un día en que, sin saber cómo, aquel calorcillo se había trasladado a mi entrepierna y era como si existiera un yo diferente dentro de mí que, suavemente, me empujaba por la espalda.

Cuando pensaba en Yukawa me invadía una dulce sensación y, sin darme cuenta, mi mano se convertía en la mano blanca y delgada de Yukawa, en aquella mano que temblaba cuando me entregó la primera carta y los suspiros que no podía contener se confundían en mi mente con los de ella.

Al terminar, comprobaba desolado que Yukawa no se encontraba junto a mí y me sentía un hombre muy sucio y miserable por haber hecho semejante cosa pensando en ella.

No tenía la menor idea de qué podría hacer.

Deseaba pedir consejo a mi hermano pero, por otra parte, quería guardar solo para mí todo lo referente a Yukawa. Era como si su imagen asfixiara mi pecho, produciéndome un gran sufrimiento, pero cuanto más fuerte resultaba aquella presión interna, más pensaba que aquel estado de ánimo hacia Yukawa era en lo que consistía el amor.

Yo acostumbraba a llevar la camisa con la pechera abierta y asomando por encima del cuello del uniforme pero, cuando llegó el invierno, mi manera de vestir el uniforme del colegio cambió para, en palabras de Miki, «llevar el cuello elegante».

En otras palabras, vestía como es debido.

Por fin podía ir sin miedo junto a la fuentecilla en torno a la que solían agruparse los alumnos de los cursos superiores y, sobre todo, mi estatura había aumentado de golpe. Ahora que lo pienso, desde que ingresé en la escuela me invitaban a menudo a formar parte del equipo de voleibol o de baloncesto, por lo que ya entonces me parecía que yo debía de ser un chico alto pero, quizá gracias a ese chocolate con tanta leche que me preparaba mi madre, llegó un día en que era el más larguirucho de la clase.

Mi hermano también era alto, pero en su caso además era ancho de hombros y con una robusta complexión del pecho, por lo que la impresión que ofrecía era la de «un muchacho grande», con un aspecto impresionante, pero la mía era simplemente la de «un larguirucho». Mi peso era más o menos el mismo que el de mis compañeros y, como no hacía ejercicio, no tenía ni un gramo de músculo. Podía mirar a los demás desde las alturas, pero carecía de prestancia.

Ahora bien, en este mundo existe una clase de personas a quienes les gustan los chicos altos por el mero hecho de serlo. Así que, a pesar de tratarse de alguien como yo, conocí el feliz destino de que algunas chicas me declarasen su amor. Ninguna de ellas era del tipo que a mí me gustaba y como además Yukawa ocupaba en mi seno un espacio mucho mayor del que había imaginado, las rechacé, pero aun así me hizo muy feliz que se pudieran enamorar de mí.

En concreto, la que me produjo una mayor alegría fue una chica de mi misma clase que jugaba en el equipo de béisbol. Era de un carácter un tanto fuerte y del tipo de las que se hacen notar en la clase.

En cierta ocasión, mientras se toqueteaba la larga cola de caballo con que siempre se peinaba, me dijo:

—Me gustas porque, aunque tienes capacidad, no presumes de ello.

De un modo imprevisto, me encontré con que había captado precisamente la imagen que yo deseaba transmitir.

Yo era de los que se marchaban enseguida a casa, en contraste con aquellos que se quedaban haciendo ejercicio. Pero aun así, cuando era la hora de gimnasia o había alguna competición deportiva, mostraba una capacidad física más o menos decente y una vez que se celebró una maratón quedé inesperadamente en el tercer puesto.

Todos me señalaban diciendo: «¿Y ese quién es?».

Como de costumbre, alguien respondía: «Es el hermano menor de Hajime Hasegawa».

Mi objetivo era que se me conociese como un tipo que «es capaz, aunque no se esfuerce a fondo» o «juega de manera que no llama la atención, pero es bueno». Bueno, reconozco que era una actitud un tanto indecente.

Como ya he repetido infinidad de veces, mi hermano era como un héroe en el colegio.

Hajime jugaba como delantero en el equipo de fútbol, y cuando él estaba en el campo, era como si ese punto, solo ese, estuviera bañado en una deslumbrante luz. Supongo que suena muy exagerado, pero uno sentía como si todos los focos estuvieran concentrados en aquel lugar. En especial, la forma que tenía de acercarse a los compañeros cuando estos metían un gol era algo digno de verse. No hacía lo mismo que los demás, que se diría que compitiesen por echar a correr los primeros y abrazarse a ciegas, sino que primero alzaba la mirada al cielo y, como si estuviera paladeando el triunfo, se relajaba doblando un poco las rodillas. Parecía exactamente igual que un animal preparando sus músculos para el siguiente motivo. Después, Hajime echaba a correr despacio y cuando los compañeros advertían su presencia eran ellos los que, por el contrario, corrían hacia él, como si el gol hubiera sido suyo. No había la menor sombra de sarcasmo en ello y se abrazaban efusivamente y de corazón. Más bien se diría que la despreocupada sonrisa de Hajime o la simpatía que rebosaba por todo su cuerpo hacían que lo que más los alegrase a todos fuera verlo con expresión contenta.

De la misma manera que existían personas como Hajime, héroes de pura cepa que resultaban atractivos para todos de un modo natural sin entusiasmarse por ello e incluso olvidándose de dicha condición, existían otras como yo. O sea, los que adoptan la postura de «total, como soy un tipo vulgar, me conformo con cumplir mi papel como tal y que alguien de vez en cuando se pregunte "¿y ese quién es?"».

No sentía celos de mi hermano, pero dada mi calidad de «hermano menor del héroe», me encontraba en un periodo de tiempo en que quería concretar de una forma clara mi propia personalidad.

Por eso, cuando la chica del equipo de béisbol se me declaró demostrando comprender mi actitud, me produjo un subidón de autoestima.

Faltó un pelo para que me olvidara de la existencia de Yukawa pero, conteniendo la emoción que embargaba mi corazón, rechacé a la chica con cortesía:

—Ahora mismo no me siento con ganas de tener una novia…

Sentí que aquella fórmula de rechazo era la de un hombre hecho y derecho y quedé muy satisfecho con ella.

Cierto día recibí una carta de Yukawa.

Como de costumbre, estaba repleta de comentarios intrascendentes, pero esta vez había una diferencia.

Al final añadía una posdata que rezaba así:

«El próximo domingo hay un concierto de la banda de viento del colegio donde toco. Es el centro municipal cerca de tu casa. Si te parece bien, me gustaría que nos viéramos».

Noté cómo toda la sangre de mi cuerpo se alborotaba. Parecía que fluyese por mi cuerpo un enorme río, no sé si el delta del Mekong, el Nilo o cualquier otro de esos de algún país desconocido. Para mayor embarazo, toda mi sangre se estancaba en torno a la entrepierna por lo que, pidiendo perdón mentalmente a Yukawa, otra vez comencé a autosatisfacer mi deseo mientras leía una y otra vez aquella posdata.

Me parecía que el hecho de que ella hubiese escrito «me gustaría que nos viéramos» en lugar de «¿qué tal si nos vemos?» o «quizá podríamos vernos» era señal de su amor hacia mí. «Me gustaría que nos viéramos»… ¡Qué dulce resonar el de aquellas palabras! Una frase tan breve y me produjo la ilusión de que ella y yo éramos novios desde hacía tiempo… Comencé a elegir la ropa que me pondría ese domingo.

No debía ser una facha que pareciera estar gritando «mira cómo me he esforzado para tener buena pinta». Tendría que ser algo que pareciera escogido a voleo y que de un modo aparentemente casual, resultara elegante. Después de mucho dudar, seleccioné un abrigo de plumas azul que había sido de mi hermano y unos pantalones Levi's que se habían descolorido hasta llegar al tono justo. Dado el personaje que interpretaba de chico corriente, parecía lo ideal para mi primera cita.

Por lo general pasaba los domingos tumbado viendo la tele o jugando con Sakura. Ese día Hajime había salido con Yajima.

Miki estaba en la sala de estar viendo la televisión conmigo y, con la vista fija en la pantalla, no paraba de protestar. Quería que yo mostrase mi acuerdo con ella a cada frase, pero yo andaba con la cabeza en las nubes y solo contestaba muy de vez en cuando, por lo que Miki pareció aburrirse y salió al jardín a jugar con Sakura a pesar del frío que hacía.

Para mí fue un gran alivio. Era la una del mediodía y había quedado con Yukawa en que nos encontraríamos a las dos y media delante del centro municipal. Por lo visto a Yukawa no le importaba que la vieran las otras chicas de la banda de música del colegio, lo cual me alegró al considerarlo una muestra más de lo fuerte que era nuestra relación. Intenté imaginarme cómo sería ella después de tres años sin verla. En sus cartas incluía de vez en cuando frases como «me he dejado el pelo más largo» o «ya no llevo gafas» y, basándome en esos detalles, fantaseaba acerca de su aspecto actual.

Hundí mi cuerpo en el sofá mientras, imbuido de un ánimo soñador, intentaba recrear cómo se moverían aquellos brazos y piernas que sin duda se habrían estirado o su rostro cuando cerraba las largas y suaves pestañas. Me importaba un comino lo que estuvieran poniendo por televisión.

El Parque del Bosque del Ciudadano era un lugar recurrente para las citas amorosas de las parejas de mi colegio. Fue también allí donde Morioka, mi compañero de clase, dio su primer beso (después ella lo dejó porque se lo iba contando a todo el mundo) y donde Hajime y Yajima juntaron sus manos. Yo ni siquiera sabía si podría tomar en la mía la mano de Yukawa, pero solo por el hecho de ir con una chica al Parque del Bosque del Ciudadano me parecía que entraría en el mundo de los adultos y eso me infundía valor.

Todavía era pronto pero, como no aguantaba esperar más, salí de casa y entonces Sakura, que no se le escapaba una, se acercó correteando.

«Kaoru, ¿dónde vas?», parecía decir jadeante mientras agitaba los hombros y dejaba a mis pies un estropajo. Sakura se detuvo, esperando que yo la acariciara. Sentí unas enormes ganas de abrazarla pero, como no quería que su olor se me pegara a las manos, me contuve.

Sakura me ofrecía su garganta, su cabeza o su barriga, invitándome a acariciarla pero, cuando por fin llegó a la conclusión de que yo no iba a hacerlo, se dio por vencida y volvió a recoger el estropajo con la boca.

—Perdona, Sakura. Otro día vamos a pasear.

Me di cuenta de que Miki, que había venido detrás de Sakura, me estaba mirando fijamente. Como sentí un poco de vergüenza, intenté marcharme sin más pero, para mi sorpresa, Miki se despidió con un:

—Ánimo, que te salga bien.

Si llego a estar bebiendo algo, lo habría expulsado del susto.

—¿El qué? ¿De qué hablas?

—¿Cómo el qué? Vas a una cita con una chica, ¿no?

Me vi incapaz de decir palabra. Y decidí que en adelante evitaría cualquier enfrentamiento con Miki. Mejor no tenerla nunca por enemiga.

Al final alcancé a contestarle, casi como si fuera un ruego.

—Es un secreto. No se lo cuentes a nadie.

—¿Secreto? Pero si lo sabe todo el mundo —repuso Miki mirándome como si tuviera ante sí a un idiota.

Si hubiera estado comiendo algo, me habría atragantado y muerto por asfixia.

—¿Po... por qué?

—Desde ayer no paras de cepillarte los dientes y de sacarle brillo a los zapatos nuevos. ¿Quién no se iba a dar cuenta? Deben de saberlo todos menos Sakura.

Por lo visto, soy más tonto de lo que creía. Mejor dicho, no es que sea tonto, sino que el amor me ha vuelto tonto. Ay, el amor. En cualquier caso, sentí una nueva admiración por los miembros de aquella familia Hasegawa que, a pesar de que sabían que iba a tener mi primera cita, no habían hecho el menor comentario. Así que tomé la determinación de conseguir sin falta que la cita de ese día fuese coronada por el éxito (aunque no sabía en qué podría consistir dicho éxito). Probablemente sería un día que ni Yukawa ni yo olvidaríamos nunca.

Abrí la puertecita de la valla henchido de valor.

Sakura, la única que no debía de saber nada de mi cita, me despidió agitando el rabo mientras me miraba salir.

«¡Que te vaya bien! Qué bonito eso del amor, ji, ji, ji».

CHICLE DE MENTA

L a noche de aquel domingo, Hajime volvió tarde a casa y, sin acariciar la cabeza de Sakura, se dirigió directamente a su habitación. Por el sonido que hizo la puerta al cerrarse, seguido casi al momento del ruido de la radio, supe que Hajime se estaba aguantando las ganas de llorar.

Sakura, que ya se había quedado antes sin mis caricias, se veía ahora ignorada por Hajime, así que, con aire tristón, fue a ponerse sobre las rodillas de Miki, quien la acariciaba siempre sin necesidad de lavarse las manos.

El comportamiento anormal de Hajime me tenía intranquilo, pero ese día carecía de la holgura de ánimo suficiente como para andar preocupándome por él.

Mi cita había sido un fracaso.

—¿Hasegawa?

Cuando escuché la voz de Yukawa llamándome me giré hacia ella sin ser capaz de esperar diez segundos. Desde el día en que leí su carta, el Mekong, el Amazonas, el Nilo corrían por mi interior a toda velocidad, armando un estruendo tal que me preocupaba que alguien llegase a oírlo. Pero, en el instante en que vi a Yukawa, aquella salvaje corriente se cortó en seco. Y, después de pararse, como si fueran gotas de lluvia que regresan al cielo, desapareció en dirección a alguna parte.

Por decirlo de alguna manera, la chica que tenía en pie delante de mí era otra persona.

El modo tan recatado en que se movía o la manera en que levantaba la vista, así como la impresión general que transmitía eran iguales que en aquella Yukawa que se ponía las gafas durante las clases, pero su aspecto físico había cambiado por completo.

El rostro de Yukawa estaba lleno de espinillas. Algunas de ellas eran bastante grandes, que casi se juntaban con las menores y ofrecían la impresión de que día a día se irían agrandando. Debido al sebo que salía de las espinillas, todo el rostro brillaba como si estuviera húmedo, y por su parte las protuberancias de la frente causaban el efecto de que lucía el ceño fruncido. Por eso, aunque riera, parecía como si estuviera llorando o incluso enfadada.

—No me reconoces, ¿verdad? —preguntó Yukawa, temerosa.

Algunas chicas de otros colegios que pasaban cerca miraban discretamente cómo estábamos el uno parado frente al otro. Yo estrujaba entre mi puño izquierdo el chicle del bolsillo y lo hacía con tanta fuerza que parecía a punto de desintegrarse. El olor a falsa menta se adhirió de una manera tal a aquella mano que estaba destinada a tomar dulcemente la de Yukawa, que a mi regreso a casa Sakura no paraba de olisquearla.

—¿Caminamos un poco? —propuse señalando hacia el parque y sintiéndome incapaz de contestar a su pregunta anterior.

Los árboles pelados con la llegada del invierno mecían sus ramas al viento con aire desvalido y junto a ellos cruzaba un bonito perro blanco y esponjoso, como aquel que Miki había deseado. Yukawa asintió con expresión un tanto triste.

—Vale.

El chicle se había escurrido del envoltorio y ahora lo tenía pegado a la mano. Me producía una sensación desagradable, pero no quería sacar la mano del bolsillo, así que caminé todo el tiempo de esa manera.

—El concierto...

—¿Sí?

—¿Qué tal ha ido?

Yukawa llevaba un estuche grande y de fundas duras. Probablemente tendría dentro algún instrumento de viento y de vez en cuando lo cambiaba de mano como si pesara bastante. Pensé que, siendo hombre, debía ofrecerme a llevarlo yo, pero como me daba vergüenza decirlo, seguí caminando tal cual fingiendo que no me daba cuenta.

—Ha salido bien, aunque me sentía en tensión.

—¿Ya tocabas algún instrumento cuando estabas en primaria?

—No, para nada. Fue desde que empecé secundaria.

—¿Y qué haces?

—¿Cómo que qué?

—Qué instrumento.

—Ah, el trombón.

Yukawa se montó el estuche en el hombro e imitó la pose de estar tocando el trombón.

—¿Te lo llevo?

—¿Eh?

—Eso. Parece que pesa mucho.

—Ah, ¿esto? No pasa nada, estoy acostumbrada.

Yukawa dio unas palmaditas en el estuche, sonriendo.

—¿Y tú?

—No, nada.

—¿Por qué no entras en alguno de los equipos de actividades del colegio?

Yo le había contado en las cartas acerca de mi vida escolar. El tipo de compañeros que tenía, los profesores, o la manera en que Sakura me lamía la cara. Ella también me había contado varias cosas acerca de su vida. Que su padre se cayó una vez por las escaleras cuando estaba borracho, la pelea con una de sus compañeras de clase o su experiencia cuando todo el grupo salió a una actividad en la que se pernoctaba fuera. Que se había dejado el pelo largo, que ya no llevaba gafas o que le dolía la muela del juicio. Pero nunca escribió una sola línea acerca de por qué pensaba: «No me reconoces, ¿verdad?».

—No sé, por nada en concreto.

Me sentía furioso porque Yukawa no me hubiera contado nada de su aspecto físico. Sabía de sobra que se trataba de una emoción injusta y que Yukawa, por mucho que cambiara de aspecto, seguía siendo la misma persona. Pero aun así, sentía deseos de golpear con toda mi rabia aquella piel que la había transformado, de golpear a la persona por cuya culpa tenía ahora aquella piel. Quería machacar a golpes con todo mi cuerpo y mi espíritu aquello que mostraba una fuerza tan potente como para terminar en un segundo con el amor entre nosotros dos. Y sin embargo, ay, me descubría a mí mismo temeroso de que alguien pudiera verme paseando con Yukawa. Con tanto ardor que había deseado verla y ahora, solo porque había cambiado su aspecto físico, cambiaban tan fácilmente mis sentimientos hacia la chica... Tenía ganas de que se me tragase la tierra.

Caminamos juntos un rato mientras íbamos dejando caer breves comentarios sobre nuestra vida actual. Solamente eso.

En el camino de vuelta, Yukawa me dijo:

—Sigue escribiéndome, ¿eh?

Era una frase insignificante que, como la llovizna del día de nuestra mudanza, cayó suavemente sobre mí y que debería haberme hecho sonreír de alegría solo con escucharla. Sin embargo, como si tuviera la consistencia de un suelo enfangado, como un sedimento o un poso invisible, se adhirió pesadamente a algún lugar de mi corazón sin que pudiera hacer nada por borrarla.

—Claro.

Me esforcé por contestar con mi habitual tono despreocupado, pero Yukawa se veía mucho más triste de lo que la había visto nunca. Parecía que el médico acabase de revelarle que sufría una grave enfermedad de todo punto incurable. Yukawa adoptó una expresión resignada como la de alguien acostumbrado a aceptar cualquier decepción con la que se tope y tras abrocharse bien la trenka, estiró la espalda.

Después de caminar un poco más antes de despedirnos, de pronto se giró hacia mí como si hubiera tomado una firme decisión y me dijo con una sonrisa:

—Hasegawa, muchas gracias.

En ese momento, el sol del atardecer que llegaba con retraso estaba justo a la espalda de Yukawa, por lo que, como me deslumbraba, no pude verle bien el rostro. El chicle de menta que se había derretido con el calor de mi mano me ensuciaba la piel y sentía unas ganas irrefrenables de meterme en el baño. Quería bañarme y después esconderme bajo el futón. Hundirme lo más al fondo posible y quedarme allí sin salir. Ya no era solo que me deslumbrase el sol, sino que la vergüenza que sentía me impedía mirar a Yukawa a la cara.

—Gracias.

Mi voz sonó reseca como la de un viejo incapaz de hacer lo que debía, una voz que en nada recordaba a un hombre enamorado. Me quedé allí solo, parado como un estúpido. Ahora me fijaba en que una de las mangas de mi plumas azul tenía unas manchas negras que le daban un aspecto miserable y de que el flequillo que me corté yo mismo me caía de vez en cuando sobre los ojos porque las mechas eran desiguales. Pero me afectó todavía más darme cuenta, al mirar mi sombra, ver que estaba de pie con la espalda doblada, lo cual hacía que, a pesar de ser el más alto de la clase, pareciese de baja estatura. Sí, realmente me sentí un hombre pequeño.

Después de aquello, ya no recibí más cartas de Yukawa.

Unos dos meses después de que se interrumpieran las cartas de Yukawa, Yajima se mudó a la ciudad de Kitakyushu. El nuevo novio de su madre se había convertido en el padre de Yajima y ese hombre tenía que vivir en Kitakyushu para encargarse de la construcción de un nuevo puente.

Yajima se encontraba en el periodo de preparación de exámenes para el ingreso al bachillerato, por lo que mostró toda la oposición que pudo a la mudanza. De hecho, al ver que aquella Yajima que antes era tan problemática ahora estudiaba con semejante pasión, el profesor a su cargo se implicó también en el asunto para pedir a la madre que reconsiderase, pero la voluntad de la mujer era tan firme como un bloque de hielo.

El amor de Yajima, incapaz de reaccionar, fue engullido por el amor de su madre, y aquellos sueños de estudiar en el mismo colegio de bachillerato que Hajime o de convertirse en la entrenadora del equipo de fútbol se desvanecieron.

El día en que mi hermano se encerró en su habitación deseó ardientemente convertirse en un adulto cuanto antes.

Hajime y Yajima tenían todavía quince años, pero se separaron prometiéndose que algún día se casarían. Haya vivido uno quince años o treinta y seis, no hay diferencia en la fuerza que puede tener el amor hacia alguien, y cuando pensaba en aquella madre que dio preferencia a su amor antes que a la felicidad de su hija o en Yajima y Hajime, que a sus quince años se querían de todo corazón, me sentía como asfixiado.

El invierno de mis trece años fue especialmente frío.

CUARTO
CAPÍTULO

SAKIKO

En la época en que el viento ya soplaba más cálido, la familia Hasegawa se vio sacudida por una pequeña tormenta.

Un día, al volver del colegio, me encontré con una carta inusual en el buzón. Era un día primaveral que contagiaba indolencia y yo, que acababa de entrar en segundo de secundaria, seguía con mi habitual actitud de andar desocupado y con la cabeza en las nubes. Me dio un vuelco el corazón al pensar que pudiera provenir de Yukawa, pero aquella carta no era de ella ni de Yajima. Era una carta para papá enviada por una mujer que desconocíamos.

Pensé en entregársela a papá cuando regresara porque, aun de un modo impreciso, realmente impreciso, sentí que se trataba de un tipo de carta que era mejor que no viese mamá. Era un sobre de color azul claro y en el reverso, con una bonita letra de mujer, ponía: Sakiko Takiguchi.

De nuevo se trataba de una impresión difusa, pero me pareció que el hecho de escribir el nombre de pila con silabario fonético en lugar de ideogramas revelaba que la relación entre ambos era muy estrecha. No era que creyera que papá pudiera estar envuelto en algo tan impensable como una infidelidad matrimonial pero, por solidaridad entre hombres, me dije que mejor no contar nada a mamá.

Sin embargo, ay, en casa había otra temible mujer aparte de mamá. Se trataba de una chica que, además, poseía una capacidad de percepción tan cono la de un búho en mitad de la noche.

Miki, en algún descuido mío, descubrió la carta de Sakiko que yo había ocultado y, todavía más espantoso, se puso a leerla en voz alta delante de mamá.

«Akio, ¿qué tal estás? Llevo tanto tiempo sin escribir una carta, que tengo los nervios en tensión».

—¿Akio? ¿Los nervios? ¡Pero qué son esas confianzas!

Mamá estaba enfadadísima y tiró a la basura las verduras cocidas con algas que tanto le gustaban a papá como acompañamiento de la cena. En el cubo de la basura, las negras algas *hijiki* en forma de huso, todavía calientes, tenían el lastimoso aspecto de unos mechones de cabellos arrancados a alguien.

«Gracias a ti, el local va viento en popa. Si acaso hay un problema sería los celos que sienten todas hacia ti».

«Celos» estaba escrito también en silabario fonético, lo cual le daba un tonillo erótico.

—¿Celos? ¿Qué es eso de celos?

Mamá tiró a la basura hasta el grasiento cerdo estilo *tonkatsu* que le guardaba (y que nosotros sí alcanzamos a comer), con lo que el cubo empezaba a estar lleno de un extraño revoltijo.

«Creo que tengo que agradecerte de alguna forma todo lo que has hecho. Te invito a cenar cuando quieras».

La sopa de *miso* y hasta el arroz, al cubo (el revoltijo ya era impresionante).

«¿Te acuerdas del restaurante Issuntei, al que íbamos hace tiempo? Tengo ganas de comer las albóndigas de loto al vapor que preparan allí.

»Por cierto, ¿qué tal se encuentra tu familia?

»Yo también me voy haciendo bastante mayor. Me da un poco de vergüenza que me veas ahora...».

A la mujer parecía gustarle intercalar de vez en cuando palabras en silabario.

Cuando papá regresó a casa aquella noche, mamá le hizo sentarse de rodillas en el *tatami* con las piernas juntas en posición formal frente a ella y procedió al interrogatorio sobre aquella Sakiko autora de la carta. Era la primera vez que veíamos a mamá con los ojos fruncidos hacia arriba como un triángulo y nos sorprendió también que papá tuviera enrojecida la piel en torno a los ojos.

Según explicaba papá entre balbuceos, Sakiko fue compañera suya en el colegio. Después de licenciarse del bachillerato, Sakiko se adentró enseguida en el mundo de los bares y clubes de alterne y, gracias al dinero que había ido ahorrando durante treinta años de trabajo en esos ambientes, el año pasado inauguró su propio establecimiento. Con motivo de ello, papá hizo cosas como prestarle «un poco» de dinero e ir «alguna vez» por allí. Gracias a ello o no, el caso era que el local de Sakiko iba bien y probablemente por eso le enviaba una carta de agradecimiento.

—¿Y por qué usa ese tono tan familiar?

—¿Familiar? Bueno, sí, un poco sí. Pues porque, como digo, éramos compañeros de colegio…

—¿De colegio? ¿Y sabes hace cuántos años terminaste el colegio?

—Pues… ¿treinta años? No, creo que treinta y uno…

—¡Da igual año más o menos!

Los tres hermanos asistíamos a la escena con el corazón en un puño, pendientes de su evolución. Ninguno se sentía capaz de apaciguar a mamá y por más que Sakura se incorporaba y ponía sus encantadoras patitas en las piernas de mamá como preguntando «¿Qué ha pasado?, ¿Qué te pasa?», ella no se daba ni cuenta.

—¡Hajime! —gritó de pronto mamá.

Mi hermano, sorprendido al ver que lo llamaban, debió de creer que lo regañaban.

—Perdón.

En cuanto lo dijo me miró con rostro avergonzado y yo, tan confundido como él, no supe sino forzar una sonrisa sin sentido.

—Tráete el álbum de fotos que hay en el aparador de nuestro dormitorio.

—¿El álbum de fotos?

—¡Eso es!

—Pero ¿de fotos de cuándo?

—Pues el que tiene las fotos de la graduación de tu padre, ¿cuál va a ser?

Para mamá podía ser evidente eso de «cuál va a ser», pero Hajime nunca había visto semejante álbum y ni siquiera sabía que existiera.

Pero, como ya he repetido infinidad de veces, en nuestro hogar había una temible chica con los reflejos de un búho en la noche y dada a tomar la iniciativa.

—¡Voooy!

Miki subió las escaleras a la carrera como emocionada, sin mostrar preocupación alguna, y volvió unos cinco minutos después con un polvoriento álbum de fotos de papá. Mi hermano y yo no podíamos sino admirarnos ante el olfato de Miki y un escalofrío nos recorrió la espalda al notar que incluso parecía contenta.

—Bien, pues ahora vas a señalar quién es.

—¿Se… señalar?

—¡Que señales qué chica es!

Papá lucía en aquellos momentos el rostro del hombre más desgraciado del mundo. Si dentro de varios siglos los rostros de la especie humana cambian por completo y en alguna parte se exhiben réplicas de «rostros humanos de la antigüedad», el de nuestro padre sería escogido sin duda como ejemplo de un rostro desgraciado. Y la gente comentaría:

«Hmm… Así que la gente de la antigüedad tenía este aspecto cuando se sentía desgraciada…».

—Pero es que eso… —balbuceó papá sin decidirse a señalar a nadie.

Sin embargo, asustado ante el inconmensurable enfado que mostraba el rostro de mamá, por fin comenzó a pasar las páginas del álbum. Mamá, mientras miraba pasar las páginas con expresión temible, iba haciendo comentarios que hacían temblar a papá.

—Ah, así que no era del Grupo A. Tampoco del B. ¿Del C entonces?

Miki, por su parte, no mostraba el menor recato y soltaba comentarios que avivaban todavía más la furia de mamá.

—¡Seguro que está en el Grupo D! O a lo mejor era la maestra.

Mi hermano y yo cada vez sentíamos más miedo de Miki.

Tras un buen tiempo pasando páginas, papá se detuvo por fin en el Grupo K.

—Había un buen montón de grupos en aquel curso, ¿eh? —comenté con asombro sin poder refrenarme.

—Era en los tiempos del primer *boom* demográfico —respondió papá con cierto alivio.

Pero mamá no estaba dispuesta a concederle ningún respiro.

—¿Cuál es?

El miedo de papá llegó a su clímax e incluso Sakura había dejado de intentar que le hicieran caso, limitándose a mirar con curiosidad el rostro de papá con aire de «Hmm… Está muy pálido».

Pero cinco minutos después fuimos nosotros los asustados. Tras largo tiempo parado en la misma página, el nombre que señaló nuestro padre fue: Sakifumi Takiguchi.

Sakiko no era tal, sino Sakifumi, un hombre hecho y derecho.

MENTIRAS CARGADAS DE AMOR

En sus años de bachillerato, papá jugaba en el equipo de rugby del colegio. Sakifumi también pertenecía al mismo equipo de rugby. Pero su fornido cuerpo apenas servía al equipo, porque era el supervisor técnico. Había otras dos chicas que actuaban también como coordinadoras pero la manera tan diligente que tenía Sakifumi de cuidar de los deportistas no conocía rival. Dejaba la colada tan blanca como unos nabos recién pelados y la agridulce bebida a base de miel y limón que les preparaba hacía que el cansancio se esfumara al instante. Sus vigorosos masajes gozaban de tal popularidad que incluso los jugadores de otros equipos hacían cola para recibirlos y, cuando alguno de los suyos se lastimaba, se iba corriendo con él del brazo hasta la sala de atención médica habilitada.

Sakifumi era marica. En el tercer año de bachillerato, cuando todos le dijeron que era un desperdicio que no fuera uno de los jugadores, contestó con voz pícara y una risita: «Ay, qué cosas decís...».

Poseía el extraño vicio de toquetear cada dos por tres los cuerpos de todo el mundo pero, con gran firmeza, no hablaba a nadie de su orientación sexual. Los alumnos, por su parte, intuían que el comportamiento de Sakifumi era un tanto sospechoso, pero al mismo tiempo se hallaban admirados de lo buen supervisor del equipo que era, y como él tampoco decía nada, pasaron los tres años del bachillerato sin que el asunto causara mayor problema.

El único que sabía con certeza que Sakifumi era un marica era nuestro padre. ¿Por qué? Muy fácil. Porque Sakifumi estaba enamorado de él.

—Akio, me gustas.

Cuando papá se encontró con aquella confesión de un chico más fornido que él y que además era aquel amigo que hace nada se acostaba a su lado en el dormitorio colectivo que usaron cuando el equipo pernoctó en otra ciudad, se quedó sin saber qué hacer. Nada más lógico. Para colmo, papá era un chico carente de malicia o, si se quiere, con un espíritu de gran pureza, o quizá simplemente tonto, pero el caso es que mientras que todos los demás, como es natural, sospechaban de la homosexualidad de Sakifumi, mi padre no sabía nada de todo ello. No se daba cuenta en absoluto de los detalles que mostraban los sentimientos de Sakifumi hacia él, como podría ser el que su limonada llevase algo más de miel, que el uniforme que le devolvía lavado oliese un poco mejor que los otros, que recordase de un modo increíble todas sus jugadas o que le diese consejos tan certeros. Era un hombre incapaz de comprender el corazón de una mujer, bueno, en este caso de un hombre. Todo un engorro.

No dijo «qué asco» ni nada parecido, ni tampoco se lo contó a nadie. Lo bueno de papá es que continuó considerando a Sakifumi una persona como cualquier otra. Papá siempre ha sido así. También con nosotros, que no nos ha tratado como niños ni una sola vez. Desde que éramos muy pequeños, papá nos preguntaba de vez en cuando «¿y tú qué piensas?», demostrando un incansable respeto por nuestra opinión, a pesar de que muchas veces no supiéramos bien qué decirle. A veces nos contestaba «no, eso no es así», explayándose acto seguido en una explicación propia de adultos y, aunque no terminábamos de entenderla, sí nos quedábamos con la agradable sensación de que nuestro padre nos tenía en cuenta.

Cuando Sakifumi se le declaró en aquella ocasión, papá le contestó: «Lo siento mucho, pero no es posible». Y a continuación le habló de lo valioso que consideraba su continuo apoyo y lo mucho que se lo agradecía. Después se prometieron seguir en adelante con la excelente relación que mantenían de jugador y supervisor. Sakifumi quedó todavía más prendado de papá al ver su viril actitud, pero supo comportarse con dignidad de hombre, bueno, no, de mujer (qué complicado). En pocas palabras, se resignó limpiamente a la situación y así pasaron el resto de su vida de estudiantes.

Nada más graduarse, Sakifumi entró a trabajar en uno de los precursores de lo que hoy se llama *gay bar* y desde entonces comenzó a maquillarse. Al decir de papá, el maquillaje que lucía al principio parecía una novatada que le hubiera gastado alguien, pero poco a poco fue aprendiendo y cobrando un progresivo aire femenino.

Los titubeos que mostró al principio papá con mamá se debían a que, en realidad, una vez que estaba bastante borracho, se había besado con Sakifumi.

—Po... por que estaba bastante borracho, ¿eh? —aclaró una vez más papá todo azorado.

Pero aun así, los tres chicos soltábamos exclamaciones y chilliditos de asombro, divirtiéndonos mucho. Mamá, por su parte, con aire desconcertado, murmuró «pues vaya», pero luego no paró de reírse. Poco después nos dimos cuenta de que Miki se había quedado dormida abrazada a Sakura.

Tres días después entramos por primera vez en nuestra vida en lo que se llama «un bar de mariquitas». Mamá, con gran tozudez, insistió en que quería ir. Y la no menos tozuda Miki añadió:

—¡Yo también quiero ir!

Los dos chicos íbamos, como quien dice, en calidad de meros comparsas.

—Pe... pe... pero ¿qué disparates decís?

Papá volvía a mostrar una turbación como nunca vista, pero al final resultó vencido por el equipo femenino de nuestra casa y se decidió que nos llevarían a los tres al local de Sakifumi; bueno, de Sakiko.

El bar de Sakiko se llamaba Lager Woman. No pude evitar una carcajada.

Sakiko ya había escuchado de labios de papá que iríamos todos con él y se había puesto para la ocasión un vestido de relucientes lentejuelas que parecía como si llevase todo el cuerpo envuelto por la Vía Láctea. Nos recibió con un rostro que recordaba a la paleta de un algún pintor enloquecido.

—¡Bienvenidos!

Su rostro se ensombreció ligeramente al comprobar la belleza de mamá, pero al ver a Hajime, que era clavadito a papá de joven, o a Miki, y sobre todo a papá, que parecía empequeñecido, entrecerró los ojos y añadió:

—Estaba impaciente de veros.

La mano que nos puso sobre los hombros era mayor que la de papá y, de hecho, más grande que ninguna otra que hubiésemos visto. Sakiko enseguida nos cayó bien a todos.

—Sentaos, sentaos.

El sitio al que nos condujo era un sofá tapizado de cuero blanco y en forma de semicírculo y tanto por su suave textura como por la mesa de cristal que brillaba con destellos plateados, nos hizo sentir que estábamos en una nave espacial. Y ya cuando se sentó Sakifumi delante de nosotros con aquel vestido fue como si flotásemos en medio de nuestro viaje espacial, a pesar de que no habíamos tomado ni una gota de alcohol.

—Parece una nave espacial —dijo Miki.

Sakifumi sonrió alegremente.

—Claro que sí. Aquí no es como en la Tierra. Mira bien alrededor. ¿No ves que está lleno de extraterrestres?

Ciertamente, cerca de nosotros había un buen número de «mujeres» maquilladas como si hubieran sufrido una novatada. Algunas bailaban contoneando mucho las caderas y otras hacían poses imitando a Marilyn Monroe (a quien no se parecían en absoluto), pero en cualquier caso había mucho trajín.

—Prohibido contar en el colegio lo que veáis hoy aquí, ¿eh? —siguió Sakifumi soltando una carcajada.

Era una carcajada de tono muy agudo, casi como el ulular de un indio navajo cuando anuncia el comienzo de alguna ceremonia, capaz de arrastrar sin remedio al más malhumorado, incluso a una mujer que acabase de perder su preciada pinza para el pelo.

Lo que nos preocupaba a todos era ver cómo se trataban Sakiko y mamá. Normalmente, cuando mamá se reía, el rabillo de los ojos apuntaba hacia abajo en una suave curva que parecía querer alcanzar el horizonte, pero aquel día parecía encontrarse un poco tensa. Las manos de mamá, que lucían de manera especial una manicura que a Miki le gustaba mucho, sostenían el vaso con desgana o se dedicaban a toquetear el pelo, mientras que los pies, calzados para la ocasión con tacones un poco altos, se cruzaban inquietos una y otra vez.

Sakiko pareció avergonzarse de ver a mamá en tal estado y dijo:

—Me alegra que haya venido…

Después guardó silencio con expresión de cierta incomodidad. Entonces esbozó una sonrisa como para disimular pero acto seguido bajó la mirada con aire avergonzado.

Mamá y Sakiko eran rivales en el terreno del amor.

Hasta nosotros, que éramos unos niños, lo percibíamos. Sakiko seguía enamorado de papá. Y al ver a aquella esposa tan bella, se había quedado sin palabras.

Sentíamos un gran interés por ver la actitud que tomaba mamá y en qué desembocaba todo aquello. ¿Adoptaría una expresión que nos tranquilizase, como cuando contó a Miki el proceso hasta concebir un bebé? ¿O bajaría la cabeza avergonzada al igual que Sakiko? En cualquier caso, la forma en que terminase aquella noche dependía de la actitud de mamá.

Pero mamá, nuestra querida madre, comprendía los sentimientos de Sakiko. Los comprendía hasta un punto doloroso. Lógico, puesto que ella también amaba. Amaba a aquel hombre que era igual que un niño y que siempre metía la pata cuando tenía que decir algo importante, como si alguien le estuviera haciendo cosquillas en el costado para hacerlo reír.

Mamá miraba sin cesar a esa rival, bueno, no, a ese rival (¡qué complicado!), o mejor dicho a esa persona llamada Sakiko que amaba al mismo hombre que ella. Las pupilas de mamá brillaban con los reflejos de la araña de cristal de exagerado tamaño que pendía del techo, pero ni esa lámpara podía disimular su intenso color negro, que despistaría incluso a un espectro hasta el punto de que se echaría relajadamente a dormir. Aquel negro reluciente como la laca se humedeció y esa nariz que parecía capaz de olfatear al instante la tristeza ajena tembló suavemente. Entonces mamá, con el tono de voz ideal para expresar un «no te preocupes» y poniendo los labios como una larva a punto de salir de la crisálida, dijo:

—¡Gracias!

Era una voz más alta que la de Sakiko o la de cualquier otra persona, y además, cosa rara en aquel local, era la voz de una auténtica mujer.

Sakiko abrió los ojos de par en par como si se hubiera sorprendido mucho y miró a mamá. Parecía desconcertarle el hecho de que mamá dijera la palabra que antes él mismo se resistía a decir, pero como mamá tenía el vaso en la mano, se apresuró a agarrar el suyo y entrechocarlos.

¡Chiiin!

El entrechocar de los vasos levantó un sonido tan frágil que invitaba a la sonrisa y tanto mamá como Sakiko apuraron sus bebidas de un trago. Como era la primera vez en nuestra vida que veíamos a mamá acabar con una bebida alcohólica de un solo trago, nos quedamos realmente estupefactos.

—¡Gracias!

Se reían sin parar y bebieron mucho alcohol. Después, como si los uniera una larga amistad, comenzaron a contarse secretillos y a dejar escapar risitas mientras dirigían miradas a papá.

Papá, que notaba que se estaban riendo de él, parecía un poco cohibido pero, a pesar de todo, entrecerraba los ojos satisfecho al ver lo mucho que podía confiar en su viejo amigo y en aquella esposa a la que quería más que a nada en el mundo. Y entonces seguía bebiendo alcohol.

Sí, verdaderamente nuestros padres bebieron mucho, mucho alcohol.

Vimos por primera vez en la vida a mamá volcando un vaso como si fuera una niña tan pequeña como Miki y a papá cantar a grito pelado. Daba la sensación de que ambos se habían olvidado por completo de que sus hijos estaban presentes y nosotros, por nuestra parte, nos sentíamos a gusto de que nos dejasen a un lado.

Cuando mamá, tambaleándose, se fue a los lavabos, Sakiko nos preguntó:

—¿Os gustan papá y mamá?

Como Hajime y yo somos hombres, sentimos vergüenza, pero aun así, dado que la expresión de Sakiko era muy dulce, con aquellos ojos ribeteados de negro que brillaban como si reflejasen polvo de estrellas de la Vía Láctea, contestamos:

—Sí, nos gustan.

—Ya veo.

Sakiko soltó un eructo que sonó muy masculino. Papá parecía conocer a alguno de los clientes del local, que lo invitaron a su mesa, y se puso a beber una copa allí. De vez en cuando echaba un vistazo hacia nosotros y, sonriendo, agitaba la mano a modo de saludo.

—Algún día también vosotros conoceréis a alguien que os gustará más que papá o mamá.

La voz de Sakiko se mezclaba con la de una «señora» gruesa a quien llamaban Lily y que se sentaba en la mesa de al lado, por lo que nos costaba entender lo que decía.

—¿Eeeh? Llévame a mí también, no seas malo —decía Lily dándole unos golpecitos al cliente que tenía a su lado, que sonreía forzadamente.

Miki observaba con interés lo que sucedía en aquella mesa y de tanto en tanto sonreía y volvía la mirada hacia nosotros buscando complicidad.

Sakiko continuó hablando, aunque no estaba claro si se dirigía a alguien en particular, y sin importarle que la voz de Lily borrase la mitad de lo que estaba diciendo.

—Y entonces, algún día, algún día, mentiréis a papá y a mamá.

Mi hermano y yo escuchábamos lo que decía Sakiko con el mayor interés y las manos apoyadas en las rodillas, como si fueran las palabras de un alumno veterano del colegio al que admirásemos mucho. Miki, que ya se había cansado de mirar a Lily, se dedicaba a soplar con una pajita en la Coca-Cola que se había dejado Hajime, intentando hacer aparecer de nuevo burbujas en ella.

—Porque papá y mamá también os quieren mucho.

Sakiko hablaba desgranando lentamente las palabras y ahora cerraba los ojos. Me había agarrado una mano con su mano derecha y de vez en cuando apretaba un poco. Me di cuenta de que, más que hablarnos a nosotros, se hablaba a sí mismo.

—También vosotros, cuando mintáis, debéis hacerlo con amor. No debéis mentir solo por engañar al otro, tiene que ser una mentira que también resulte dura para vosotros, que esté dicha por amor.

Miki sopló tan fuerte que insufló demasiado anhídrido carbónico y la Coca-Cola salió del vaso, manchando la mesa.

—¡*Waaa*…! —exclamó Miki.

Y a continuación se puso a aspirar con la pajita la gaseosa derramada.

A la salida, Sakiko dijo que nos acompañaba hasta la estación pero, como estaba borracho, se enganchó el vestido en alguna parte, lo que hizo que se desprendiera una buena cantidad de polvo de estrellas, por lo que a mitad de camino rechazamos cortésmente el ofrecimiento.

Aquel día regresamos a casa en tren.

En el andén del metro, papá y mamá se agarraban de la mano. Nosotros, para que se sintieran a gusto los dos solos, nos subimos al vagón contiguo. Mamá tenía ligeramente enrojecidos los lóbulos de las orejas y se había puesto, cosa extraña, unos pendientes, bonitos y de un azul idéntico al del anillo que lucía en uno de sus dedos. Mamá estaba enamorada de papá. Papá, como de costumbre, vestía un polo ya desgastado de tanto lavarlo y, cada vez que el tren daba un bandazo, pasaba el brazo por la cintura de mamá como quien no quiere la cosa. La suavidad del movimiento delataba que también papá estaba enamorado de ella.

Creo que los hijos de un matrimonio que se quiere, es decir un caso como el nuestro en aquel entonces, tienen un carácter más adulto que los hijos de otras familias. Por supuesto que veíamos a ambos como nuestros padres pero, más allá de eso, los veíamos como un hombre y una mujer que se querían. Y, de alguna manera que no sabría explicar, al verlos a los dos así, por una parte nos infundían valor para salir adelante y por otra nos causaban cierta tristeza.

Por la ventanilla del metro no se veía nada, pero Miki no paraba de mirar por ella y de vez en cuando susurraba: «Sakura…».

El invierno de aquel año falleció la madre de Sakiko.

Papá nos dijo que el padre de Sakiko había fallecido cuando él estaba en la escuela primaria y que su madre, que se había ocupado por sí sola de cuidar a Sakiko y a una hija unos pocos años mayor, llevaba desde hace mucho tiempo ingresada en un hospital.

El día del funeral, Sakiko (bueno, Sakifumi) vestía una chaqueta con dos filas de botones y llevaba el pelo peinado hacia atrás en su totalidad. No había en él la menor sombra de la imagen de vaporosa y amable mujer que desplegaba en su bar. A pesar de que sabíamos que aquel hombre que nos decía «muchas gracias por venir» era él, tardamos un tiempo en asimilarlo.

Pero, por la manera en que ponía la mano sobre nuestros hombros o, sobre todo, por el gran tamaño de aquella mano, terminamos por comprender que se trataba de Sakiko y percibimos también cómo estaba conteniendo la tristeza de haber perdido a un ser realmente querido.

Sakiko, con una entereza admirable, desempeñaba su papel de deudo principal de la difunta y a lo largo de toda la ceremonia funeraria no derramó ni una sola lágrima.

—Lo único que siento que me ha faltado por hacer es presentar ante mi madre el rostro de un nieto suyo.

La madre retratada en la foto preparada para la ceremonia parecía estar saludando orgullosa a su hijo.

En aquellos días, Miki acababa de experimentar un repentino crecimiento de su estatura y había cobrado un aire tal de mujer que nos sorprendía hasta a nosotros, a pesar de estar siempre a su lado. Hacía apenas medio año que estaba sorbiendo con una pajita la Coca-Cola derramada en el local de Sakiko pero, desde que comimos en casa el habitual plato de arroz con legumbres rojas de las celebraciones (en aquel momento no nos dimos cuenta de que se debía a la primera menstruación de Miki), nuestra hermana había experimentado un desarrollo excepcionalmente rápido.

Aquella cabellera que antes formaba un conjunto esponjoso sobre la cabeza de Miki ahora se pegaba a los laterales del rostro, realzando su belleza, y sus caderas, situadas a una altura mayor de lo habitual, cobraron la flexibilidad del tallo de un árbol crecido de pronto. Sus ojos almendrados, como de costumbre, parecían anodinos pero, cuando los clavaba en uno, tenían un extraño poder, como si fueran capaces de empujarte a caminar descalzo por el barro sin darte cuenta de que llueve.

Sakiko vertió todo tipo de elogios sobre Miki, por ejemplo lo hermoso que relucía su negra cabellera o lo mucho que realzaba la belleza de sus formas aquel traje de luto que se le pegaba al cuerpo. Miki, con una leve sonrisa, dio la mano en silencio a Sakiko. Fue una auténtica sorpresa pero fue entonces cuando, por primera vez en toda la ceremonia, Sakiko derramó unas lágrimas, acompañadas de un temblor en sus hombros.

«Cuando mintáis, debéis hacerlo con amor».

Sakiko, que había dicho aquella frase, había sufrido largo tiempo por su mentira.

Miki, que parecía que el día del bar no escuchaba con atención lo que decía Sakiko, daba la impresión ahora de ser quien mejor había comprendido su significado y, una vez más, Hajime y yo quedamos admirados del misterioso poder de nuestra hermana.

BLANCO Y NEGRO

Cuando llega el calorcillo de la primavera, aumenta el número de gente psicológicamente inestable en las calles. Hay casos como el de Ferrari, que todo el año son inestables, pero aun así en invierno solía estar más tranquilo, agazapado entre los vehículos abandonados. No obstante, cuando Miki volvía diciendo «He visto un hombre raro que va por ahí enseñando el pito», por lo general era en verano o a finales de la primavera. Sea como fuere, parece que con la llegada del calor se aflojan los tornillos de la cabeza.

También el verano de aquel año el calor comenzó a pegar fuerte y nos refrescábamos en el jardín de casa con la manguera. Como a Sakura no le gustaba el agua, cuando nos veía abrir el grifo de la manguera se metía corriendo en su caseta. Hajime y yo, con el torso desnudo, nos echábamos agua el uno al otro y luego, tal cual, nos tumbábamos en el césped. A nuestra manera, también estábamos con la mente alterada, pero resultaba agradable.

Miki nos miraba desde el balcón del segundo piso y hacía comentarios como: «Kaoru, estás demasiado delgado». O, a veces, nos escupía y se echaba a reír.

Uno de esos días mamá salió toda azorada al jardín mientras gritaba: «¡Sakura!». Venía gritando hacia nosotros, por lo que lo primero que pensamos fue: *¡Caramba! Mamá también ha enloquecido.* Pero, aunque a nosotros nos pareció así, Sakura, como perro inteligente que era, salió de su casita evitando ese agua que tanto odiaba y se sentó a los pies de mamá con cara de «Sí, sí, ¿qué pasa?».

—Han detenido a tu veterinario.

Eso de «tu veterinario» sonaba bastante extraño. Se refería a aquel veterinario parecido a un *yokai* a cuya clínica fuimos una vez.

Yokai era un hombre a quien realmente le gustaban mucho los animales. Le gustaba aquel *golden retriever* que se había herido una pata, ese gato persa que perdió un ojo derecho, el gallo asiático que alguien abandonó y la serpiente pitón que intentó tragarse el gallo. Pero su amor por los animales no era un amor corriente. Se podría calificar como un amor excesivo o, en otras palabras, se podría decir que *Yokai* amaba a los animales como si fueran sus «novias».

No era que *Yokai* se hubiera trastornado con la llegada del calor pero, una vez cerrada la clínica y el aire acondicionado ya apagado, una de las enfermeras lo descubrió haciendo «algo» a una perrita maltesa llamada Mari-chan. A nosotros nos hubiera gustado sobremanera escuchar los detalles sobre ese «algo», pero mamá se limitó a decir: «¡Qué asco!». Y después añadió: «Menos mal que a ti no te hizo nada, ¿eh, Sakura? Qué alivio».

Y acto seguido abrazó a Sakura contra su pecho varias veces, por lo que la pobre parecía tener problemas para respirar.

La clínica veterinaria fue derruida muy poco después y en su lugar se edificó un bar de ambiente nocturno llamado Melody o Music, no recuerdo bien (en cualquier caso, era un nombre que tenía que ver con el sonido), el cual quebró medio año después.

Como si fuera el reverso de aquel ambiente de locuras que nos circundaba, en aquel verano se cortaron de pronto las llamadas de teléfono y las cartas que antes dirigía cada dos por tres Yajima a mi hermano.

Era una sensación similar a dejar de oír de repente por las mañanas el trinar diario de los pajaritos. Al abrir el buzón y no encontrar dentro el acostumbrado sobre de algún bonito color era como ver aquel espacio en blanco y negro, y al dejar de escuchar la voz de Yajima henchida de amor preguntando al otro lado del hilo del teléfono «¿Está Hajime?», sentía que ya no quedaba nada en lo que poder confiar.

En cuanto a Hajime, volvía directamente a casa nada más terminar sus entrenamientos del equipo de fútbol y enseguida miraba el buzón. Pero estaba tan vacío como un aula al terminar las clases y entonces dejaba caer los hombros desalentado. Cuando era él quien la llamaba por teléfono, o bien estaba la línea ocupada o bien sonaba la llamada veinte veces hasta que no quedaba sino cortar. Daba la sensación de que Yajima intuía que era una llamada de mi hermano y no quería contestar.

Cada vez veía más a menudo a Hajime perdido en sus pensamientos, cabizbajo como un diente de león que hubiera florecido por error junto a la orilla del mar.

Comenzó a faltar a los entrenamientos de fútbol en los que antes ponía tanta pasión y, aun cuando volviese pronto a casa, se encerraba en su habitación. El amor de aquellos dos que se prometieron en matrimonio estaba en peligro.

Cuando, preocupados, mamá o yo echábamos una discreta ojeada a su habitación, lo encontrábamos sentado con aire ausente, o jugueteando con el balón de fútbol. Alguna vez abría alguna revista, pasaba un par de páginas y después, como asaltado por una idea repentina, alzaba la vista y decía: «Ah, mierda».

Aquella expresión se convirtió en una muletilla de Hajime, que no mucho después pasó a imitar Miki. Esa Miki que se había llevado los periódicos de un buzón ajeno.

Mi rutina diaria de aquel entonces consistía en estudiar para los exámenes de acceso al bachillerato mientras escuchaba los «Ah, mierda» proferidos esporádicamente en la habitación contigua. En alguna ocasión oía cómo Miki se metía en la habitación de Hajime y hablaban algo, y a pesar de que ella era una chica que siempre hablaba muy deprisa, en aquellos momentos lo hacía despacio, casi como si deletrease. La voz de Miki que me llegaba a través de la pared a veces me recordaba a la de mamá, lo cual me hacía cobrar conciencia del paso del tiempo.

Ahora que estaba en el último curso de secundaria, comenzaba a pensar que yo no era tan tonto como había creído. Ciertamente, en los exámenes finales del curso y en los exámenes prácticos había quedado en segundo puesto a pesar de no esforzarme demasiado, pero en mi caso no se debía solo a mi capacidad para el estudio. Hajime y Miki poseían una capacidad sorprendente para recordar lo sucedido en el pasado, pero yo era un poco diferente y lo que tenía era una capacidad extraordinaria para memorizar los textos. Me bastaba con leer por encima los libros de texto para que se me grabaran en la cabeza. Cuando veía determinada pregunta del examen, me decía: *Ah, esto es lo que venía en un recuadro al margen del texto de la página 42*, y así. Había absorbido tal cual el contenido de los libros de matemáticas, de ciencias, de lenguaje o de sociales.

Yo también tenía la rápida capacidad de respuesta de Hajime o de Miki, pero en mí no se trataba de algo corporal, sino de un añadido a mis habilidades para memorizar. Cuando comenzaba el examen, en mi cabeza se producía una especie de explosión que hacía flotar los conocimientos y, en cuanto acababa, se esfumaba todo. Era como si durante el período de estudio estuviese acumulando los conocimientos en mi interior, engordando con ellos y, al terminar el examen, como un salmón que acabase de desovar, el cuerpo adelgazase de golpe.

Durante los seis meses que estuve estudiando el examen para pasar de ciclo, engordé una barbaridad. Hay que tener en cuenta que estaba acumulando los conocimientos de tres años de clases. Como además entonces era el más larguirucho del colegio, cuando atravesaba el pasillo impresionaba de tal manera que los alumnos de cursos inferiores se pegaban a la pared para dejarme pasar.

Mamá y Miki me decían «Antes eras demasiado delgado, estás mejor así», pero a mí no me gustaba engordar tan deprisa, porque limitaba mi movilidad. Pero lo que más me disgustó fue que llegué a superar en estatura a Hajime. Desde que se cortaron las comunicaciones de Yajima, Hajime perdió por completo el apetito y sus mejillas se volvieron mucho más marcadas, como las de las esculturas griegas de la Antigüedad.

Me di cuenta de que había superado en estatura a Hajime un día que le entregué la cadena para sacar a pasear a Sakura.

Por aquel entonces Hajime solía recluirse en casa. Cuando fue con el colegio a Nagasaki en el viaje de fin de bachillerato, se escapó una noche del alojamiento con intención de ir a buscar a Yajima. Pero en el trayecto de su huida se vio envuelto en una pelea en la zona de bullicio nocturno, por lo que la policía lo trajo de vuelta y se llevó una espectacular regañina por parte del profesor. Al regreso del viaje, el profesor responsable vino a casa y acosó a mamá con la pregunta: «¿Por qué hizo su hijo semejante cosa?», pero Hajime se negaba a contestar. Se limitaba a permanecer sentado en el suelo con las piernas cruzadas y el cuerpo inclinado hacia abajo, en la misma pose de un asceta indio. Viéndolo así, aquel hermano cuyo cuerpo me había parecido antes tan grande, ahora, al contrario de su amor por Yajima, parecía tan empequeñecido que resultaba doloroso.

Pasado un tiempo, Hajime fue dejando atrás su fase de encerrarse en casa para sustituirla por una nueva a base de paseos con Sakura de dos horas (y desde entonces, cada vez que se veía en alguna dificultad, pasaba el tiempo con Sakura).

Un día que iba a salir yo con Sakura, Hajime se me acercó y dijo:

—Ya voy yo.

Como llevaba tiempo sin salir a pasear con ella, me apetecía ir a mí, pero intuía que Hajime estaba pasando por algún momento difícil y le cedí la cadena a él.

—Gracias, aquí tienes.

Fue entonces cuando bajé la vista levemente hacia él. Y él a su vez pareció sorprenderse al darse cuenta de que por primera vez tenía que alzar la cabeza para mirarme a los ojos. La expresión de alguien cuando está desconcertado resulta bastante patética. No me gustaba ver a mi hermano con esa cara. Después, con aire embobado, me dijo «Tú también...», y enseguida se calló. Me hubiera gustado escuchar la continuación de la frase pero, después de aquello, Hajime tomó en silencio la cadena y la ajustó en torno al cuello de Sakura.

Puesto que Sakura era la más baja de la familia, estaba acostumbrada a tener que levantar la vista para mirar a los demás y por eso no pudo comprender la fuerte impresión sufrida entonces por Hajime. Agitaba el rabo como si se le fuera a desprender y mordisqueaba amorosamente la mano que le estaba poniendo la cadena.

«Hajime, ¿a dónde me llevas hoy? *Guau. Guau*».

Desde aquel día y hasta que salió de su depresión, Hajime ya no fue más de paseo con Sakura. Y, como de costumbre, el buzón del correo seguía estando vacío.

GENKAN

Hubo otro suceso importante durante el período de preparación de mis exámenes para el cambio de ciclo. Perdí mi virginidad.

La chica con la que me acosté era quien siempre sacaba las mejores notas de nuestro curso, Tamaki Suzukihara.

Cuando colgaban en el pasillo las listas con los nombres ordenados por notas, y mirábamos quién ostentaba el primer puesto, ella tenía un nombre tan largo que nunca sabíamos hasta dónde llegaba el nombre y hasta dónde el apellido. El comentario más habitual de los alumnos al ver las listas era: «¿Pero otra vez está Genkan en el número 1?». Eso era porque, colocando primero el apellido y leyendo todo como una sola palabra, su nombre hubiera podido ser también Suzuki Genkan en vez de Suzukihara Tamaki. Ciertamente el *hara** final del apellido parecía sobrar, pero a mí me daba la impresión de que la chica tenía un nombre muy bonito.

Genkan (puesto que todo el mundo la llamaba así, yo voy a hacer lo mismo) era una chica criada en los Estados Unidos y que ahora había vuelto con la familia a Japón. Llegó a nuestro colegio en el otoño del primer año de secundaria y entonces, entre sus modales «americanizados» y su uso un tanto extraño del idioma japonés, el resto de los alumnos tendía a dejarla de lado, lo cual, unido a que le costaba seguir las clases en japonés, le hizo pasar bastantes penurias. Probablemente se hallaba resentida con sus padres por el hecho de que no la

---

* Ese ideograma se puede pronunciar como *hara* o como *gen*, de ahí la confusión.

matriculasen en la American School, pero ellos deseaban que Genkan se esforzara por estudiar igual que cualquier otra japonesa.

Hay que reconocer que Genkan demostró unas agallas impresionantes.

Al terminar las clases, estudiaba a diario de un modo salvaje. Se leyó y releyó una y otra vez el libro de primaria para gramática japonesa y escuchaba hasta el hartazgo cintas de casete con cursos de japonés. Antes siempre había hablado inglés en casa, pero ahora lo sustituyó en un cien por cien por el japonés e incluso se puso a estudiar con inusitado tesón la historia japonesa.

Se esforzaba hasta un punto inconcebible para nosotros. Para cuando terminó el primer curso de secundaria, Genkan ya se había leído enteras todo tipo de novelas japonesas, incluyendo *El libro de la almohada* y *La historia de Genji*. El profesor de sociales estaba casi asustado por el conocimiento que demostraba la chica sobre historia japonesa. Así, su nombre comenzó a convertirse en una presencia difícil de desplazar de los primeros puestos de calificaciones, que hasta entonces parecían inamovibles, y justo por esa época empezó a aparecer también el mío cerca del suyo. En poco tiempo nos convertimos los dos en una amenaza para los empollones.

En los tres años de secundaria, Genkan y yo nunca fuimos asignados a la misma aula. Pero si alguna vez nos cruzábamos en el pasillo, llegaba hasta mí el vaporoso aroma de su perfume, recordándome que se había criado en Occidente. Esa era más o menos toda nuestra relación.

Cierto día, dejando atrás a mis compañeros de clase estudiando como descosidos en la biblioteca, volvía paseando a casa mientras escuchaba una cinta del grupo Run-D.M.C. que había pedido prestada a Hajime. En el lado del colegio de secundaria había un puente y, al cruzarlo, se llegaba a un parque al que llevaba a menudo a pasear a Sakura. Era un día templado y, sintiéndome relajado, me quité la bufanda que siempre llevaba enrollada en torno al cuello y decidí que regresaría dando un rodeo por el parque.

Vi a lo lejos un perro parecido a Sakura, que olisqueaba la tierra en mitad de su paseo, y las hojas caídas de los árboles se arremolinaban en torno a mí como invitándome a bailar.

Pensando en comprarme una lata de café, comencé a hurgar en el bolsillo en busca de alguna moneda y entonces escuché una dulce voz de mujer joven que exclamaba «¡Ay, qué daño!».

Con mi moneda de cien yenes en la mano, miré en dirección a la voz y vi a una chica de largos cabellos agachada y sujetándose un tobillo con ambas manos. Era un pelo reluciente, que le llegaba casi hasta la cintura, y enseguida me di cuenta de que debía de ser Genkan, puesto que ella consideraba una estupidez la norma del colegio de que se llevase recogido el pelo en caso de que sobrepasase la línea de los hombros.

Me sorprendió no haberme dado cuenta antes de que Genkan venía caminando apenas cinco metros detrás de mí, pero en cualquier caso parecía hallarse en apuros, así que me resigné a la compra del café y fui hacia ella.

—¿Estás bien?

Me agaché justo a su lado y llegó hasta mí el aroma de aquel perfume suyo de siempre.

—Creo que me he torcido un tobillo.

Hablaba en un perfecto japonés sin acento, fruto de su afanoso estudio. Acostumbrado a oír en el pasillo del colegio a los chicos hablando en el dialecto de Kansai, alguna vez que pasaba Genkan y decía incluso lo mismo pero con el tono habitual de Tokio, no sé por qué pero pensaba: *Así deberían hablar todas las chicas.*

Cuando miré el tobillo de Genkan, no vi que estuviera pálido ni enrojecido, pero lo que sí vi en lugar de eso fue que llevaba allí anudados unos cordones de bellos colores que estrechaban todavía más los ya de por sí delgados tobillos. Imaginé que lo hacía como un esfuerzo para que los pies lucieran más bonitos.

—Tu nombre es Hasegawa, ¿verdad?

Aquel fue el primer momento en que me fijé con atención en el rostro de Genkan, que alzaba la vista hacia mí. De hecho, era la primera vez que veía el rostro de una chica tan de cerca y también la primera vez que una de ellas me miraba tan fijamente a los ojos.

Los ojos de Genkan eran «típicamente japoneses» o, dicho de otra manera, eran tal cual la idea que un extranjero tiene de unos ojos japoneses, unos ojos de párpado sencillo y ligeramente curvados hacia las orejas, como los de un zorro. Las cejas no habían sido abandonadas a su crecimiento natural sino que, como hacía mamá, estaban cuidadas de manera que cayesen formando un arco y los labios relucían tanto que se diría que acababa de engullir a toda prisa alguna fritura.

Al verme de pronto inmerso en una atmósfera «femenina», quedé tan desconcertado que se me escapó una pequeña tos.

Con los ojos de una cariñosa madre, Genkan asistió a mi tosecilla y después, con la mirada clavada en mis ojos, dijo:

—¿Me puedes acompañar hasta casa?

Realmente la situación evolucionaba a toda velocidad.

Y también discurrió con similar rapidez el proceso por el cual los labios de Genkan me besaron, nos abrazamos desnudos y culminamos el acto subsiguiente, que no tuvo ni punto de comparación con *aquello* que hacía yo a solas.

Genkan se implicaba en el *acto* como una auténtica mujer adulta y me confesó entre risitas que llevaba tiempo detrás de mí y yo había caído por completo en su trampa.

Me quedé sumido en una profunda confusión.

Por primera vez en mi vida alguien se tumbaba al lado usando mi brazo a modo de almohada, y el cuerpo de Genkan, que encajaba perfectamente en el hueco de mi axila, me pareció tan blando como el de Miki cuando era un bebé. El olor, en cambio, era más agradable, no solo por el perfume.

En modo alguno puede decirse que sus pechos fueran grandes, pero sí lo suficiente para que, cuando se apretaba contra mi costado, sintiera su empuje, y en cuanto a las piernas, cuando las enroscaba en las mías me hacían cosquillas y parecía que tuviesen voluntad propia. En esos momentos, me veía incapaz de controlar mi excitación.

Terminamos tan deprisa la primera vez, que Genkan quiso repetir *aquello* una segunda y una tercera, y cuando finalmente lo dejamos estábamos extenuados. Genkan dijo que yo tenía un cuerpo «estupendo» y hablaba sin cesar acerca de cómo se turbaba su corazón cada vez que me veía caminar, de la alegría que le producía el mero hecho de ver escrito el nombre de «Kaoru Hasegawa» o de la manera en que nos imaginaba desnudos y abrazados cuando me veía en el parque. Pero es que, además, Genkan había ido desarrollando este ininterrumpido monólogo mientras estábamos haciendo *aquello*, por lo que a mis oídos era similar a una lejana letanía y su voz me producía la impresión de que era un ser desconocido llegado de alguna remota estrella.

En la habitación de Genkan había colgado un mapamundi y, tras contemplarlo unos segundos un salvaje grito resonó en mi interior: *¡Ah, quiero viajar!*

Mi familia era bastante liberal pero los padres de Genkan nos superaban con creces. Al día siguiente de nuestro encuentro, Genkan apareció en mi clase y me entregó un pequeño envoltorio diciendo: «Me lo han dado mis padres».

El resto de la clase nos miraba con expresión extrañada al ver que de pronto Genkan aparecía interesándose por mí, pero conseguí sentarme en mi sitio con cara de que no pasaba nada en particular. Sin embargo, cuando vi el contenido del envoltorio, me resultó imposible seguir aparentando indiferencia. Allí había tres condones, que parecían estar muertos de vergüenza.

La primera idea que me vino a la cabeza con la visión fue: *Así que todavía puedo hacerlo tres veces más.*

Quizá sea un tanto impropio de un hombre, pero por lo que a mí respecta, no tenía la menor intención de iniciar una relación estable con Genkan.

No era que no sintiera el menor amor hacia ella, pero resultaría más exacto decir que más que la chica, lo que me interesaba era su cuerpo. Y además, había sucedido todo tan deprisa, que mi corazón no podía correr a la misma velocidad que mi cuerpo.

Y sin embargo, antes de que pudiera darme cuenta, todos consideraban abiertamente que Genkan y yo éramos novios. Dado que ella era el número uno en los exámenes y yo el dos, el asunto corría de boca en boca pero, por lo que a mí respecta, más de una vez me lamenté de la situación cuando alguna chica bonita me decía: «Ay, qué pena, con lo que a mí me gustabas…».

Supongo que soy un egoísta por pensar así, pero no podía evitar creer que Genkan me había engañado como a un tonto.

Por su parte Genkan no paraba de aparecer por mi clase. A veces me traía un *bento* de almuerzo y otras se trataba de un libro que le había gustado. En un momento dado, dejó de llamarme por mi apellido Hasegawa y decía «¡Kaoru!», o incluso me acariciaba la barriga delante de todo el mundo con un «Kaoru, tienes que hacer más *work-up*».

Por si no tuvieran bastante con estudiar para el examen de cambio de ciclo, los compañeros empollones se pusieron a toda prisa a buscar el significado de *work-up*, mientras que los más perezosos se dedicaban a mirar la confianza con que Genkan me tocaba la barriga mientras murmuraban «Seguro que estos dos se acuestan juntos».

Lo cierto es que a menudo los compañeros vírgenes me pedían que les enseñara sobre el particular.

Pero, para ser sinceros, no había nada que yo pudiera enseñarles. Había conocido el sabor del sexo pero, al igual que mi hermano, me abandonaba como un mono al mero placer y, por lo que respecta al «lado técnico», no hacía sino dejarme llevar por Genkan. Me da vergüenza confesarlo pero, solo con que Genkan moviera su cuerpo, mi aparato ya explotaba, y si después Genkan usaba su lengua, renacía henchido de vigor. Los tres condones que me dio se agotaron en nada.

Por lo visto los padres de Genkan estaban al tanto de la ardiente pasión de su hija y también sabían que los condones desaparecían a la velocidad del rayo, pero como no bajaban las notas en los exámenes ni en su caso ni en el mío y, además, les encantaban los bocaditos de crema o los pastelillos de judías que les llevaba siempre de regalo, no presentaban la menor objeción a nuestra relación. Alguna vez el padre de Genkan me invitó a ir de pesca con él y, de esa manera, se fue intensificando mi relación con la chica.

Aprobé los exámenes para entrar en el colegio de bachillerato deseado. El profesor al cargo no paraba de repetirme:

—Es una pena, Hasegawa, tú podrías elegir un colegio mejor.

Sin embargo, yo prefería un colegio con ambiente flexible a uno de esos colegios de élite tan rígidos en todo.

El colegio de bachillerato que escogí estaba bastante más lejos de casa, en dirección a la ciudad, pero, de alguna manera, la atmósfera que se respiraba en él tenía algo del aire bucólico de provincias. En principio, el colegio pedía llevar un uniforme determinado, pero la mayoría de los alumnos se limitaban a conservar el pantalón o la falda del mismo y luego prescindir de la pieza superior para sustituirla por un chándal o una camisa de su gusto. Alguna de las chicas llevaba pendientes o se hacía la permanente pero no había un ambiente especialmente estridente ni rebelde, sino que simplemente era una cuestión de gustos. Tampoco había ningún profesor que regañase por ello a los alumnos.

Así pues, era un colegio con mucha libertad pero, aun así, no se podía ni comparar con el colegio de Genkan. Para la ceremonia de ingreso de la promoción de Genkan al nuevo colegio, que fue dos días después de la mía, ella se pintó las uñas de un rojo intenso e incluso añadió un pendiente en la nariz. Para completar, se puso un vestido totalmente rojo del mismo tono que la manicura. Cuando la vi salir de casa con tan gallardo aspecto, me preocupé pensando que se le había ido un poco la mano y llamaría demasiado la atención, pero, a la vuelta de la ceremonia, me dijo: «¡Ha sido un fracaso! Todas destacaban mucho más que yo».

A diferencia de su tiempo en la escuela secundaria, Genkan estaba ahora rodeada de amigas de carácter excéntrico y parecía pasárselo muy bien. Era mucho más vivaracha que antes, asemejándose a un pez que por fin nadase libremente en la corriente, y cuando se dirigía a mí lo hacía con mayor agresividad. Me sorprendí de que cuando estábamos en medio de la faena de pronto comenzase a mezclar el idioma inglés, pero, mientras movía mi cuerpo acompasándolo al suyo, me pareció que tampoco hacía tan mal efecto.

TORBELLINO

«Eh, Hasegawa, preséntame a tu hermana».

En el tiempo que pasé entre la escuela secundaria y el bachillerato, esta fue la frase que más veces me dijeron los chicos de alrededor. Tenía ya los oídos encallecidos de tanto escucharlo.

Cuando Miki ingresó en secundaria, se convirtió en la estrella del colegio.

Ese rostro suyo que apenas sonreía adquirió unas facciones todavía mejor proporcionadas, y como un jacinto o algún tipo de flor hidropónica, exhalaba un aire de distinguido frescor. Puede decirse que guardaba cierto parecido con Yajima en el aire apático que adoptaba, pero en cuanto a belleza y poder destructivo, Miki le daba cien mil vueltas a la otra.

A mí me llamaban «el hermano menor de Hasegawa», pero si hubiera coincidido con Miki en secundaria, sin duda me habrían etiquetado como «el hermano mayor de Hasegawa». Y habría tenido que escuchar mucho más frecuentemente que ahora aquella frase de «preséntame a tu hermana».

Miki, que al principio recibía la atención de todo el mundo solo debido a su gran belleza, pasó acto seguido a ser conocida y a sobrecoger por el increíble grado de altanería de su actitud. El carácter violento que, junto con su belleza, la había hecho famosa en el jardín de infancia, se convirtió ahora en el núcleo de su personalidad.

Al segundo día de empezar la escuela secundaria, un grupo de compañeras más veteranas la convocaron a un amenazador corrillo para llamarle la atención. Fue algo digno de mencionarse.

Miki llevaba el lacito color carmesí del uniforme de marinero anudado más corto que el de las demás y la falda era también unos tres centímetros más corta que la del resto, y eso fue lo primero que no les gustó a sus compañeras. Por lo que a Miki respectaba, el lazo carmesí estaba anudado más corto porque no sabía hacerlo bien y si había acortado la falda era porque así molestaba menos al caminar. Ni por asomo albergaba la más mínima intención de atraer las miradas masculinas. Si se lo permitieran, mearía de pie al aire libre, no se lavaría las manos después de toquetear a Sakura, dejaría de cepillarse los dientes y se tiraría pedos, por lo que en ese sentido, no había cambiado nada desde el jardín de infancia.

Por eso, cuando las otras comenzaron a acosarla con sus «Tú, ¿qué pasa? ¿Te las das de listilla?» o «¿De qué vas, con esa falda?», a Miki le importó un bledo y les contestó:

—Tengo más que hacer, ¿eh? ¿Para esas tonterías me habéis llamado?

Cuando las otras estaban a punto de contestarle, Miki las escupió y se marchó. Tras unos segundos de desconcierto, le gritaron «¡Ven aquí, no te vayas!» y salieron detrás de ella. Su intención era darle una paliza y dejarla tirada llorando, ya que eran cuatro o cinco, pero no contaban con las capacidades de Miki para la pelea.

Que a uno se le den bien las peleas en modo alguno significa solo fuerza física. Se trata también de saber aprovechar los descuidos del contrario para atacar en ese instante (según me explicó Miki).

Ya desde sus tiempos del jardín de infancia, Miki venía desarrollando una técnica de combate que no tenía nada que envidiar a la de los adultos, consistente en determinar primero y al instante, mediante puro instinto animal, quién era el líder de los contrincantes. Después, se recogía una piedra cualquiera que hubiera tirada por el suelo y se la lanzaba al tuntún para que todos mirasen en aquella dirección y se distrajeran. Ese era el momento que se aprovechaba para lanzar un puñetazo al rostro de la chica que lideraba el grupo. Un golpe que hacía volar a la otra dos metros más allá. Ni que decir tiene que ese golpe decidía el resultado final.

Mientras el resto de las chicas se quedaban mirando espantadas a la que estaba caída en el suelo, Miki lanzó una patada a la rodilla que tenía más cerca y luego dejó la huella de su zapato en la espalda de otra, tras lo cual emprendió el camino de regreso con toda calma. Y sin un solo rasguño. Su idea era que las dos que habían salido indemnes difundieran el mensaje de que «la tipa esa pelea como una bestia».

Mientras Miki me contaba todo esto con rostro hastiado y comiéndose una bolsa de patatas fritas Happy Turn como quien no quiere la cosa, no podía menos que contemplarla espantado.

Aunque por lo que concernía a la fama, Miki había conseguido unos resultados iguales o mayores que los de Hajime, pero, a diferencia de él, en su caso la gente pasaba a odiarla bastante rápido. Si en el jardín de infancia sus principales enemigas eran las maestras, ahora se trataba de las alumnas con mayor veteranía que ella en el colegio.

La política de Miki (bueno, no estoy seguro de que poseyera semejante concepto) consistía en no rehuir ninguna de las peleas que las demás le ponían delante. Ya fuese por una tontería o por algo importante, en cuanto Miki adoptaba la posición de combate, ya desembocaba en una pelea espectacular. Sin embargo, Miki no iniciaba nunca estos enfrentamientos, y su espíritu de combate solo se activaba en respuesta a los ataques. En cierto modo, era una chica a la que todo le daba pereza.

Uno podía pensar que, de seguir así, las sangrientas peleas de Miki durarían para siempre, pero, de pronto, un buen día se terminaron. Eso fue cuando llegó el día conmemorativo en que fue Miki quien inició la pelea por primera vez.

Cierto día, Miki se encontraba mirando el patio del colegio desde una ventana del pasillo del segundo piso. Todas se habían ido a la hora de gimnasia y Miki se había quedado sola divagando (suena un poco extraño, pero se trata simplemente de que se le había olvidado la ropa de deporte y entonces decidió que no asistiría a la clase). En ese momento, pasó por el patio el grupo habitual de chicas rebeldes del colegio. Eran las mismas que intentaron amenazar a Miki la primera vez y acabaron llorando, a pesar de lo cual alguna vez repitieron (la juventud es increíble, nunca se cansa). Como de costumbre, se estaban saltando las clases y buscaban algún sitio donde ponerse a fumar y pasar tranquilas el resto de aquella tarde de verano. Pero de pronto vieron cómo aquella paz saltaba en pedazos. Comenzaron a llover del cielo calderos, escobas, sillas, pupitres y, finalmente, una chica. Menudo susto debieron llevarse. Perdieron por completo el equilibrio. Los objetos que caían estaban claramente destinados a asustarlas, puesto que impactaban a escasos centímetros de ellas y cuando finalmente llovió una figura humana que quedó tumbada en el suelo, reconocieron a su enemiga mortal. Parecía evidente que se había roto algún hueso, pero aun así miraba hacia ellas con una terrible expresión de furia. Sintieron que sus vidas corrían peligro y les entró tal pánico que nunca más volvieron a pelear con ella.

Aquella incomprensible acción de Miki, que por eso mismo resultaba todavía más terrorífica, se convirtió en toda una leyenda dentro del colegio. Se sentaba alargando la pierna como si no existiera la escayola que le habían puesto en el hospital, e ignorando los lloros de mamá, los gritos de papá y, por supuesto, los sermones de los profesores, Miki se hundía en su propio mundo. Hajime y yo queríamos mucho a aquella hermana con la que ninguno podía, pero ni siquiera nosotros podíamos comprender la extraña actitud que tomaba ahora.

Lo único bueno que tuvo el asunto fue que desde entonces Miki dejó de pelear.

En aquel entonces, mi hermano y yo nos quedábamos a menudo hasta tarde hablando en su habitación.

La habitación de Hajime era la más pequeña de la casa, pero era la que más me gustaba. Ahí podía encontrar revistas de fútbol, CD o libros en gran cantidad, y como él no era muy dado a limpiar ni a colocar ordenadamente las cosas, todo estaba un poco revuelto pero, aun así, se notaba que recurría a todo aquel material con frecuencia, ya que no había nada que tuviese polvo acumulado.

Fue gracias a mi hermano que descubrí la música de Earth, Wind & Fire, y me prestó CD de Run-D.M.C. y Al Green.

Mi hermano siempre tenía cosas interesantes que contar y los artistas que conocí gracias a él me fascinaron todos.

Yo también contaba a Hajime todo tipo de cosas. Le hablaba de lo que pasaba en el colegio, de los programas de televisión que me habían gustado ese día o de Sakura. Ya se habían dejado de celebrar con la frecuencia de antes las reuniones familiares en el hogar de los Hasegawa, pero para mí eran muy importantes esos ratos que pasaba conversando con mi hermano en su habitación.

Lo que más me alegraba era sentir que había entrado en su mundo, o en el de los adultos en general, y que mi hermano se alegraba de ello tanto como yo. No me apetecía hablar claramente sobre mi amor por Genkan, y como mi hermano lo notaba, no me preguntaba sobre el particular.

Cuando nos encontrábamos hablando de hombre a hombre sobre cuestiones de fisiología masculina, Miki irrumpía sin falta en la habitación.

—¿De qué habláis?

Abría la puerta abruptamente, sin ningún recato. Desde que había salido del hospital, Miki se negó a usar muleta, y se movía arrastrando la pierna a trompicones. Cuando escuchábamos aquel *ton ton* de sus pasos, que sonaba como un tambor, a Hajime y a mí se nos escapaba una triste sonrisa. Miki era igual que un torbellino.

Si mamá reunía en su seno toda la calidez del mundo, Miki era una chica que albergaba en su interior todo el viento del mundo. Desde que nació, se había criado recibiendo en todo momento nuestra atención y poseía una fuerza tan especial que solo con entrar en una habitación todos se paraban en seco, pero es que además aquel poder se iba incrementando con la edad.

Alguna vez penetraba en la habitación trayendo consigo a Sakura, y en tales ocasiones nos quedábamos como sardinas en lata en el estrecho espacio de Hajime. Sakura se mostraba muy excitada por el hecho de que la hubiesen dejado entrar en el cuarto de Hajime y se diría que estaba a punto de mearse. Con todo, mantenía el decoro propio de su sexo y se aguantaba las ganas agitando el trasero. A cambio, nos iba lamiendo la cara por turnos.

«¿Qué pasa, qué pasa? ¿Qué habláis?», parecía decir.

El aliento de Sakura olía tan mal, que no pudimos evitar una queja.

—¡Qué tufo!

Con todo, aquel tufo a carne cruda era un olor parecido al del mar y eso nos infundía también cierta tranquilidad. Al sentir aquel olor, nuestra imaginación volaba hacia lejanos mares y nos sumía en una calma que solo rompían los gritos de mamá procedentes del primer piso:

—¡Vamos! ¿Quién va a limpiar hoy?

En esos momentos nos mirábamos unos a otros y nos echábamos a reír.

KAORU-SAN

Cuando Miki se recuperó de la pierna (a velocidad sorprendente), entró en el equipo de baloncesto. Mamá era feliz al ver que Miki había dejado de pelearse y papá, que no paraba de darle vueltas a qué medidas se podrían tomar con ella, se llevó un gran alivio. Debido a que Miki había nacido en el mes anterior al comienzo de los cursos japoneses, el sistema de ingreso provocaba que fuese casi un año más joven que la mayoría de la clase, lo que a esas edades supone una gran diferencia. Por eso su cuerpo era más menudo que el de sus compañeras pero, a cambio de eso, crecía en altura con mi misma rapidez y, al igual que yo era el larguirucho del aula, cuando en el saludo matinal de inicio de las clases las ordenaban por estatura, ella quedaba en la última fila.

La primera vez que Miki alumbró el concepto de «amiga» fue al entrar en aquel equipo de baloncesto. Gracias a su estatura y a esa manera de jugar tan desinhibida que parecía impropia de una novata, Miki consiguió por primera vez en una alumna de primer curso que la hicieran fija en el equipo. Para el resto de las chicas, se convirtió tanto en un modelo a seguir como en blanco de los celos (y del miedo), pero, por eso mismo, despertaba en ellas el sentimiento encontrado de querer convertirse en amigas suyas. El problema consistía en que la cabeza de Miki era incapaz de percibir esas sutilezas del corazón femenino.

En otras palabras, cuando por ejemplo alguna compañera le decía «Hasegawa, ¿comemos juntas?», ella contestaba «¿Eh?

¿Por qué?». Y así todo. Miki no lo hacía con mala intención. Simplemente se preguntaba de la manera más inocente «¿Por qué motivo tengo que comer contigo?», y no se le ocurría ni por asomo que la chica en cuestión pudiera sentirse herida.

El resultado era que Miki no lograba hacer ninguna amiga.

Sin duda Miki se sentía solitaria a menudo ante tal situación, pero no sabía cómo adaptarse a las chicas de alrededor, tan diferentes a ella, y más bien daba la impresión de estar confundida.

«Tu hermana es un tanto rara, ¿no?».

Esta era la segunda frase que escuchaba más a menudo, solo superada por «preséntame a tu hermana».

Lo cierto es yo también creo que mi hermana es bastante rara. Antes, cuando alguien se metía con ella, respondía con una potencia destructiva de varios megatones, pero ahora que había dejado de pelear, era como si hubiera perdido el interés por todo. Al parecer se implicaba a fondo en los entrenamientos de baloncesto pero, a diferencia de las demás compañeras, no alborotaba cuando veía a un chico guapo, ni intentaba aprender cómo hacer gestos atractivos ni desprendía el más mínimo dulzor habitual en las mujeres. Cuando estaban en el tiempo de descanso se sentaba junto al parterre del patio y se quedaba allí mirando incansable al cielo con expresión ausente. Seguramente ofrecía un aspecto similar al de aquel anciano que encontramos una vez en el parque de las campanadas.

Aun cuando algún chico comenzase a declararse diciendo «Me gustas mucho», le miraba con la misma expresión ausente con que miraba el cielo y casi nadie en todo el colegio la había visto sonreír.

El día en que llegó al colegio una chica con mi mismo nombre, Kaoru, el cielo estaba cubierto de opresivas nubes cumulonimbos cargadas de truenos.

Kaoru se incorporó en el verano del segundo curso de bachillerato. Tenía dos años menos que yo pero, por algún motivo, me resistía a llamarla con el diminituvo de Kaoru-chan y usaba el *san* en su lugar. De alguna manera, me producía la impresión de que la envolvía un aire majestuoso, algo que le vendría confiriendo desde que era pequeña la cualidad de parecer mayor que cualquiera de los que la rodeaban.

Tenía una estatura que no desmerecía ante la de Miki y cuando entró en el mismo equipo de baloncesto demostró también ser una chica no menos rara que ella. Bueno, «chica» es una palabra que no parecía ajustarse bien a ella.

Tenía la espalda un poco encorvada y entre eso y lo corto que llevaba el pelo, la manera en que se movían los músculos de sus pantorrillas al caminar y aquellos ojos de párpado sencillo que transmitían una poderosa fuerza de voluntad, daba toda la impresión de ser un chico. De hecho, si uno se fijaba bien, parecía que en torno a los labios le crecían unos pelitos muy finos.

Yo también la vi alguna vez por el barrio, por ejemplo sentada bajo unos árboles y bebiendo agua en el parque. La expresión que tenía en ese momento y el movimiento que hizo después para secarse con la manga el agua que se había derramado por las comisuras de los labios me hicieron pensar que estaba viendo a un fornido muchacho.

Lo cierto es que esta Kaoru gozaba de tal popularidad entre las chicas que despertaba la envidia de los chicos. No escaseaban las chicas que, al término de las clases, se iban a asistir discretamente a los entrenamientos del equipo femenino de baloncesto con el objetivo de verla a ella y por lo visto le regalaban también chocolates en el día de San Valentín.

Su carácter se correspondía también con su aspecto, así que se comportaba como un hombre; bueno, de hecho, con una masculinidad superior a la de la mayoría de los chicos de su edad. Cuando tocaba hacer limpieza, cargaba con dos pupitres a la vez, y cuando veía a una compañera cargando con algo pesado, se lo arrebataba y lo llevaba ella como lo más natural del mundo. En la hora de la segunda asignatura, mientras se desarrollaba la clase, sacaba una caja de *bento* espantosamente grande y se ponía a comer. Después, cuando llegaba la hora del almuerzo, se compraba en la tienda del colegio unos enormes sándwiches de cerdo empanado o una bandeja de las grandes de fideos *soba* con salsa o, si no, el bocadillo más grande que encontrara, y aun así parecía quedarse con hambre.

Siendo pues Kaoru como era, no se le acercaba nadie, y como ella tampoco era de un tipo muy sociable, el resultado natural era que pasaba mucho tiempo sola.

En otras palabras, Kaoru y Miki presentaban muchos puntos en común.

Fue Kaoru quien inició el contacto. Le gustaba esa actitud de Miki de no adular a nadie pero, a la vez, no rechazar a nadie, ese aire desprendido, y Miki, por su parte, sintió como algo muy novedoso la presencia de alguien de su mismo sexo que trataba con ella de manera despreocupada y que además exhibía un carácter franco. Así, se las comenzó a ver juntas.

Dado que ambas tenían una considerable estatura, impresionaba un poco verlas caminar juntas. Por si fuera poco, una era una belleza ante la que se giraba todo el mundo y la otra tenía una figura que fácilmente podía confundirse con la de un hombre. Por fuerza tenían que llamar la atención y no eran pocas las chicas que querían convertirse en sus amigas.

El día en que Kaoru vino a jugar a casa se montó un revuelo similar al del día que vino Yajima. Al fin y al cabo, se trataba de la primera amiga de Miki. Una vez más, Sakura tuvo que pasar por el suplicio de que la lavasen hasta quedar reluciente y en esta ocasión lo que adornó la mesa no fueron aquellas frutas colocadas como a propósito, sino un arreglo floral a base de anémonas y rosas de monte. Hajime renunció al desgastado chándal Adidas que solía usar y se puso unos pantalones vaqueros como es debido, y yo, por mi parte, aunque no tenía mucho sentido, me cepillé a conciencia los dientes una y otra vez.

Kaoru vino con un abrigo gris con capucha marca Champion y unos pantalones vaqueros negros. Aquella vestimenta iba muy bien con su complexión y parecía todavía más un chico de buena planta.

—Buenos días.

Kaoru entró en casa con aquel despreocupado saludo y, curiosamente, traía como regalo un buen montón de estropajos de cerdas.

—Esto son estropajos que hace mi padre.

Sakura se alegró mucho ante el regalo. Era la primera vez que veía aquella cantidad del tipo de estropajos que más le gustaban. Solo con recordar el roce que hacían con los dientes al morderlos, la imprevisible manera en que rebotaban contra el suelo al dejarlos caer, o el cosquilleo que aquella fibra hacía en las almohadillas de sus patas al hacerlos rodar, ya se le caía la baba de expectación. Cualquiera diría que estaba a punto de desmayarse de felicidad.

—¿Cómo te llamas?

Pero Sakura ignoró la pregunta de Kaoru y, absorta en sus estropajos, los movía de un lado para otro dentro de la boca con una expresión para nada femenina mientras dejaba escapar unos *aarf, aarf*.

—Sakura, saluda educadamente —le dijo Miki dándole una palmada en el trasero.

Entonces, por primera vez, el animal volvió en sí y movió el rabo mirando amistosamente a la invitada como si dijera:

«Uy, uy, uy. Perdone que me haya comportado así delante suyo. Me llamo Sakura Hasegawa. Ji, ji, ji».

Kaoru acarició largamente a Sakura con vigor y, al ver lo acostumbrada que parecía a ello, Hajime le preguntó:

—¿Tenéis perros en casa?

—Perros, solo cuatro. Gatos, doce. Y luego, dos ardillas y cuatro pajaritos, capuchinos arroceros.

Kaoru era una chica de lo más agreste. Se encerró con Miki en su habitación y después, mientras cenábamos, no parecía tener intención de volver a casa. Mamá, ya preocupada, al traer el cuarto pastel de manzana preguntó:

—Pero ¿no deberías volver ya a casa?

—No pasa nada. ¿Es que molesto?

Mamá, azorada al ver que le devolvían la pregunta, se apresuró a contestar.

—No, no, ninguna molestia, pero ¿no estarán preocupados tus padres?

—No, no se preocupan. Somos muchas hermanas y nunca saben muy bien quién está y quién no.

Después de tan sorprendente comentario, Miki, que estaba sentada a su lado en el *tatami* con las piernas cruzadas, ofreció una explicación adicional.

—La madre de Kaoru es ciega.

Ante ello, mamá ya no supo qué más argüir.

Por cierto que aquello de «muchas hermanas» se refería a la increíble cifra de ocho, por lo que era una casa llena de mujeres.

—Yo soy la número ocho.

Kaoru-san escogía una manera femenina de hablar, pero nunca he visto a una chica a quien le pegase menos hacerlo.

Para terminar, Kaoru acabó con cuatro croquetas, dos tazones de arroz y otros dos de sopa de *miso* y un pastel de manzana más, marchándose a casa a eso de las diez de la noche. Considerando que era una alumna de segundo de secundaria, era una hora bastante tardía.

—¿Será verdad eso de que sus padres no se preocupan? —se inquietó mamá como si se tratara de su propia hija.

—No, para nada —contestó Miki hablando a su vez como si se tratara de su propia casa.

—Pero, aun así, una chica sola a estas horas...

—A Kaoru no le pasará nada, además sabe kárate.

Papá decidió intervenir en ayuda de mamá.

—Por mucho que sepa kárate, no deja de ser una chica de secundaria y no creo que pudiera hacer gran cosa…

—Kaoru es cinturón negro.

—Hmm…

Kaoru, desde luego, podía equipararse a cualquier hombre.

UN AMOR DE PRIMERA

—Por lo visto andas liado con una chica que parece un zorro, ¿no?

Cuando estábamos cenando, de pronto Miki lanzó semejante comentario y con eso mi familia oyó por primera vez acerca de mi relación sexual con Genkan. Kaoru estaba cenando con nosotros como lo más natural del mundo (por aquel entonces no pasaban tres días sin que viniera) y en ese momento estaba engullendo el arroz del tercer cuenco que se acababa de servir.

—*Psché...*

Me inquietaba que los rumores hubieran llegado a Miki y compañía pero, con actitud viril, aparenté calma y di una respuesta ambigua. Pero entonces comenzó la lluvia de preguntas por parte de mamá.

—¡Kaoru! ¿Por qué no nos has dicho nada? ¿Cómo es esa chica? Ya podrías traerla a casa, ¿no?

Dudaba sobre qué podía contestar (bueno, más bien, mamá no dejaba ni un segundo entre pregunta y pregunta para poder contestar), cuando Miki y Kaoru se encargaron de contestar por mí.

—Es una chica criada en el extranjero, ¿verdad?

—Y realmente tiene cara de zorro...

—Sí, parece que fuese a ladrar *kon kon.*

—Según he oído, en realidad los zorros no hacen *kon kon.*

—¿Ah, sí? ¿Pues cómo ladran?

—No sé... ¿Quizá *kyun kyun*?

—Es un ladrido un poco triste.

—¿Viene de Estados Unidos, no?

—Sí, sí, de Estados Unidos.

—Ese sí que es un país avanzado. He oído que a los dieciséis ya puedes tener permiso de conducir.

—Sí que es avanzado, sí.

Miki y Kaoru nunca se miraban al hablar, ni sonreían. Ahora ya nos hemos acostumbrado toda la familia, pero al principio tenían una expresión tan antipática que nos preocupábamos pensando si no se habrían peleado. Si las viese alguien que no las conociera, se preguntaría si realmente eran amigas.

Papá, escuchando la conversación de las dos, parecía contento de que también el segundo hijo tuviera novia, pero también comenzó a impacientarse al ver que toda la información que obtenía acerca de ella era que se trataba de «una chica venida de Estados Unidos con cara de zorro».

—¿Qué carácter tiene? —preguntó apuntando bien al blanco.

—Yo he visto cómo saludaba a Kaoru con un *Hey* y alzaban las manos a un tiempo dándose una palmada.

—Y yo la he oído decir *Shit!*

Papá pareció un poco inquieto al intuir de sus palabras que, claramente, la chica se comportaba como una americana.

—Pero a ti te gusta, ¿no, Kaoru? ¿Es cariñosa? —inquirió.

A decir verdad, yo todavía no tenía muy claro si Genkan me gustaba o no.

Cuando me veía con Genkan sentía un calor irrefrenable en el vientre, pero me daba la impresión de que más que amor hacia ella, era simplemente que mi cuerpo deseaba otra vez aquel placer. Era un sentimiento muy diferente de aquel esponjoso sueño que antes abrazaba hacia Yukawa, un sentimiento que relucía lascivo, muy alejado de esa emoción que llamamos «amor».

Me limité a contestar a papá:

—Sí, es cariñosa.

Hajime, que era el único de los hermanos de la familia Hasegawa que había conocido un amor de primera clase, seguía sin recibir comunicación de Yajima. Yo continuaba atónito por el repentino cambio experimentado en aquella cariñosa Yajima y él, por su parte, parecía haber perdido toda esperanza, con esporádicos comentarios amargados del tipo: «Debe de ser que ha encontrado algún otro que le gusta».

Pero aun así seguía mirando el buzón, y cuando era Miki la que entraba en casa trayendo el periódico y octavillas de propaganda, preguntaba:

—Miki, ¿no había nada más?

—¿Y qué más iba a haber? —contestaba ella hoscamente arrojando el periódico sobre la mesa.

Fue por esas fechas cuando se empezó a torcer la relación entre Hajime y Miki a ojos vista. Miki se sentía profundamente irritada al ver que por más tiempo que pasara Hajime no podía olvidar a Yajima, mientras que a él le dolía que, ahora que Miki ponía cara de decir «Por mí, puedes traerte a casa todas las chicas que quieras», se enfadara solo cuando sacaba el tema de Yajima.

Hajime continuaba dando largos paseos con Sakura, que cada vez tenía las carnes del trasero más prietas, y si antes solo comía una lata de carne, ahora se ventilaba dos como si nada.

Durante el bachillerato no me inscribí en ninguno de los equipos de actividades. Perdí peso, pero la anchura de hombros se mantenía, por lo que en los ratos de descanso no paraba de recibir invitaciones de los equipos de deportes para que me apuntara a alguno de ellos. Sin embargo, yo prefería marcharme a casa por las tardes y quedarme en mi habitación escuchando música tranquilamente. Eso de mover el cuerpo lo reservaba para cuando estaba con Genkan enfrascado en *el asunto*. Como mucho, al terminar las clases iba a la biblioteca y me ponía a leer, dejando que el tiempo fluyera plácidamente.

Ese carácter lo he heredado de mi padre. Mi madre siempre ha sido alegre y vivaracha, y gracias a su belleza y su personalidad tan abierta, enseguida le gusta a todo el mundo. Antes también hacía deporte. Le gustaba salir y moverse y en los días festivos iba a jugar al tenis con la pared o cosas así. A menudo competía con Hajime por sacar a pasear a Sakura.

En cambio papá, en contraste con ella, era del tipo de los que les gusta quedarse en casa, un hombre guapo con perfil de filósofo, alguien con cierto aire enigmático. Con frecuencia estaba en casa leyendo libros en lugar de salir y prefería pasar el tiempo tranquilamente en el cine en vez de andar deambulando de bar en bar.

Así que muchas veces, cuando en un día festivo los demás salían por ahí, era normal que papá y yo nos quedásemos los dos en casa y, aunque no era que nos pusiéramos a hablar, el ambiente de tranquilidad que despedían nuestras respectivas habitaciones nos confortaba y, si nos cruzábamos por algún lado, se nos escapaba una sonrisa de complicidad.

En el caso de Miki resultaba difícil determinar si se parecía a papá o a mamá. Cuando era una niña, sí que era de las que disfrutaban de corretear por campos y montañas, pero ahora ya no se podía decir lo mismo. Los entrenamientos de baloncesto se los tomaba con interés y en los partidos jugaba, sin duda, con agresividad, pero no daba la impresión de que ello la entusiasmara sino que más bien parecía que lo hacía por matar el aburrimiento.

La verdad es que, a excepción de cuando estaba con Hajime, Miki apenas se reía y, aun cuando viniese Kaoru a casa, no salían por ahí a jugar, sino que por lo visto se quedaban en la habitación pensando en las musarañas.

Al parecer, en el colegio Miki se comportaba como siempre. La única diferencia era que ahora Kaoru estaba siempre a su lado, pero en el rato de descanso se sentaba en el patio con aire ausente, y aunque se le acercasen los chicos intentando congeniar, los miraba con esos ojos de pez muerto que ponía en esos casos.

FLAN *À LA MODE*

Al tercer día de que en el colegio cambiásemos al uniforme de invierno, un compañero de clase me hizo un comentario extraño.

—He oído que tu hermana es lesbiana, ¿no?

Ya se me ha olvidado cómo se llamaba el tipo aquel, pero era un sujeto que era compañero de clase desde secundaria. Cuando estaba en secundaria era un chico vulgar, que no llamaba la atención, pero, antes de entrar en el bachillerato decidió cambiar de imagen y se engominó el pelo con algún producto reluciente, fingiendo un carácter de hombre siempre activo y animado. En suma, alguien que no merecía demasiada confianza.

Me quedé unos segundos paralizado por la sorpresa que me causó la familiaridad con que me dio unos golpecitos en el hombro y el hecho de no entender muy bien de qué me estaba hablando. Como estábamos justo delante de un café llamado Yorimichi, se abrieron las puertas automáticas y una camarera gritó desde el interior: «¡Bienvenidos, pasen!».

Me gustaba el flan *à la mode* que servían en aquel local. El flan *à la mode* que ponían en otros establecimientos se valía demasiado de la fruta y me sabía a poco. Además, la fruta que solían servir como acompañamiento era manzana, naranja o fresa, que no pegaban mucho con el flan y a mí lo que más me gustaba era precisamente el flan. En cambio, el flan *à la mode* del Yorimichi carecía de semejantes estridencias. En medio de un plato amplio venía un flan tan grande como mi puño, rodeado de crema hasta decir basta. Las frutas de acompañamiento eran simplemente un poco de plátano parcialmente amarronado y algo de melocotón en lata, por lo que no era un plato colorido, pero resultaba tan suave al comerlo que me parecía el sabor ideal que debía tener y no pasaban tres días sin que entrara allí.

La camarera, que me vio parado como un tonto en el lugar donde se abrían las puertas, ya se alegraba pensando *Estupendo, otro flan que vamos a vender hoy,* pero la puerta automática, cansada de esperarme, volvió a cerrarse lentamente. Un instante antes de cerrarse oí que la camarera me decía «¿Hasegawa...?», y en algún rincón mi cerebro me decía *Vaya, vengo tanto que se ha aprendido mi nombre,* mientras al mismo tiempo resonaba con insidia la pregunta anterior: *He oído que tu hermana es lesbiana, ¿no?* Para colmo de males, en el interior se hallaba Kaoru-san con aire muy ufano e intención de comer allí, por lo que aquella única frase hizo volar mi imaginación de un modo sorprendente.

—¿Por qué?

Fue lo único que alcancé a decir, y además sonó como si hablara para mí mismo.

Lo que deduje de la historia de aquel chico fue lo siguiente.

Su hermano menor estaba en el mismo curso que Miki y, como los demás chicos, se hallaba embobado por ella. De hecho, desde que estaba en primaria, en total había coincidido cuatro años en la misma clase que Miki pero, al igual que yo no me acordaba del nombre del hermano mayor que en ese momento estaba hablando conmigo, Miki no solo no recordaba el nombre de ese chico, sino que apenas se había fijado en su cara. El chico era bastante insistente y ya se había declarado a Miki hasta tres veces, pero, dado que ella ni siquiera recordaba bien su rostro, por más que él lo intentara, ella seguía haciendo un movimiento negativo de cabeza con su expresión ausente de siempre. Cabría pensar que después de haber sido rechazado tres veces se daría por vencido pero, interpretando a su conveniencia el hecho de que Miki tampoco intimase con otros, lo intentó estúpidamente una cuarta vez. Debía de tener algo de espíritu acosador e ignorante de que ella no se acordaba ni de su cara, el convencimiento de que si Miki no salía con nadie más era porque lo esperaba a él, le llevó a plantear el cuarto ataque en los siguientes e incómodos términos:

—Hasegawa, ya está bien, ¿no? Sal conmigo de una vez.

Hasta alguien como Miki notó que había algo extraño en aquel tono y por primera vez miró con atención el rostro del chico.

—¿Ya está bien de qué?

Al ver que los almendrados ojos de Miki se fijaban en él, el otro se vino arriba. Debió de decirle algo así como: «Ya te he dicho muchas veces lo que siento por ti, ¿no?», o «¿Pero no te he dicho muchas veces que me gustas?». Posiblemente de la forma más romántica que supo. Pero Miki era la primera vez que comprendía que aquel chico se le había declarado ya varias veces. Quizá le dijera «¿Me has dicho ya varias veces que te gusto?» o, en el peor de los casos, «Pero si no te conozco de nada, ¿tú quién eres?».

El chico aquel sintió que le hacían trizas su orgullo, insignificante como un ratón. Y como además era tonto, la única manera que conocía de aplacar su herida era enfadándose. Por añadidura, sabiendo que en una pelea no podría vencer a Miki, actuó como un miserable y, aprovechando que ella siempre estaba con Kaoru y que nunca había salido con ningún chico, comenzó a difundir por todo el colegio el rumor de que «Miki Hasegawa es lesbiana». ¡Qué tipo más impresentable! Y como símbolo todavía mayor de su carácter miserable está el hecho de que no contó a nadie que se había declarado varias veces a Miki, que ella lo había rechazado otras tantas y que, para colmo, ni siquiera recordaba su rostro.

En el colegio, al tiempo que miraban con admiración a aquellas dos chicas que siempre estaban juntas, se albergaban ciertas sospechas ante el hecho de que no intentaran mover un dedo por tener novio y que su relación pareciera más íntima que la de unas meras amigas. Y en medio de ese caldo de cultivo fueron a caer los rumores sobre su lesbianismo. Los chicos que habían sido rechazados despiadadamente por Miki o las chicas que en el segundo día de curso se llevaron aquellos terribles golpes suyos vieron que llegaba su oportunidad y comenzaron a alimentar el fuego de los rumores.

No faltaban quienes se burlaban de ellas con comentarios soeces del tipo «¡Qué suerte! No tenéis que preocuparos de quedaros embarazadas».

A pesar de ello, Miki y Kaoru no cambiaron de actitud.

No parecían molestarles las habladurías e incluso, si alguien les sacaba el tema a la cara, respondían:

—Y si así fuera, ¿qué pasa?

Pasaban juntas todavía más tiempo que antes y Kaoru no dejó de venir a casa. Este comportamiento que mostraban ambas reforzó todavía más el rumor de que «Miki Hasegawa es lesbiana», que se volvió inamovible.

Creo ser de los que no tienen ningún prejuicio frente a las lesbianas o los *gays*. Creo que Sakiko es una estupenda y encantadora «mujer» y que fue una experiencia agradable estar con toda aquella gente maquillada de mujer con aspecto de «haber sufrido una novatada».

Pero cuando se trata de la propia hermana, la situación es un poco diferente. En el mundo que nos rodea, no toda la gente piensa como yo. Los prejuicios o las discriminaciones hacia los que practican el amor homosexual todavía se encuentran muy arraigados y no quería que Miki tuviera que pasar por semejantes padecimientos.

Recordaba en especial el lacrimoso rostro de Sakiko en el día del funeral y la impresión que tuve de que aquellas lágrimas en modo alguno se debían únicamente al fallecimiento de su madre. Sentí como si me estrujaran el pecho.

En un abrir y cerrar de ojos, Miki dejó de ser el ídolo del colegio para convertirse en el blanco de desalmadas habladurías. Antes, cuando las demás se cruzaban con ella en el pasillo, se hacían a un lado para abrirle el paso, abrumadas ante la rutilante aura que irradiaba. Ahora le abrían también el paso, pero evitando mirarla. Antes, cuando Miki miraba a alguien, hasta las chicas quedaban fascinadas por aquellos ojos con la belleza del cristal veneciano, pero ahora solo la miraban de reojo.

A pesar de ello, las dos seguían sin cambiar de actitud.

Kaoru continuaba viniendo cada dos por tres a casa y se encerraba con Miki en la habitación.

—¿Qué harán esas dos metidas todo el tiempo en la habitación?

Antes, cuando mamá decía esas cosas, yo no le daba la menor importancia, pero ahora la pregunta me aguijoneaba de un modo violento. Comencé a ir con mayor frecuencia que antes a llamar a su puerta, para llevarles algún pastel o pedir prestado un libro y así echar una ojeada al interior. Sufría en mi interior por los dos sentimientos encontrados que me embargaban. Por una parte me decía: *El amor debe ser libre, si Miki es feliz así, muy bien,* y por otra: *No, no, Miki no es homosexual, no quiero que lo sea.*

Por eso, en el instante de llamar con los nudillos a su puerta, ahora sentía una tensión mucho mayor que antes. Me imaginaba qué podría hacer en caso de descubrirlas en el momento decisivo, aunque también me decía que eso podría ser un alivio que despejaría de una vez todas las dudas.

No era capaz de hablar de ello con Hajime y mucho menos con mis padres.

En alguna ocasión, durante la cena, mamá preguntaba a Miki y a Kaoru:

—Por cierto, ¿no hay ningún chico atractivo en vuestro colegio?

Y ellas, sin pensar un instante, contestaban al unísono:

—No, ninguno.

Mamá se llevaba una decepción sin más, pero yo, que conocía la situación, sentía que se me aceleraban los latidos del corazón.

Alguna vez Miki me sorprendía mirándolas con disimulo y entonces me espetaba:

—¿Pasa algo?

Pero como buen cobarde que soy, no me atrevía a sacar el tema y, tras contestar «No, nada», engullía mi croqueta o mi hamburguesa.

Dejé de ir al Yorimichi. Ya no sentía ningún interés por aquel flan *à la mode* que antes me gustaba tanto. Después de haber escuchado aquella historia delante del local, no podía separar la imagen del flan *à la mode* de la del amor de Miki. Al pensar en Miki, el recuerdo del melocotón blanducho y el plátano amarronado, junto con el del sabor de aquel flan tan concentrado que olía a huevo, se expandían por mi boca de un modo asqueroso, y cuando veía por alguna parte el anuncio de un flan, surgían en mi cerebro los rostros de Kaoru y Miki, llenándome de aflicción.

LA CARTA

—Kaoru, te pasa algo, ¿verdad?

Antes me veía con Genkan casi a diario, pero desde que empezamos el bachillerato, quizá porque estábamos más ocupados, apenas nos veíamos dos o tres horas los fines de semana. Aun así, todos los fines de semana se celebraba en alguna parte lo que Genkan llamaba «un *party*», por lo que a mí me tocaba matar el tiempo de cualquier manera hasta que ella acabase. También se redujeron considerablemente nuestros encuentros sexuales que antes repetíamos como locos, por lo que, siendo un hombre de dieciséis años, algo de insatisfacción sí que tenía. Sin embargo, teniendo en cuenta que nunca le había dicho claramente a Genkan «Te quiero», sería un poco mezquino por mi parte insistirle en el sexo, así que me aguantaba.

En cuanto a Genkan, desde que ingresó en el bachillerato comenzó a comportarse de un modo todavía más adulto que antes y no solo por lo que se refiere a los pendientes que se balanceaban al caminar o al lustroso brillo de sus labios pintados, sino que había algo semejante a un aura de mujer adulta que emanaba de ella. La manera en que de pronto se volvía hacia mí y me miraba, la expresión de extrañeza que adoptaba cuando escuchaba una palabra japonesa que no entendía, y más detalles que hacían que me diese un vuelco el corazón.

Por lo visto, los *parties* a los que se refería Genkan eran algo *exciting* y muy entretenidos y participaban en ellos «embriones de pintor», «embriones de modelo», «embriones de fotógrafo» y, en suma, embriones de todo tipo. Además, todos ellos, según Genkan, eran «gente de un talento maravilloso».

En pocas palabras, se trataba de fiestas en las que se reunían grandes talentos creadores. No me gustan demasiado ese tipo de ambientes y mi intención era no ir aunque me invitasen, pero Genkan no me invitó ni una sola vez, lo cual, a pesar de todo, me entristeció.

Todavía no termino de entender muy bien qué clase de gente eran esos a los que Genkan llamaba «creadores» pero, de alguna manera, me dio la sensación de que entre ellos y entre los extranjeros en general debía de haber muchos homosexuales (no dejaba de ser un prejuicio mío). Como además pensaba que Genkan debía de tener una mentalidad más abierta que la mía decidí, sin pensarlo más, consultar con ella el asunto de Miki. Por supuesto que sin decir su nombre real.

—Oye, Genkan…

—¿Otra vez? ¿Pero no te he dicho que me llamases Tamy?

Por lo visto Genkan usaba Tamy como diminutivo de Tamaki. Ahora que se pintaba de negro todo el contorno de los ojos, parecían mayores que antes pero, en cualquier caso, aquellos ojos solo podían pertenecer a Tamaki Suzukihara y no casaban con la imagen que ofrecía el nombre de Tamy, por lo que me costaba llamarla así.

—Pues verás…

—¿Qué?

—¿Alguna vez te has enamorado de una mujer?

—¿Cóóómo?

Mi imprevista pregunta tomó totalmente por sorpresa a Genkan (bueno, Tamy). Puso la misma cara que si un desconocido la hubiese parado de pronto por la calle y le hubiera dicho «Eh, ¿qué tal te va?».

—¿A qué viene eso? Así, de repente.

Pensando en la situación, era perfectamente natural que Genkan contestara de aquella manera, pero como yo me encontraba desesperado, insistí con el tema.

—No, por nada... Quiero decir, Genkan (aquí me llevé un pellizco en el brazo mientras ella me corregía «Tamy»), si por ejemplo, cuando estabas en secundaria te... te gustaba alguna chica, no sé, uno o dos años mayor que tú.

—¿Gustar? ¿Quieres decir *love*?

—¿*Love*? Pues... sí, algo así.

—No como amigas, ¿no?

—No, eso es. Si podría gustarte una mujer de la misma manera en que te gusta un hombre, quiero decir.

—No, nunca.

Me contestó con tal firmeza que sentí que me abandonaban las fuerzas, y la expresión de Genkan, que parecía incluso reflejar cierta aversión hacia mí, terminó de ensombrecer mi corazón.

—¿Por qué lo preguntas?

Era de lo más lógico que Genkan reaccionara así, pero lo cierto es que me hizo perder todo ánimo de consultar el caso de Miki con ella, así que opté por desviar la conversación.

—No, bueno, es que Mick Jagger contaba que cuando estaba en secundaria tuvo una experiencia homosexual.

—¿¿¿ ... ???

—Sí, ya sé que eso no tiene nada que ver, pero...

—¿¿¿ ... ???

—Perdona.

Genkan me miró fijamente durante unos segundos y después, como diciendo «¡Bah!», sacudió la mano derecha en el vacío. Cuando hacía ese tipo de gestos era idéntica a una chica norteamericana y yo sentía un poco de envidia hacia ella por la manera tan natural con que le salían.

En aquellos días ya comenzaba a dejarse notar la llegada del invierno. El sol bajaba la vista hacia nosotros desde algún punto muy lejano y Genkan, que llevaba la parte posterior del pelo recogida hacia arriba, de vez en cuando me tomaba del brazo y se apretaba contra mí con cara de frío. De pronto rompió su silencio y entonces fui yo quien se sorprendió como si la hubiera saludado un desconocido.

—Creo que esa clase de amor debe de ser algo muy duro.

Como Genkan tiene unos cabellos muy gruesos y pesados, no se agitan con el viento. Pero de vez en cuando cruzaba una corriente a nuestro alrededor más fuerte de lo normal y, en lugar del pelo, levantaba un poco su suave falda o provocaba un golpeteo de mi camisa contra el cuerpo.

—Para empezar, están los ojos con que te mira la sociedad. Por mucho que se diga eso de «Hagamos una sociedad sin prejuicios ni discriminaciones», tú mismo, cuando me has preguntado sobre el tema, lo has hecho en voz más baja de lo normal y la mayoría de la gente considera que se trata de una cuestión de la que hay que hablar en voz baja. Desde que llegué a Japón me sorprendí al darme cuenta de que esta sociedad odia todo aquello que destaque o sobresalga del entorno. En cuanto llega alguien que es un poco diferente, intentan apartarlo con todas sus fuerzas. Pero además no lo hacen de un modo abierto, sino que se dedican a cuchichear al respecto en secreto y a hacer piña entre todos para poner una tapadera encima. Hacen como si esa persona no existiera.

Recordé que cuando llegó Genkan a nuestro colegio todos le hacían el vacío. Aun así, me pareció que su situación entonces era harto más preferible a la que estaba viviendo Miki ahora.

Genkan estrechó mi brazo con el mismo brazo derecho que antes había agitado en el vacío.

—Si dos personas se quieren, les gustará manifestar su amor en cualquier lugar que se encuentren, ¿no? Igual que ahora cuando vamos del brazo, o por ejemplo si nos damos un abrazo o nos besamos. Los japoneses se avergüenzan de mostrar dicho amor en público incluso cuando se trata de un hombre y una mujer, ¿verdad? Si se trata de un amor entre dos mujeres, entonces hace falta todavía más valor. Y luego está el problema del sexo. Yo, por principio, no creo en el amor platónico. Yo creo que el amor es algo más animal, ¿no te parece? El macho desea a la hembra y la hembra desea al macho. Ya solo desde ese punto de vista, el amor homosexual no encaja. Aunque el sentimiento de desear al otro o de querer acostarse juntos es el mismo, no se puede mantener una relación sexual completa.

Sentí un escalofrío al ver la expresión tan seria con que hablaba Genkan, pero de pronto sonrió traviesamente y miró hacia mi entrepierna.

—A mí me gusta *eso* que tienes ahí y lo deseo. Creo que un acto sexual que dé placer a la persona que amas es algo maravilloso. Si a mí me gustase una mujer, querría darle placer y me sentiría irritada conmigo misma por no poder hacerlo. Y al contrario, lo mismo. Por mucho que una mujer quisiera darme placer a mí, estoy segura de que no quedaría satisfecha. Lo único que puede darme placer es algo como lo que tienes tú entre las piernas.

Genkan me soltó el brazo.

—Por lo menos, ahora es así.

Me dio un vuelco el corazón al escuchar aquel «ahora». De pronto advertí que nunca había pensado en la posibilidad de que el *aparato* de algún otro pudiera dar placer a Genkan. Ella siempre decía que me amaba con todo su cuerpo y volcaba en mí todas las atenciones posibles. Me dio la impresión de que aquel amor de Genkan me había hecho dormir en los laureles tan ufano. Nunca se me pasó por la cabeza que ese amor pudiera redirigirse hacia algún otro. Y el descubrimiento me inundó de preocupación. A diferencia de esa otra preocupación por Miki, que me mantenía inmovilizado, esta nueva inquietud afluía por todo mi cuerpo y su peso hacía que, por el contrario, me sintiera impelido a moverme por el terror de que me embotase. Por primera vez en mi vida me vi asaltado por la emoción de los celos.

—Genkan...

Otra vez se me escapó aquel nombre. Ella me miró fijamente. Si no se pudo enfadar conmigo por no haberla llamado Tamy fue porque sellé sus labios con un beso.

Me sudaban las manos, pero aun así no pude contenerme y abracé a Genkan por los hombros. Quizá no se había untado ese día crema labial, por lo que el contacto al besarla me pareció un poco áspero. Una aspereza que me hizo recordar a Yukawa.

Sentí verdaderas ganas de acariciar a Yukawa.

Recordé cómo su desvalido y suave pelo se mecía con el viento. Quise acariciar aquellos dedos cuya punta debía de estar algo endurecida por tocar el trombón. Realmente me gustaba Yukawa. ¿Por qué no pude aquel día decirle «Yukawa, te quiero»? ¿Por qué cuando me preguntó inquieta «¿No me has reconocido?» no pude decirle «Eres la misma Yukawa de siempre»? Por mucho que la piel hubiese cambiado, era la misma Yukawa que a mí me gustaba. Qué hombre tan mezquino soy...

Tenía miedo de que esa chica que estaba besando ahora, de que ese cuerpo que tan bien conocía, desapareciese en cualquier momento para siempre. Me dio la impresión de que Genkan se iría a algún lugar muy lejano. A pesar de que no lograba sentir amor por ella, mi corazón la necesitaba más que ninguna otra cosa.

Cuando por fin conseguí apartar los labios de ella, Genkan me dijo:

—¿Estás enamorado, no?

Aquellas palabras desgarraron algo en mi interior con un chasquido cuya reverberación me hizo cosquillas por largo tiempo.

Estimada Yukawa:

¿Qué tal te encuentras?

Ha pasado mucho tiempo desde la última vez que nos vimos, ¿verdad?

¿Todavía tocas en la banda de viento? Al parecer la banda de viento de nuestro colegio goza de bastante renombre. Cuando participa en la competición de la prefectura, queda en el

primer puesto y por lo visto ha salido también por televisión. Pero el trombón lo toca un hombre, lo cual me sorprendió al hacerme pensar que debes de ser una chica con gran fortaleza física.

Ahora que estoy en bachillerato, sigo sin pertenecer a ningún equipo de actividades del colegio. Durante la escuela superior no entré en ninguno porque me daba pereza, pero ahora es diferente. Ahora estoy gordo. Más o menos desde la última vez que nos vimos comencé a aumentar de peso sin parar y ahora ya he superado los cien kilos. Además, desde que engordé, me han salido también espinillas. Cuando te vi la última vez solo tenía unas pocas en la frente, pero ahora tengo todo el rostro cubierto de ellas y unas se van juntando con las otras, ofreciendo un aspecto espantoso. Por más que me las seco, no paran de expulsar sebo y sudor, sin visos de remitir. He ido a la consulta de un famoso dermatólogo y me lavo a menudo, pero no sirve de nada.

Ah, se me olvidaba decir que te escribo desde el hospital. Me duelen las piernas. El médico dijo que seguramente se debe a que mis piernas no aguantan el peso del cuerpo. Las tengo hinchadas y amoratadas, y parece que fueran un extraño animal desconocido.

¿Tienes novio ahora? Imagino que como eres una chica bonita y además inteligente, enseguida te saldrán los novios. Debes de ser muy popular. Yo, en cambio, soy un desastre. Nunca he conseguido tener novia y las chicas no me hablan.

Siempre me has gustado, Yukawa. Desde que estábamos en primaria y te ponías las gafas solo durante las clases, eras la única que me gustaba. El último día que nos vimos me seguías gustando tanto que me puse muy nervioso y fui incapaz de decirte nada. Eres una chica muy bonita. Sería un desperdicio que salieras con alguien como yo y por eso no pude decirte que te quiero.

Ya no nos volveremos a ver. No quiero que me veas con este aspecto. Si me vieras, seguro que te llevarías una enorme

desilusión. Me mirarías como quien ve algo espantoso. No
me creo capaz de poder aguantar semejante mirada tuya.

   Pero de aquí en adelante seguirás siendo la única chica
que me guste.

   Espero que seas muy feliz.

   Adiós.

Eché la carta al buzón, pero no quise escribir destinatario
en el sobre.

LOS DOBLES DE LA TELE

Hajime pasó a residir en el dormitorio universitario. El día en que salió definitivamente de casa, Miki se encerró en la habitación.

—Aunque vivas en la residencia de estudiantes, no dejes de hacer caso a tu madre.

Mamá, dándole unas palmaditas en la espalda, hablaba en voz más alta de lo habitual. Pero, aun así, el viento primaveral que comenzó a soplar de pronto parecía llevarse su voz. Papá y yo le decíamos también cosas sin un sentido especial, como «Mucho ánimo», y luego nos quedábamos tristones.

Hajime hablaba en voz bastante alta, posiblemente con la intención de que Miki lo oyera desde su habitación.

—Bueno, aunque vaya a vivir en la residencia de estudiantes, no está muy lejos, y volveré de vez en cuando. Tampoco será mucho tiempo —decía riéndose.

Sakura se movía inquieta, intuyendo que no se trataba de una situación normal, y no paraba de meterse entre nuestras piernas.

«¿Qué pasa, qué pasa? ¿A dónde te vas?».

Hajime se agachó y abrazó la cabeza de Sakura. Abrazada por él, Sakura comenzó a mover el rabo feliz al mismo ritmo que los latidos del corazón de mi hermano, y después se puso a lamerle las orejas y las mejillas. Hajime se reía como si le hiciera cosquillas, pero de pronto se puso muy serio y dijo:

—Bueno, Sakura, cuídate, ¿eh?

Toda la semana previa a la mudanza de Hajime al dormitorio universitario, Miki y yo pasamos mucho más rato que de costumbre en su habitación después de cenar.

Nos llevábamos el chocolate con leche caliente que nos preparaba mamá y nos reuníamos allí sin que lo hubiéramos hablado previamente. Cuando entrábamos en su habitación, Hajime nos saludaba con una sonrisa y un *hey*.

Después, bajaba el volumen de la música. Solía poner en la habitación canciones de Al Green con su desgarrada y característica voz o de Stevie Wonder, con aquel tono alegre y desenfadado. Al oírlas, en cierto modo sentíamos como si nos adentrásemos en el mundo de los adultos.

—El otro día, cuando estaba viendo la tele... —empezó Hajime.

En el chocolate que prepara mamá enseguida se forma una membrana de leche, que a mí no me gusta y solía tirar, pero como una vez Hajime me dijo «Eso es lo más nutritivo», desde entonces se la doy a él. Ese día también hice lo mismo, así que quité la membrana y lo interrumpí para preguntar «¿La quieres?» mientras se la ofrecía. Pero Hajime me ignoró y siguió hablando.

—Y salió un tipo imitando a Michael Jackson.

—¿Se parecía?

—No sé si se parecía o no. Tiene el rostro operado, ¿no?

—¿Pero cantaba y bailaba bien?

—Sí, más o menos.

—A veces salen por la tele imitadores, los anuncian como que son clavados al original y luego no se parecen en nada, ¿verdad?

—Cierto. El que salió una vez imitando a Stevie era un tipo con gafas negras como las suyas, pero si te fijabas se veía que era un indio.

—Ja, ja, ¿por qué lo elegirían?

—Increíble, sí. Por cierto, ¿sabéis que en realidad Stevie sí puede ver?

—Mentira.

—Son rumores. Solo rumores.

—¿Qué tipo de rumores?

—Pues, cuando hay algún concierto, las chicas le llevan flores y esas cosas, ¿no? Dicen que recoge solo las de la chica más bonita.

—Eso suena a trola. Tiene que ser una trola.

—También, que cuando se alojó en un hotel de Japón, el mozo le llevó las maletas a la habitación, como es normal.

—¿Y?

—Pues que al parecer señaló un rincón y dijo: «Eso, déjelo ahí».

—Ja, ja, ja.

—Y también que lo vieron leyendo un periódico.

—Eso tiene que ser mentira. Totalmente mentira.

—Ja, ja.

Miki escuchaba con aire aburrido esta intrascendente conversación nuestra. A veces se la ve tan enfurruñada y malhumorada que pensamos que está enfadada, pero, aun así, nunca se va de la habitación. A pesar de todo, para Miki parecía ser muy importante ese tiempo que podía pasar junto a Hajime.

—¿Cómo es un dormiitorio universitario? —preguntó.

Miki no puede tomar cosas calientes y por eso espera a que el chocolate se enfríe. Por eso en su taza se forma una gruesa membrana de leche. Envolví en una servilleta de papel la que había quitado yo antes para ofrecérsela a mi hermano y la tiré a la papelera.

—¿Qué? Ah, pues el primer año es una habitación compartida entre dos.

—¿De qué extensión?

—Unas ocho esteras de *tatami*… No, no creo que sea tanto. Deben de ser unas seis.

—¡Qué pequeño!

—¿A compartir entre dos hombres?

—Eso es.

—Estará sucio y olerá mal.

—Supongo que sí...

Cuando éramos pequeños, nunca se nos ocurrió pensar que algún día un miembro de la familia Hasegawa saldría de casa y viviría en un lugar diferente. Vivíamos con la idea de que cada vez que pasara algo podríamos ir a la estrecha habitación de Hajime y deliberar allí todos bien juntitos y nos divertiríamos brincando en la cama doble *king size* de nuestros padres. Éramos cinco encargados de pasear a Sakura, que a veces competíamos por ver quién la sacaba antes, nos bañábamos por turnos y al final nos quedábamos escuchando cómo mamá, que se bañaba la última, canturreaba mientras fregaba el cuarto hasta dejarlo limpio. Esa era nuestra idea. El hecho de saber que nuestro hermano mayor saldría de casa nos sumía en una imprecisa inquietud pero, al mismo tiempo, persistía la idea tranquilizadora de que continuaríamos unidos por una especie de cordón umbilical invisible. Mientras Hajime siguiera sonriendo nos sentíamos a salvo, pero teníamos la sensación de que en cuanto su sonrisa dejase de estar a nuestro lado, no podríamos ser totalmente felices.

—¿Y habrá maricas en esa residencia? —preguntó Miki sin dar la menor señal de ir a tomarse el chocolate.

Casi podía uno pensar que le disgustaba la bebida pero, después, cuando ya estaba totalmente fría, se la tomaba de un trago. Hajime ignoraba por completo lo que llamaban a Miki en el colegio ni en qué situación se veía inmersa, por lo que se rio despreocupadamente y contestó:

—¿Te acuerdas de Sakiko?

—Ah... Sí.

—Era una persona muy divertida, ¿verdad?

—Ja, ja, sí. Esos maquillajes de novatada, ¿no?

—Ja, ja, ja. Eso, eso. Era un sujeto raro, ¿eh? Cuando mirabas de cerca, se notaba una barbaridad que era un hombre cincuentón. Es como cuando en el cine se te sienta al lado un carroza. Aunque esté oscuro, notas que es un tipo ya mayor. Y a pesar de que a él también se le nota mucho, va vestido de mamá.

—¿De mamá? Ja, ja. Sí, es verdad.

—Y ese que imitaba a Marilyn Monroe, penoso, ¿eh?

—¡Penoso total!

—Pero la verdad es que después de aquello me vi otra vez con Sakiko.

—¿Eh? Bueno, claro, en el funeral, ¿no?

—Ah, también, sí. Entonces, dos veces más.

—¿Por qué?

—No os vayáis a reír, ¿eh? Fui a consultar con él el asunto de Yajima.

Hajime sonrió avergonzado y miró a Miki. Miki, a pesar de que el deporte le importaba un bledo, se puso a pasar de cualquier manera las páginas de una revista de fútbol de Hajime que tenía al lado.

—Le conté a Sakiko que había dejado de recibir comunicaciones de una chica a la que quería. Como todavía no había abierto el local, Sakiko tenía una pinta espantosa. Imaginad ese rostro tan masculino acompañado de un vestido de mujer increíblemente llamativo. Y yo con el uniforme de estudiante consultándole un problema amoroso. Parecía un programa cómico de la tele.

—Ja, ja, ja, cierto.

—«Pues si tanto te gusta, vete a verla», me dijo. «Yo se lo explicaré a tus padres». ¿Recordáis que una vez me escapé en el viaje de fin de curso, verdad? Se lo conté y me dijo que fuese con mi propio dinero y con mis propios medios, sin ayuda de nadie, solo con mis fuerzas, y que si ni de esa manera aceptaba verme, entonces lo diera por imposible. Que significaría que así era la voluntad divina.

—¿Y la viste?

—No la vi. ¿Cuándo me he ido yo de casa? Pero hice preparativos. Compré el billete y empaqueté las cosas. Pero no pude viajar.

—¿Por qué?

Hajime lució una sonrisa amarga y señaló la pierna de Miki.

—Ah, ¿porque hospitalizaron a Miki?

—Eso es. Se montó un gran barullo en casa, ¿verdad? Ja, ja. Mamá todo el día llorando y papá siempre enfadado. Cuando vi la que se había armado, perdí las ganas de salir de viaje. Como sabéis, hasta ahora me he esforzado por hacer todo tipo de cosas. Pero Yajima, por decirlo de alguna manera, me daba miedo. Sí, tenía miedo. Cuando por fin reuní valor y decidí pasar a la acción, surgió aquel revuelo y de pronto me abandonaron las fuerzas. Fue... como si me desinflara. En ese instante, para mí el asunto se acabó.

¿Sería una emoción parecida a la que me embargó cuando escribí aquella carta a Yukawa? Bastó una frase de Genkan para que en un segundo algo resonara en mi interior.

No estaba claro si Miki se había enterado o no de que la culpa fue de su rotura de pierna, pero nos dimos cuenta de que la revista que hojeaba estaba toda pringosa de chocolate.

—¡Eh! ¡Oye! —gritó Hajime, apurado.

Pero ella siguió ignorándolo.

Mi hermano y yo, resignados, cruzamos una mirada y nos echamos a reír.

En ese momento escuchamos el ruido que hacía Sakura al salir de su caseta y comenzar a pasear por el jardín. Las almohadillas de sus patas al pisar tenían un sonido muy característico. Sakura, como estaba muy bien educada, siempre daba una vueltecita por el jardín para mear antes de dormir. Miki, como es muy maliciosa, a menudo salía a toda prisa al jardín al oír el ruido y se quedaba mirando muy atenta cómo la pobre Sakura, con aire avergonzado, meaba agachada.

Resultaba un tanto conmovedora esa actitud de Sakura que salía con intención de mear discretamente, ignorante de que nosotros la estábamos escuchando. Permanecimos un rato en silencio. El cielo en las noches de primavera de vez en cuando cobra una coloración extraña. Aquella era una de esas noches, con una mezcla de tonalidades rosáceas y un negro neblinoso, y pensamos que probablemente al día siguiente llovería, quizás una suave llovizna como la del lejano día en que nos mudamos a esta casa.

«Cuando digáis mentiras, tiene que ser por amor».

La Sakiko que dijo aquella frase se parecía a su madre hasta un extremo sorprendente. Pero no la Sakiko que se maquillaba como si fuera una madre, sino el Sakifumi del pelo tan bien alisado por detrás y que lloraba con un leve temblor de sus hombros, anchos como pocos.

Por lo visto últimamente papá ya no iba por aquel bar. A nosotros no nos decía nada sobre el particular ni nada en su comportamiento lo denotaba, pero sin duda estaba haciendo un gran esfuerzo económico por que Hajime pudiera ir a una universidad privada y, aunque fuera en una residencia de estudiantes, pudiera vivir solo. Papá hacía más horas extra que nunca y mamá pasaba más tiempo que antes frente a la libreta en la que apuntaba los ingresos y gastos familiares. Pero aun así en nuestra mesa nunca faltaron estupendos manjares para la cena y en las fotos de recuerdo que tomábamos en el jardín todos sonreíamos. Salvo, como de costumbre, Sakura.

Miki con Sakura en brazos y yo caminando detrás. El gran globo de calidez que sentí en torno a nosotros el día que trajimos a Sakura todavía envolvía a nuestra familia.

—Michael.

—¿Qué?

—No, lo que hablábamos antes. Lo del doble de Michael Jackson.

—¿Y qué pasa?

—Me pregunto cómo se sentirán esos dobles que imitan a la gente.

Me encontraba con la mente en las nubes y un tanto adormilado cuando la voz de Hajime me trajo de vuelta a la realidad.

—¿Qué quieres decir?

—Pues por ejemplo ese doble de Michael. Era evidente que él también se había operado, para parecerse.

—Ya.

—¿Cómo se sentiría?

—Vale, pero ¿a dónde quieres ir a parar?

—¿Cómo podría explicarlo? ¿Realmente ese hombre sentirá deseos de convertirse por completo en Michael? ¿Querrá que alguien lo ame como si fuera el propio Michael, vivir como si fuera el auténtico Michael?

Hajime a veces tenía una faceta de tipo raro. Mostraba unas reacciones de una vehemencia increíble ante cuestiones en las que la mayoría de la gente ni se fijaría y persistía en conocer la respuesta hasta un punto que resultaba pesado. Se apasionaba con un tema determinado de la misma manera que Miki, que aquel día insistió sin cesar en sus preguntas a mamá sobre el sexo.

Yo nunca sabía cómo contestar a Hajime cuando empezaba con ese tipo de preguntas. Por lo general, me limitaba a decir «Pues ni idea, cualquiera sabe» o algo similar. Era como cuando venía Genkan después de haber pasado por la peluquería y me preguntaba «¿Qué te parece mi nuevo peinado? ¿Me sienta bien?». Se enfadaba conmigo porque no sabía qué contestarle, pero aun sabiendo que sucedería así, soy incapaz de tener una opinión firme sobre nada. Por eso, cuando Hajime empezaba así, siempre buscaba la ayuda de Miki.

—¿Tú qué crees, Miki?

Miki no parecía haber estado escuchando ni una palabra de nuestra conversación, pero ahora que por fin se había bebido el chocolate, volvió la vista hacia nosotros.

—Pues que ese hombre será como todo el mundo.

—¿Como todo el mundo?

—No hay nadie que sea todo el tiempo como su propia imagen, ¿no?

—¿Como su propia imagen?

Miki siempre rebaña la taza con el dedo para tomar el chocolate que se ha quedado pegado al fondo. El dedo sale recubierto de una vergonzosa costra marrón, pero cuando Miki se lo lleva a la boca parece algo más delicioso que ninguna otra cosa que hubiera visto. Los labios de Miki relucían lustrosos y se diría que iban a quebrarse de un momento a otro.

—El doble de Michael debe de ser tan sincero cuando imita a Michael como cuando no lo hace. En ambos casos es auténtico y fiel a sí mismo, supongo.

El modo de hablar de Miki recordaba al del anciano con el que nos encontramos una vez de niños en el parque de las campanadas. Hablaba despacio, como para sí misma. Al igual que el día del parque, Hajime y yo nos quedamos pensativos con la cabeza ladeada. Pero Miki no se reía en absoluto. Ignorando nuestra expresión, continuó hablando.

—No sé cómo explicarlo. Creo que no hay nadie en este mundo que viva continuamente pensando «Este soy yo al cien por cien» o «Este soy yo, tal cual». Y lo mismo da Sakiko que Michael Jackson. Creo que todos, en algún momento de nuestra vida, pensamos «Este no es mi verdadero yo» o «No sé por qué he terminado comportándome así». Y mientras, imitamos a otros o lo disimulamos con una capa de maquillaje.

Salía un vaporcillo de la papelera. La membrana de leche que tiré antes envuelta en una servilleta de papel no había perdido todavía todo su calor.

—Pero al final, por más que se dude o se disfrace, sigue tratándose de uno mismo.

—Qué cosas tan profundas dices, Miki...

Hajime miró a Miki con honda admiración. El primer hijo del matrimonio Hasegawa nunca había imaginado que pudiera existir «un yo que no es mi verdadero yo» o «un yo que no es como yo debería de ser». Hajime siempre había vivido desplegando todas sus fuerzas en la tarea y sin mentirse a sí mismo. Cuando le sucedía algo triste, se entristecía todo su cuerpo, y cuando era feliz, todas las células de su organismo se alegraban.

Vertió todas sus energías en amar a Yajima y se avergonzaba si alguna vez dudaba. Entonces, de nuevo utilizaba todas sus energías para recuperarse y, cuando aquella fuerza se deshizo, se acabó también su amor.

—El vapor…

—¿Qué?

—Que sale vapor.

Miki miraba la papelera con aire ausente.

—Ah, es verdad.

Ya se tratara del tema que se tratara, cuando salía de los labios de Miki parecía una cuestión de lo más insignificante. Los amores de Miki, de Hajime o míos, de la misma manera que el vapor del chocolate que emergía de la papelera, se convertían en incidencias de lo más cotidiano y vulgar.

¿Estaría también Miki cargando con alguna faceta de su personalidad que la atormentaba? Una chica tan bonita como ella, ¿albergaría en su seno algo que se sentía incapaz de contar a los demás y a lo que, por añadidura, se resignaría pensando que era algo insignificante y habitual?

En el interior de Miki se estaba operando algún tipo de cambio. Por primera vez me pareció que exudaba un olor a mujer. Era el olor de una mujer que ama a alguien hasta un punto vomitivo, un olor de mujer que sufre. En esa noche, una semana antes de que por primera vez alguien fuese a abandonar nuestro hogar, experimenté la dolorosa sensación del paso del tiempo. El tiempo estaba transformando en seres más complicados, indomables, tanto a esa violenta hermanita mía como a mí mismo, que hasta entonces iba siempre detrás de los pasos de mi hermano. El intangible globo de calidez de antaño todavía envolvía a la familia Hasegawa pero, paralelamente, comenzaba a surgir y a crecer la tristeza de alguien que no iba a poder ser compensado por aquella calidez.

«Pero, al final, sigue tratándose de uno mismo».

Al día siguiente, Hajime se fue de casa. No llovió.

QUINTO
CAPÍTULO

EXTRATERRESTRES

Fue en el verano de ese año cuando se produjo el accidente de mi hermano.

Hajime estaba en las vacaciones estivales y había vuelto a casa por una semana.

Ese día el reloj de la habitación se había parado a las cuatro y cincuenta y cinco, por lo que Hajime se fue a la tienda veinticuatro horas a comprar unas pilas. Normalmente se llevaba a Sakura y compraba lo que fuera mientras la paseaba, pero como ya era muy de noche y además llovía, decidió ir en bicicleta con un paraguas. Miki, que estaba en la habitación, le dijo:

—No va a pasar nada si el reloj no funciona esta noche.

Pero Hajime quería salir y contestó:

—Ya, pero así de paso me doy una vuelta y me distraigo un poco.

Las cosas no iban demasiado bien entre Hajime y su nueva novia. Hajime había empezado una nueva vida pero, aun así, de vez en cuando las sombras del pasado se le enredaban entre los pies. Al volver a casa y entrar en su habitación se acordaba de Yajima y, por decirlo de alguna manera, necesitaba salir para despejarse.

Papá y mamá ya dormían como troncos en su cama doble *king size* y Sakura exhalaba unos suaves ronquidos de felicidad en su caseta.

Hacía mucho calor aquella noche.

Miki y yo, a solas en la habitación de Hajime, no sabíamos muy bien de qué hablar y nos dedicábamos a hojear las revistas de fútbol de nuestro hermano tumbados por el suelo. Miki soltaba unos bostezos enormes pero sabía que no se acostaría hasta que regresara Hajime. La tienda a donde había ido estaba a unos tres minutos en bicicleta, pero pasaba mucho tiempo y no volvía.

—¿No está tardando mucho? —preguntó Miki, aburrida.

—Estará hojeando las revistas de la tienda —repuse yo mientras quitaba otra membrana de leche de mi chocolate.

—No sé cómo puedes tomar eso tan caliente con el calor que hace.

Miki estaba delgada pero aguantaba muy mal el calor y en verano dormía desnuda. Como es lógico, desde que entró en secundaria dejó de pulular de esa guisa por la casa, pero llevaba el mínimo de ropa, que era una camiseta de tirantes y un pantaloncito corto.

—El chocolate con leche sabe mejor cuando está caliente.

—¿Tú crees?

—Cuando se enfría me sabe a harina.

—No sé, puede ser.

Oímos cómo Sakura daba unos pasitos fuera de su caseta. El sonido se mezclaba con el de las salpicaduras de las gotas de lluvia e invitaba al sueño.

—Sakura está meando —dijo Miki sonriendo con cara de sueño.

Y acto seguido imitó el sonido de la meada: *shaaaa*. Yo, como me había entrado calor por culpa del chocolate, acerqué el rostro al ventilador y la imité: *shaaaa*. Mi voz sonó temblorosa al verse afectada por el aire del ventilador y parecía como si llegase de algún planeta desconocido.

—En casa de Kaoru-san…

Al pronunciar Miki de pronto el nombre de Kaoru sufrí la ilusión de que alguien me llamaba. Hace más de una semana que no viene Kaoru por casa. Había dejado el equipo de actividades del colegio y se estaba preparando para los exámenes finales, pero a mí me daba la impresión de que había algún otro motivo por el cual ya no venía.

—… huele siempre a orina que apesta.

—Bueno, eso es porque tienen un montón de perros y gatos, ¿no?

—Sí, pero además, como nadie les enseña, mean por todas partes.

—Anda, igual que tú.

Miki se enfadó e intentó escupir dentro de mi taza de chocolate. Aparté la taza a toda prisa y el escupitajo cayó en el suelo por los pelos. Los escupitajos de Miki son burbujeantes, blancos y vigorosos, por lo que el suelo de la habitación no los absorbe fácilmente. Miki, riéndose, lo frotó con el borde inferior de su camiseta.

Cuando la veía así, riéndose y frotando el escupitajo sin importarle que se le manchara la camiseta, me parecía que no había cambiado desde que era una niña. Recordaba aquella niña que iba con botas aunque hiciera buen tiempo, que de vez en cuando hablaba como una ametralladora, violenta y testaruda.

Sin embargo, no había duda de que de un año a esta parte se estaba produciendo un gran cambio en su interior. Cuando era una niña, a veces lloraba con voz tan alta que parecía que se estuviera riendo, pero a nosotros nunca nos ocultaba nada ni se quedaba pensando cabizbaja. Seguía levantando la vista hacia los demás de la misma manera que antes, pero sus ojos se veían ahora más negros y era como si ese negro tan intenso como el de la noche quisiera repeler toda la luz del mundo.

El ruido de la lluvia se intensificó. Antes era un inocente *plin plin*, pero ahora sonaba de un modo agresivo que repicaba con fuerza sobre el tejado de la caseta, por lo que Sakura, que era bastante cobardona, no pararía de mirar hacia el techo.

Sentí que ese día sí podría preguntar a Miki lo que me interesaba. Como Sakura es un animalito muy dulce, seguro que estará preocupada al ver que Hajime no vuelve, pensando si esta lluvia tan fuerte no arrastrará consigo alguna pequeña estrella. La prueba es que de vez en cuando se oía el ruido del rabo de Sakura al golpetear el suelo, inquieta.

—Miki…

—¿Q-q-q-u-é-é-é…?

Ahora era ella la que tenía el rostro frente al ventilador y hablaba como si la voz viniera de alguna lejana estrella. Si mi voz de antes se podía comparar a un sonido llegado de un planeta rocoso al rojo vivo, la de Miki de ahora era como el lenguaje de un ubérrimo planeta donde fluyera un agua translúcida y creciera una profusión de hermosas plantas y flores desconocidas.

—¿Estás enamorada de Kaoru o algo así?

No se escuchó más que el zumbido del ventilador. Dos veranos después Miki rompió una de las aspas y el artefacto terminó en la basura, pero por aquel entonces funcionaba bien y nos hacía un gran servicio.

—¿Por qué?

La voz de Miki no temblaba lo más mínimo y aquella voz del planeta de agua, plantas y flores se había esfumado. En su lugar me llegaba una voz seca, que parecía arrancada desde el fondo de la garganta.

—¿Por qué lo preguntas?

Deseé que Hajime regresara cuanto antes. Miki no añadió nada más y se puso a pasar distraídamente las páginas de una revista, mientras que yo me dediqué a mirar embobado las palabras «rápido» o «lento» que acompañaban a cada botón de ese ventilador en el que Miki ya había perdido el interés. Pensé que estaba puesto a demasiada potencia. A pesar de que hacía nada había quitado una, ya había una nueva membrana de leche en la superficie de mi chocolate.

«Esto es lo más nutritivo». Me acordé de las palabras de Hajime y decidí probar a tragármela.

Me resulta imposible olvidar el sonido de la lluvia acompañado de la sensación de la tibia membrana de leche al atravesar mi garganta aquella noche. Por si fuera poco, aquella membrana que iba cruzando por mi garganta dejando numerosas huellas de su existencia se quedó atascada en el interior. Se diría que quisiera entorpecer mi respiración, y aunque carraspeé varias veces, no conseguí que cayera hacia el estómago. La lluvia golpeaba el cristal de la ventana con mayor fuerza que antes y Miki, que ya estaba cansada de escuchar el sonido, se dio media vuelta y quedó tumbada boca arriba.

Sonó el teléfono.

Miki y yo nos miramos.

Aquella noche Sakura aulló tan fuerte como si se hubieran reunido todos los lobos del mundo o como si quisiera prevenirnos de un peligro.

Cuando llamó la policía miré hacia el reloj en un acto reflejo, pero me sentí estúpido al ver que, lógicamente, seguía marcando las cuatro y cincuenta y cinco. En ese momento, las pilas que había comprado Hajime estaban espachurradas a dos o tres minutos de camino desde casa.

Un taxi que circulaba a toda velocidad en medio de la noche lluviosa se llevó por delante la movilidad de la mitad inferior del cuerpo de mi hermano y las facciones de la mitad derecha de su rostro.

Hajime estuvo una semana inconsciente, mientras veía «a la abuela muerta» o «la corriente de un gran río». Cuando despertó, dijo:

—¿Q…qué… les pasa a mis piernas? No las siento…

Cuando mamá vio que Hajime despertaba, rompió a llorar estruendosamente, pero, aparte de que repetía varias veces el nombre de su hijo, no se entendía el resto de lo que decía. Yo sentía un nudo en la garganta, como si la membrana de leche siguiera todavía ahí pegada e, igual que aquella vez, me costaba respirar.

La mitad derecha del rostro de Hajime parecía embadurnada en negro alquitrán y la zona en torno a sus ojos lucía un aire casi místico, que me recordó a los agujeros negros del espacio que había visto en los libros. Del ojo derecho apenas si quedaba la parte negra central, que relucía como un caramelo y era como un ojo de Sakura. La nariz se veía aplastada, olvidados los tiempos en que crecía recta y bonita, y los labios estaban levantados, como cuando se reía a carcajadas.

La primera en entregar un espejo a Hajime fue Miki.

—Te advierto que te vas a asustar...

La mitad derecha del rostro de Hajime no se movía, pero aquel lado izquierdo que sí debería moverse quedó petrificado por la visión.

—¿Q... qué es esto?

Hablaba de un modo tan vacilante que parecía que estuviera aprendiendo a expresarse y fueran sus primeras palabras.

Por la ventana se advertía que el otoño ya no quedaba lejos.

INDOLENTE

Desde que comenzó a usar silla de ruedas, Hajime ofrecía la impresión de que todo le daba pereza. Se aguantaba todo lo que podía antes de ir al retrete y si había una revista que le quedaba un poco lejos, renunciaba a ella. Con frecuencia lo veíamos con un balón de fútbol en las manos y la mirada perdida y, sobre todo, dejó por completo de hacer lo que antes se le daba mejor, que era hacernos reír con comentarios divertidos.

Como nuestra casa estaba en mitad de una cuesta, ahora resultaba un verdadero inconveniente para Hajime. De por sí, había tenido unas piernas dignas de un pura sangre que siempre se alzara con el primer premio, pero desde que se partió un brazo en primaria, había dejado de ejercitar los músculos de la mitad superior del cuerpo en favor de las piernas. Podía mover la silla de ruedas en tramos rectos, pero no era capaz de hacer cosas como frenar las ruedas para evitar caer a toda velocidad por una pendiente. Comenzó a encerrarse en su habitación mucho más tiempo que nunca, pero si antes no se acumulaba el polvo sobre las cosas porque recurría a ellas a menudo, ahora todo se ensuciaba porque no hacía nada.

El rostro de Hajime había quedado en tal estado que a todo el mundo le costaba recordar sus primitivas facciones. Solo a Sakura parecía no afectarle el cambio. Cuando Sakura vio llegar a Hajime en silla de ruedas, después de varios meses de ausencia, al principio pareció un poco extrañada, pero enseguida volvió a ser la Sakura de siempre.

«¡Hola, Hajime! ¡Cuánto tiempo sin verte! ¿Qué es esta silla de color plata? Es muy bonita».

Sakura se mostraba muy excitada y, con muy poco respeto, se subió sobre las rodillas de Hajime, pero como este dijo «Ah… No siento tu peso» y comenzó a llorar, Sakura se apresuró a lamerle todo el rostro.

Como aun así Hajime no dejaba de llorar, Sakura probó a traerle su mayor tesoro, un estropajo de cerdas verdes (más duro que el resto de los estropajos y que rebotaba con más fuerza en el suelo).

Era la primera vez que Hajime lloraba tanto en mi presencia.

Apenas recuerdo lo sucedido en los meses que transcurrieron desde el accidente hasta el alta de Hajime del hospital. Incluso Miki, que tan buena memoria tiene, dice que solo lo recuerda muy vagamente.

Por lo visto los seres humanos ordenamos durante el tiempo que dormimos los recuerdos de lo que vemos despiertos. Así, separamos las imágenes que consideramos dignas de recordar de las imágenes que podemos eliminar. La prueba son los sueños, y dicen que la gente que duerme muy poco tiene alucinaciones porque no puede llevar a cabo esa tarea de ordenar los recuerdos. El hecho de que Miki y yo tengamos escasos recuerdos del tiempo que pasó nuestro hermano en el hospital es porque nuestros cerebros, de un modo natural, quisieron borrar dicha memoria. Dormíamos los dos tan profundamente que apenas soñábamos y durante ese tiempo nuestros cerebros trabajaban por eliminar el recuerdo de nuestro hermano llorando en la cama, del florero que nos arrojó o de las manchas de orina en sus sábanas. Olvidaban con todas sus fuerzas. En cambio, conseguí recordar con toda nitidez las flores que adornaban la habitación (mamá se encargó de decorarla) con sus vívidos colores amarillo y rosa, de qué manera Sakura venía corriendo a recibirnos agitando violentamente el rabo cuando volvíamos del hospital, o cómo soplaba el viento llegado de alguna parte que nos revolvía los cabellos como si jugara con ellos.

Pero, cosa extraña, se trataba de imágenes carentes de sonido. Cuando me esforzaba por evocar aquellos días era como si hubiera asistido a cada suceso sumergido bajo el agua, con los oídos taponados. A cambio, al igual que una antigua película en un proyector de 8 mm, las imágenes parecían ir acompañadas de un débil *taca-taca* como el del rollo de celuloide al girar. Pero después, cuando me resignaba a no recordar los sonidos de entonces, de pronto irrumpían como un estruendoso torrente los auténticos sonidos que me rodeaban, de una manera que parecía que me iban a desgarrar los oídos. El ruido de los vehículos al pasar, mamá hablando por teléfono a voces con alguien o Sakura volcando alguna maceta. Por culpa de ese enigmático fenómeno, a veces me quedaba paralizado. Me asustaba la voz de alguna chica en la hora de gimnasia, la disertación de un profesor o las risas de un compañero de clase.

En el hospital, Hajime estuvo practicando para mejorar su uso de la silla de ruedas y echaba de un empujón a Miki, que se montaba sobre sus rodillas para bromear. Miki se caía de la silla y se quedaba en el suelo tumbada boca arriba de brazos en cruz, y cuando la enfermera se acercaba para ayudarla a levantarse, le sacaba la lengua. Daba la sensación de que, día a día, Miki estaba regresando a la infancia. Cuando le hablaba a Miki de aquellos ensordecedores sonidos que me asustaban o de las flores de la habitación del hospital, ni me escuchaba. Y después, como si se hubiera acordado de algo de repente, comenzaba a hablar sin parar.

—Anoche tuve un sueño. Estaba bailando en una sala enorme y alrededor todo eran espejos. Bueno, no. Eran cristales, cristales. Grandes, y de vez en cuando se rajaban. Como vidrieras. Bueno, no, tampoco. Simplemente, reflejaban la luz. ¿Es verdad eso de que en los sueños no distinguimos los colores? ¿Soñamos en blanco y negro? Si eso es cierto, entonces no podían ser vidrieras. Yo llevaba un vestido estrafalario, ya sabes, como el de aquel maricón del bar, y no estaba exactamente bailando, solo daba vueltas como una peonza y, al igual que el tigre del cuento ese para niños, daba tantas vueltas que me convertía en mantequilla y me derretía. No, no, mentira, ja, ja. Pero lo anterior es verdad. Solo lo de la mantequilla es mentira. Bueno, yo daba vueltas y más vueltas. Aunque era un salón muy grande, daba vueltas en círculo siempre en el mismo sitio. Todo el tiempo como una peonza.

Entonces Miki se puso a dar vueltas sobre sí misma hasta que se cayó de golpe. Y después comenzó a reírse a carcajadas y parecía que no iba a parar nunca.

—La cara de Hajime parece la de un monstruo, ¿verdad que sí?

Genkan y yo nos separamos. No es que sucediera nada especial, simplemente Genkan encontró un chico que le gustaba.

«Es un embrión de fotógrafo», dijo ella.

Por aquel entonces ya estaba más que harto de oír hablar de los «embriones de xxx» de Genkan. Ninguno de esos «jóvenes de gran talento» de los que hablaba terminaba de florecer y la manera tan exagerada que tenía ella de pintarse los labios y el contorno de los ojos, con ese aspecto grumoso, cada vez me excitaba menos. Incluso ese cuerpo suyo que tanto me fascinaba me iba pareciendo como un muñeco que se movía muy lejos de mí, sin que me produjera ya ningún efecto.

En suma, mi cuerpo ya no respondía a nada que hiciera Genkan.

—¿Qué te pasa?

Genkan sacaba a relucir todas sus armas para mantener mi interés pero, pensándolo ahora, todo aquel nuevo despliegue era lo que había aprendido del chico que le gustaba ahora. No es que yo fuera consciente de ello, pero mi pasión hacia ella había salido volando hacia alguna parte como los granos de arena, y lo único que quedaba era el cuerpo, que no servía de gran cosa. Hiciera Genkan lo que hiciera, mi *aparato* no respondía y, curiosamente, me traía a la mente la imagen de Sakura acostada enfurruñada en su caseta.

Era la noche en que nos acababan de revelar que la mitad inferior del cuerpo de Hajime había quedado inutilizada para siempre. Miki se pasaba todo el tiempo en la habitación del hospital junto a la cama de Hajime, con el cuerpo reclinado sobre él y acariciando su costado izquierdo. Cuando quería hablar conmigo algún asunto de hombres, Hajime siempre aprovechaba los momentos en que estábamos los dos solos, pero aquel día no le importó que estuviera Miki delante.

—Ya... ya no... se me levanta...

Y tras balbucear estas palabras, comenzó a llorar. Por lo visto, aquel accidente no solo había arrebatado a mi hermano la sensibilidad de las piernas y la mitad de su rostro, sino que también le había aflojado los conductos lacrimales.

Miki estaba tumbada al lado de Hajime con los cascos puestos pero, dado que no se oía ya el *chunda chunda* de la música, estoy seguro de que captó a la perfección lo que él dijo.

Mamá entró en la habitación y con su estentórea voz anunció:

—Bueno, voy a limpiarte el cuerpo con una toalla.

Hajime, lloroso, le contestó:

—¿Y para qué?

Pero mamá, en silencio e ignorando sus lágrimas, se puso a empapar la toalla en agua caliente y luego a escurrirla.

No le conté nada a Hajime del asunto de Genkan.

A veces Genkan me decía «Te veo muy frío últimamente», intentando que fuera más cariñoso con ella, pero a mí ya me fastidiaban incluso esas muestras suyas de feminidad. Todos los fines de semana se iba a alguna de esas fiestas en las que aspiraba a placer un aire saludable, volviendo de allí con el cuerpo tan henchido de felicidad que parecía que fuese a reventar, y a mí me resultaba imposible mirarla directamente en esas condiciones. Ella me decía con tono cariñoso:

—Si estás pasando por algún momento doloroso, consultámelo con toda confianza.

Pero, en realidad, no sabría decir si el asunto de mi hermano podría definirse como un momento doloroso para mí.

Creo que un momento doloroso debe de ser algo así como un suceso que llegue de forma dramática. Algo que asalte todo tu cuerpo igual que si te impactara un rayo, que te haga llorar a mares y que te impida incluso levantar la vista hacia el cielo. Algo así.

En mi caso, por explicarlo de alguna manera, más que dolor lo que sentía era una especie de fatiga. Algo similar a la pesadez corporal que nos dificulta levantarnos un lunes por la mañana, el desagrado que experimentamos después de tres días sin cepillarnos los dientes o la incomodidad que nos produce la sensación de habernos olvidado de algo. Solamente eso. Algo que, al igual que aquella membrana de leche atascada en la garganta, ensombrecía mi gesto. Sí, reconozco que yo también me estaba volviendo perezoso.

Lo cierto es que en casa ningún miembro de mi familia entablaba conversaciones circunspectas ni lloraba. Mamá, como de costumbre, preparaba una cantidad increíble de tostadas por las mañanas y aun cuando mi hermano tirase el plato al suelo poniendo cara de «No quiero nada», ni se sorprendía.

—Me las comeré yo, porque es una pena —decía.

Así, comenzó a comerse todo lo que dejaba Hajime y fue engordando poco a poco.

Papá, por el contrario, se enfrascaba cada vez más en el trabajo y adelgazó. Se quedaba mirando la silla de ruedas de Hajime y le decía «No es de segunda mano, es una silla nuevecita» en un intento absurdo por animarlo, pero mi hermano no comprendía su buena intención.

—¿Y qué pasa por eso? —respondía malhumorado tirando otra vez el plato al suelo.

Cuando Miki era pequeña, y arrojaba todo tipo de objetos con gran puntería, nos acostumbramos a apartarnos del trayecto o a recoger después los fragmentos, pero esta actitud de rebeldía tardía de Hajime realmente nos fatigaba.

LA CEREMONIA DE GRADUACIÓN

Un día apareció Kaoru-san volviendo a traer gran cantidad de estropajos de cerdas. Era la primera vez desde el accidente de mi hermano que entraba en casa alguien ajeno a la familia o, en otras palabras, Kaoru fue la primera persona del mundo exterior en ver el aspecto con que había quedado Hajime.

—Los ha hecho mi padre.

Kaoru dijo exactamente las mismas palabras que la primera vez que vino a casa. Por entonces Sakura ya había terminado de destrozar casi todos los estropajos que trajo Kaoru la última vez. Sakura es una perra muy educada, pero cuando se trata de estropajos de cerdas, parece perder el control de sí misma.

Prueba a hacerlos rodar con las patas delanteras, a pisarlos suavemente, a caminar a su lado como disimulando y, después de probar todo tipo de juegos, se pone a masticarlos con sus robustos dientes. A pesar de que entonces comienza a gotearle sangre desde las encías, sigue mordiendo con una terrible expresión de ferocidad, y si Miki se lo quita para gastarle una broma, se pone a gemir lastimera. Sakura juega con los estropajos hasta destrozarlos por completo y si alguien viene a nuestra casa, siempre podrá ver por el jardín retazos de estropajo aquí y allá.

«Ooh… Cuántos estropajos…».

Los ojillos de Sakura brillaban felices al ver aquello e incluso se le caía la baba. Sakura ya identificaba a Kaoru como «la mujer de los estropajos» y cuando venía a casa comenzaba a dar vueltas a su alrededor, incapaz de calmarse.

—Hola, Sakura, cuánto tiempo sin verte.

Kaoru acarició con rudeza la cabeza del animal.

Cuando Sakura se lanzó disparada como un guepardo tras un estropajo que le lanzó Kaoru, Hajime salió al jardín.

Por entonces mi hermano ya se había sosegado bastante. El primer mes se había dedicado a arrojar ostentosamente platos y vasos haciéndolos añicos y el mes siguiente los sustituyó por zapatillas y revistas, que aunque impacten en alguien no duelen, y por último dejó de lanzar cosas. Su período de rebeldía duró unos dos meses.

Mamá había engordado unos ocho kilos mientras que papá había perdido unos cinco, pero aparte de eso no se habían producido mayores cambios en la familia.

Cuando le conté a Hajime que Genkan me había dejado, puso interés en consolarme con un «Debe de haber sido duro» y una vez que uno de los vasos que arrojó tras tomar impulso le dio a Miki en la pierna, se apresuró a decir «Lo... lo siento, ¿te he hecho daño?».

Continuaba dándole pereza cualquier cosa pero al menos dejó de mear en la habitación y también abandonó aquel aire de permanente ausencia cuando le hablábamos, comportándose como si no estuviéramos allí.

—Buenos días —saludó Kaoru al ver a Hajime, volviendo otra vez a sus juegos con Sakura.

—Bu... buenos días.

Hajime pareció tensarse un poco. Llevaba mucho tiempo sin ver a ninguna joven que no fuera Miki. Durante su «período de rebeldía» llamó una vez por teléfono a la chica que salía con él antes del accidente y le dijo que no quería verla más. Y ella, sin necesidad de que le insistieran, efectivamente dejó de contactar. Así que, en teoría, fue Hajime quien la dejó a ella, pero a los demás nos costaba interpretarlo de esa manera.

En contraste con la rigidez que mostraba Hajime, Kaoru jugaba con Sakura y la acariciaba con toda normalidad y Miki se dedicaba a contemplar la escena con aire ausente. Era una época en que poco a poco el sol iba recuperando fuerzas y con la llegada de la primavera Kaoru, por recomendación de su equipo de baloncesto, entraría en una escuela privada.

—Mi madre es ciega —dijo Kaoru como si hablase con Sakura. Por eso, nunca sabe con certeza quién está en casa y quién no.

Hajime estaba con los brazos caídos sobre las piernas. Gracias a tener que impulsar la silla de ruedas, se habían robustecido bastante y, aun cuando los dejara como muertos, se notaba la musculatura.

—Pero siempre se siente tranquila y dice que es porque nota en el olor o en el ambiente que hay algo que nunca cambia. Cuando era pequeña, y alguna vez volvía a casa con una herida, enseguida sabía si era importante o solo un rasguño. Decía que podía notarlo con independencia de que yo llorase mucho o poco.

Miki se sintió otra vez con ganas de hacer una travesura y le quitó el estropajo a Sakura. La perra se quedó unos instantes con expresión sorprendida, sin saber reaccionar, y después salió corriendo detrás de Miki.

—Yo... yo creo... —comenzó Hajime.

Miki se tumbó boca abajo y escondió el estropajo bajo su barriga. Sin importarle que aquel objeto lleno de babas estuviera pegado a su cuerpo, se echó a reír. Sakura intentaba recuperarlo con todas sus fuerzas. Tenía un gran cariño por Miki, pero por encima de eso estaba la cuestión de recuperar su valioso estropajo. Enseñó los dientes y se puso a patear el suelo. Kaoru, al no poder acariciar a Sakura, pareció quedarse sin saber qué hacer.

— ... que siempre hay cosas que nunca cambian.

Después de aquello, Hajime no añadió nada más.

Cierto día Hajime dijo:

—En cuanto haga un poco más de calor, saldré a pasear con Sakura.

Fue una vez que estábamos preparando empanadillas *gyoza* (aunque no fuera Año Nuevo).

Papá estaba leyendo con gran interés un libro de ajedrez, pero el cansancio acumulado por la gran cantidad de trabajo diario hizo que se quedara dormido, y mamá estaba plantando alguna clase de semillas en el jardín a fin de poder tomar la acostumbrada foto familiar a primeros de verano.

Por su parte Miki se hallaba enfrascada en mezclar ciruelas agrias (sin quitar el hueso) con el relleno de las empanadillas y no parecía estar escuchando. Por eso, pensando que seguro que el único que había escuchado esa frase de mi hermano era yo, contesté algo así como «Vaya...», pero como además flotaba un fuerte olor a ajo, me salieron unas lágrimas. Miki me alargó en silencio una servilleta de papel, pero como no quería que pensara que estaba llorando, dejé las lágrimas tal cual.

—Qué fuerte es ese ajo, ¿eh? —dije con voz llorosa.

—Para fuerte, el agüilla que te cae de la nariz —contestó Miki mirando hacia mí.

Sakura miraba hacia el cielo, entre feliz y deslumbrada, y parecía decir: «Ah, a ver si llega pronto la primavera».

El día de la ceremonia de graduación, Kaoru hizo algo harto sorprendente.

Cuando le tocó el turno de subir al estrado delante de todos los alumnos del colegio, Kaoru se puso el título de licenciatura bajo el sobaco y le quitó el micrófono al director.

El director era tan calvo como una bola de billar, pero tenía las cejas más gruesas que los ojos y el dorso de las manos recubierto de tanto vello que desde que alguien dijera «Ese hombre es un *tanuki** a medio transformar», todo el mundo lo llamaba «el pseudo *tanuki*».

---

* Tanuki (*Nyctereutes procyonoides*) es un cánido a medio camino entre el mapache y el tejón. Las leyendas japonesas dicen que puede adoptar forma humana.

Pues bien, «el pseudo *tanuki*» se sorprendió por el acto de Kaoru e intentó recuperar el micrófono, pero ella, que era mucho más corpulenta, le empujó la barriga como diciendo «apártate» y él se cayó hacia atrás, ahora sí, igual que un *tanuki*.

Todo el mundo se echó a reír con el nuevo número del «pseudo *tanuki*», pero como Kaoru empezó a hablar, enseguida se callaron.

—Yo…

Kaoru respiró hondo y luego prosiguió.

—Amo a Miki Hasegawa.

Un griterío recorrió el recinto, igual que cuando alguien mete un gol en un partido de fútbol. Varios de los asistentes prorrumpieron en silbidos, y cuando todos empezaron a patear el suelo hasta yo, que me encontraba con Sakura paseando por el Parque del Bosque del Ciudadano, percibí el retumbar.

Miki, con su siempre sorprendente memoria, nos repitió después el discurso de Kaoru palabra por palabra. Cuando lo escuchamos, nos pareció increíble que alguien de tan pocas palabras como Kaoru hubiera podido hablar tanto rato.

Yo no me considero una mujer. Me pareció algo perfectamente natural enamorarme de Hasegawa, a pesar de vestir uniformes iguales, sí, con falda. Me parecía raro llevar falda. Pero, cuando comenzaron los rumores sobre Hasegawa y yo, y todos pasaron a mirarla de otra manera, diciendo que si lesbiana que si tal, sentí que todo aquel revuelo era absurdo. Una emoción que para mí era de lo más natural era vista por el resto como antinatural. Bueno, sí, puede que yo me sienta un poco rara. Pero es una sensación similar a la que me produce que nuestra casa esté llena de animales o que no haya más que mujeres en ella. Sin embargo, la reacción que mostraba todo el mundo era la de que mi existencia resultaba casi inconcebible. Creo que eso es una equivocación. Yo quiero a Hasegawa, y como yo también soy una mujer, puede que eso parezca raro pero es un caso parecido al de los gatos de nuestra casa. Todos han nacido de la misma madre y son atigrados de color pardo, negro y blanco, pero uno de ellos, uno solo, es casi todo blanco. Igual que mi madre no puede ver o que uno solo de nuestros perros tiene las orejas caídas o que tenemos una gallina incapaz de poner huevos pero que corre alegremente. Yo le declaré mi amor a Hasegawa. Le dije que me gustaba más que nadie. Ella no me dijo que de ningún modo podría querer a una mujer. Me dijo que no creía que pudiese llegar a quererme. Ni una sola vez me dijo que le parecieran extraños mis sentimentos ni tampoco mostró la repugnancia que hubieran mostrado las demás. ¡Ah, qué chica tan encantadora! A mí me gusta Hasegawa y algún día (aquí Miki tardó un poco en seguir, como si no recordara bien)... *algún día, cuando viva en un tiempo en el que a nadie a mi alrededor le parezca extraño, volveré a declararme a ella. Le diré que la quiero, sin consentir que venga nadie a decir que es una cosa rara. Ah, sí, una cosa más. Estoy segura de que en este mundo hay más gente como yo. Quizá por motivos diferentes, en cualquier caso gente inusual. Pero yo nunca me burlaré de ellos y si alguna vez se encuentran desalentados, lucharé con todas mis fuerzas por animarlos. Es posible que ahora resulte algo extraño mi amor por Hasegawa, pero seguro que llegará un día en que dejará de ser extraño. Me esforzaré por que llegue ese día.*

Ese día nadie se rio de Kaoru ni hubo tampoco un coro de aplausos como en esas estúpidas escenas que vemos en los dramas. Todos los asistentes se limitaron a guardar silencio mientras contemplaban a Kaoru bajar del estrado y pensaban que aquellas largas y robustas piernas o aquellos ojos que siempre brillaban aguerridos como para proteger a alguien no pertenecían a ninguna mujer, sino a un hombre.

LA MODA DE LAS EJECUTIVAS

Cuando Hajime comenzó a salir de paseo necesitaba la ayuda de papá o la mía, pero poco a poco, compensando el progresivo enflaquecimiento de las piernas con el aumento de musculatura en los brazos, consiguió bajar él solo la cuesta de casa.

Pero, sobre todo, como Sakura era una chica muy lista, caminaba ajustándose al ritmo de la silla de ruedas, aflojando o acelerando el paso, igual que si fuera la esposa de mi hermano, por lo que era una compañera excepcional.

«Hajime, hay un escalón. Vamos por otro sitio».

Sabía darse cuenta de esas cosas mejor que un perro de servicio o un perro lazarillo.

Unos seis meses después, Hajime ya podía ir él solo hasta el Parque del Bosque del Ciudadano. Me gustaba ver cómo se preparaba para salir de paseo. El trayecto que hacía arrastrándose poco a poco hasta la puerta no tenía nada de particular, pero la manera en que se sentaba en la silla de ruedas valiéndose solo de la fuerza de sus brazos, hacía girar la silla ciento ochenta grados en el recibidor (bueno, alguna vez dio un vuelco hacia atrás) y luego llamaba a Sakura y le ponía la cadena era como verlo subiendo al puesto de mando de un gigantesco robot. Por su parte Sakura, sentada pacientemente en espera de que Hajime se moviera, parecía el perro policía más inteligente del mundo. La única pena era que, desde que Hajime pudo salir solo de paseo, ya no dejaba que Miki o yo fuésemos con él. Cuando lo veíamos preparándose para salir, Miki o yo comenzábamos a calzarnos y entonces decía:

—Vo… voy yo solo.

Al mismo tiempo hacía un gesto impreciso con la mano en señal de rechazo y salía a la calle. Por más que le explicábamos que no queríamos acompañarlo por que nos preocupase sino porque queríamos estar con él, insistía en salir solo. Era como si hubiéramos vuelto a los días en que éramos pequeños y estábamos siempre pegados a él. En aquel entonces lo seguíamos siempre allá donde iba y, si se perdía por alguna parte, nos quedábamos inquietos sin saber qué hacer. Durante el tiempo aproximado de una hora en que Hajime salía de paseo, Miki y yo deambulábamos por toda la casa o encendíamos y apagábamos la televisión sin ningún objetivo concreto.

Y mamá, a su vez, al vernos así, se inquietaba también. Miraba el reloj cada dos por tres mientras decía en voz alta «¿Qué hora es?». O se ponía a cantar canciones de moda, aunque apenas se las supiera. Sí, por lo visto mamá buscaba tranquilizarse moviendo la boca más que nadie. Por eso, cuando no cantaba a grito pelado o se reía, a menudo mataba el tiempo comiendo.

Desde un tiempo atrás me parecía que su cuerpo se había inflado, pero un día que vi a mamá por detrás guardando la aspiradora en un armario, me sorprendí ante el volumen de su trasero. Antaño, el trasero de mamá era tan menudo que se diría que alguien con unas manazas como las de Sakiko podría abarcarlo con una sola, pero el trasero que tuve entonces ante mis ojos era tan grande como alguna monstruosa fruta exótica. Las florecillas de los vestidos que se ponía parecían ahora floripondios, y aunque me fijé en que había dejado de usar cinturón, los pantalones no tenían ningún aspecto de ir a caerse.

Llegó el mes de agosto. Yo tenía diecinueve años y Hajime veinte.

Decidimos que celebraríamos el cumpleaños de Hajime por todo lo alto. Como hasta entonces Hajime había gozado de gran popularidad, el 3 de agosto nunca estaba en casa. O bien estaba con Yajima, o bien con los amigos o con alguna nueva novia. En cualquier caso, andaba por ahí en alguna parte y, cuando volvía a casa, ya había cambiado la fecha.

El año anterior había pasado el mes hospitalizado, ocupado en mantener encuentros con la abuela muerta o en arrojar los floreros, así que por primera vez en mucho tiempo podríamos celebrar su cumpleaños en familia.

Mamá, que cada vez era más insensible a los sabores, hizo una tarta demasiado dulce, y estaba previsto que papá, extrañamente, terminase pronto de trabajar y volviera a casa. Yo estaba de vacaciones de verano y como tampoco tenía nada especial que hacer, decidí salir con Miki a comprar algún regalo para Hajime.

Era un día tan caluroso que uno podría convertirse en mantequilla sin necesidad de dar vueltas en torno a un palo, y en el instante en que entramos en unos grandes almacenes, el frescor del aire acondicionado nos hizo estornudar como descosidos. Los goterones de sudor se secaron de inmediato y, como era previsible, ese día los dos terminamos resfriados.

—Algo de regalo...

—¿Qué podría ser?

Todos los años le regalaba algún CD a Hajime. Pero lo que sucedía siempre era que Hajime se cansaba de él después de escucharlo varias veces y me lo prestaba indefinidamente, por lo que al final escogía los que a mí me gustasen. Miki le había comprado otras veces un póster del Fondo Mundial para la Naturaleza (con la foto a gran tamaño de un gorila blanco), un cepillo de dientes de pelos de cerdo, o un juego de gomas de borrar imitando las banderas de varios países, además de otro tipo de regalos que a saber dónde compraba y ante los que Hajime no parecía especialmente contento. Por ejemplo, una grapadora con capacidad para cien grapas que costaba un horror abrir y que, cuando por fin mi hermano lo conseguía, se pinchaba con algo.

En cierto modo, puede decirse que ambos íbamos un poco desanimados porque hasta entonces nunca habíamos dado con un regalo para él que realmente lo ilusionara (sobre todo Miki, que siempre se decepcionaba al ver su reacción). Aun así, íbamos con el firme propósito de encontrar para este año un regalo que realmente lo hiciera saltar de alegría (bueno, en el estado actual de Hajime eso era imposible).

—Algo de regalo…

—¿Qué podría ser?

Lo repetíamos una y otra vez mientras recorríamos el lugar planta por planta. Una suave bata de baño, una taza grande y alta, un reluciente balón de fútbol… No terminaba de convencernos ninguno de ellos y primero una empleada terminó por llamar la atención a Miki al ver que lo manoseaba todo, hasta que finalmente un encargado de seguridad sospechó que nos dedicábamos al hurto y no nos quitaba ojo de encima. Así que Miki acabó enfurruñándose y se dejó caer en un banquito junto a la escalera mecánica.

Cuando Miki se sienta de esa manera, mala cosa. Una vez se sentó en el patio de la escuela secundaria así y se quedó seis horas, y en otra ocasión, cansada tras la clase de natación, se sentó en el trampolín hasta que se hizo de noche. Miki carece de una noción clara del tiempo. Aunque es incapaz de estar un solo segundo junto a alguien que le disguste, parece que puede pasar horas y horas así sentada como si no transcurriera el tiempo.

—Algo de regalo…

—¿Qué podría ser?

Tras repetir lo mismo por decimocuarta vez, nos quedamos en silencio.

—Ah, no es en esta planta.

—¿Eh? Pero si antes ponía «Tercera planta».

Una señora más o menos de la misma edad que nuestra madre acompañada por una chica de unos veintitantos años que debía de ser su hija se pusieron a mirar el tablón explicativo de cada planta que había junto a la escalera mecánica.

—Ah, es que es en el Edificio Este.

—¿Y dónde estamos?

—En el Sur.

—Parece que en el segundo piso hay un pasillo que conecta los dos.

—¿Y qué piso es este?

—Pues… el tercero.

—Qué lata, otra vez a bajar.

Entrelazaron sus brazos y se fueron a toda prisa al lado contrario, donde quedaba la escalera de bajada. Cuando cruzaron por delante, la joven me miró de reojo y apartó enseguida la vista pero luego pareció sorprenderse al ver a Miki. Desde que era un niño estaba más que acostumbrado a esa reacción consistente en que la gente me miraba muy por encima pero Miki (o Hajime) atraía la atención. La joven le dijo al oído a la otra: «¡Qué chica tan guapa!». Y la mayor, echando un vistazo a Miki mientras se montaba en la escalera mecánica, contestó: «Uy, pues es verdad».

Miré hacia Miki y la vi con su habitual expresión de aburrimiento y chupeteando algo dentro de la boca. Creyendo que tendría caramelos o algo parecido, alargué la mano hacia ella, pero entonces me miró con aire desconcertado.

—Dame uno, anda.

—¿Qué?

—Tienes caramelos, ¿no?

Miki sacó la lengua y vi que lo que chupeteaba era un botón plateado. Después bajó la vista haciendo una señal con los ojos y descubrí que se le había desprendido el botón de los vaqueros, dejando entrever unas bragas de color morado.

—¿Se te ha caído el botón?

—Sí.

—Ya…

Me entraron ganas de saber a dónde quería ir la pareja de antes y me levanté para mirar el tablón eplicativo. En el tercer piso del Edificio Este ponía «Moda ejecutiva femenina».

—Moda ejecutiva femenina…

—¿Qué?

—Parece que las dos mujeres de antes querían ir a la sección de moda ejecutiva femenina.

—¿Qué dos mujeres?

—Pues la madre y la hija que pasaron delante de nosotros.

—¿La madre y la hija?

—Oye, Miki, se te ven las bragas.

—¿Qué?

—Las bragas.

—Ah, sí.

Miki se tumbó en el banquito. Sin importarle que se siguieran viendo las bragas moradas. Me di por vencido y me senté a su lado pensando en qué podría consistir eso de la moda ejecutiva femenina. Pasaron varias personas por delante de nosotros. Un hombre con apariencia de músico y el pelo increíblemente revuelto; una mujer con aspecto muy anticuado y unas gafas como las del ex primer ministro que había muerto hace poco; un niño con la cabeza envuelta en vendas, que iba de la mano de su madre, una mujer con un trasero enorme. Realmente pasaron todo tipo de personas, pero ninguna que se pareciera a nuestro hermano mayor.

De un tiempo a esta parte se daba todavía con mayor frecuencia la situación de que las miradas ajenas pasaran de largo ante mí y se detuvieran en Hajime. No era como antes, cuando alguien me veía con Miki o con Hajime y quedaba unos instantes como deslumbrado ante ellos. Ahora, por decirlo de alguna manera, las ojos de la gente despedían un destello de miedo. Como si dijeran «No debería haber visto esto». La primera vez que noté ese tipo de mirada fue hace unos meses, cuando los tres hermanos salimos a pasear por el Bosque del Ciudadano.

Aquel día todavía hacía un poco de frío y el sol del atardecer proyectaba nuestras sombras sobre la tierra. Cuatro sombras de sendos paseantes, la mía, larguirucha, la de Miki, esbelta, la de Sakura a nuestro lado, pequeñita y, finalmente la de Hajime, que recordaba a la de un rey sentado en su trono.

Cuando nos instalamos por primera vez en este barrio, nunca pensé que nuestras sombras pudieran llegar a ofrecer semejante placidez. Antes, la sombra de Hajime siempre era la más alargada, y era una sombra que saltaba y se revolcaba. La sombra de Miki brincaba también, intentando imitarlo denodadamente. A veces Miki se montaba de un salto en mi espalda y Sakura, agitando el rabo con afán, correteaba a nuestro alrededor. Eran unas sombras muy animadas y el sol debía de pasar bastantes apuros para conseguir fijarlas sobre la tierra.

Como ya atardecía, era la hora punta para la gente que acudía al parque a pasear al perro. Nos cruzamos con todo tipo de perros. Perros que reunían todos sus rasgos faciales en el centro de la cara, perros cuya barriga casi rozaba la tierra, o perros que parecía increíble que pudieran ver de tanto pelo que tenían. Alguno hubo que intentó acercarse a Sakura meneando amorosamente sus cuartos traseros y entonces ella, como si se avergonzara, se giraba hacia mí con expresión de «¿Qué groseros, verdad?».

Todos los que llevaban perros nos miraban sin falta. Quizá les parecía extraño que fuésemos tantas personas con un chucho tan feo, como si se tratara de la cohorte de una reina, pero el caso es que nos miraban de reojo cuando nos cruzábamos. Cuando la mirada se posaba en Miki parecía cortárseles el aliento durante un segundo, mientras que cuando miraban a Sakura se les escapaba una sonrisa. Pero si uno se fijaba, se advertía que, al final, la mirada siempre se iba hacia Hajime, y era como si les diera un vuelco el corazón. Incluso una vez un niño se quedó un buen rato con la boca abierta.

Hajime estaba acostumbrado desde pequeño a atraer la atención de todo el mundo. «El legendario Hajime Hasegawa» originado en los tiempos del jardín de infancia se prorrogó durante la escuela primaria y, cuando caminaba por la calle, la calidez que desprendía, similar al calorcillo de la primavera, parecía envolverlo en una fragancia que hacía que hombres y mujeres girasen la vista hacia él. Pero no estaba acostumbrado a ser el centro de la atención de la manera actual, en que la mirada de todos quedaba repentinamente teñida de sorpresa y miedo. Antes se veía rodeado de miradas impregnadas de cariño hasta un punto fatigoso, pero los ojos actuales eran los de alguien que había visto algo que no debería o que asistía a algún fracaso estrepitoso. Le aguijoneaban los hombros, los brazos y, sobre todo, el rostro. Se encontraba totalmente desconcertado.

Miki y yo nos sumíamos en un desconcierto similar. Nunca habíamos visto aquella clase de extraña mirada dirigida hacia nuestro hermano ni tampoco que él estuviera cabizbajo con aire de incomodidad. A pesar de que nosotros pensábamos que nada había cambiado, que la única diferencia era la estrafalaria manera en que se alargaban ahora nuestras sombras sobre el terreno, resultaba evidente que el mundo que nos rodeaba había cambiado por completo de aspecto. Nos sentimos más incómodos que en los tiempos en que nos mudamos aquí y, viendo que era una barriada recién construida, nos costaba adaptarnos porque no conseguíamos acostumbrarnos a las carreteras o a los parques.

Estuve a punto de resbalar y entonces Miki, como asaltada por una idea repentina, gritó:

—¿Listos? *¡Bam!*

Y antes de que se apagara su voz, echó a correr empujando la silla de ruedas con todas sus fuerzas. Estaba otra vez chupeteando un botón que se le había caído de alguna parte, pero lo escupió con inusitado vigor mientras corría cada vez más deprisa. La sila de ruedas se bamboleaba con un traqueteo fenomenal y Hajime miraba inmóvil al frente. Su mirada parecía la de alguien que estuviera contemplando el vuelo de un cohete en la lejanía. Sakura y yo, con aquel modo de respirar que aprendimos de «Dura de roer» (aspirar dos veces y expirar una vez) corríamos detrás intentando pegarnos lo más posible. Probablemente la gente con la que nos cruzábamos nos estaría mirando con mayor sorpresa todavía, pero, antes de que pudiéramos darnos cuenta, ya habían quedado muy atrás y, además, Hajime terminó por cerrar los ojos.

Después de mucho dudar sobre el posible regalo de Hajime, escogimos una cadena para pasear a Sakura que era poco más gruesa.

—Pero esto más bien es un regalo para Sakura, ¿no?

—Pero como casi siempre quien la lleva de paseo es Hajime… —arguyó Miki.

La cadena que eligió Miki tenía un diseño que alternaba los rombos rojos y verdes, resultando muy vistosa. Me daba la impresión de que, un año más, sería un regalo que no alegraría especialmente a nuestro hermano. Cuando miramos el reloj eran las seis y media, por lo que mamá debía de estar ya comenzando a preparar la caldereta. Miki y yo regresamos hacia casa sintiéndonos derrengados.

LA PELOTA

Los zapatos de papá estaban en el recibidor, sin colocar en el estante. El cepillo de dientes con pelos de cerdo que regaló Miki a Hajime hacía unos años se utilizaba por entonces para limpiar los zapatos de papá. Como los cepillaba todas las noches al volver a casa, por viejos que estuvieran relucían como una bicicleta nueva. Sin embargo, la laxitud de Hajime parecía haberse contagiado a papá y últimamente ya no los cepillaba. Estaban tirados en el recibidor de cualquier forma, con un color marrón desgastado, y cualquiera diría que eran dos trozos de chocolate a medio derretir.

Se oía el borboteo de la caldereta y la voz de mamá diciendo algo. La hora punta del parloteo de mamá era la de la cena. Si la charla de Miki podía compararse a una ametralladora, la de mamá era como un estridente bombardeo. Pero luego, aunque uno lo intentase, no recordaba bien lo que había dicho.

Hajime parecía muy cansado. Según nos contó mamá, ese día había salido con Sakura por dos horas y media, cuando lo normal era una. Seguro que ella había estado todo ese tiempo sola en casa, mirando el reloj y preguntándose «¿Qué hora es?», mientras intentaba remedar a grandes voces alguno de esos temas de cantantes negros que escuchábamos en la habitación. Parecía estar un poco ronca.

Papá, al igual que hacía cuando jugaba al ajedrez, de vez en cuando detenía la mano que agarraba los palillos como si anduviera perdido en algún pensamiento, pero, con un sentido de la oportunidad extrañamente certero, respondía con algún breve comentario a la verborrea de mamá.

«Vaya…». «Ah, qué curioso…».

Pero a pesar de aquellas respuestas, seguía mirando la borboteante caldereta como si estuviera pensando cómo mover la reina, o si la posición del alfil era buena. Mamá se dio cuenta de que papá parecía estar en las nubes y le llamó la atención:

—¿Me estás escuchando?

Sin embargo, por la manera en que lo dijo y el hecho de que a continuación prosiguiera hablando como si tal cosa, todos lo consideramos una parte más de su soliloquio.

—Precisamente en los días de calor es cuando mejor saben las cosas calientes. Es como el helado, que también está rico en invierno, ¿no? Nada como tomar algo caliente y después ponerse a sudar.

Eso es más o menos todo lo que recuerdo de lo que dijo mamá aquella noche y de la rutinaria manera en que papá iba intercalando tres o cuatro palabras estereotipadas a modo de respuesta. Mejor comer cosas calientes en días calientes. En eso se resumía todo.

Sí me acuerdo, en cambio, de que cuando Miki se cansó de comer metió otra vez a Sakura en casa, y que la perra, después de olisquearlo todo, se resignó y se pusó a gruñir debajo de la mesa. También que Hajime comenzó a hablar de repente. Sucedió como sigue.

Sakura, sorprendida de que la metieran en casa, entró agitando el rabo muy animada y, como de costumbre, se movió entre todos buscando las caricias. Después se paró y levantó la vista hacia la mesa con actitud expectante.

«Vaya, vaya, qué bien huele».

Miki se puso a escoger cosas de la caldereta para dar a Sakura. Coles reblandecidas, setas demasiado blancas, o algas *kombu* que ya habían soltado todo su sabor. Pero Sakura no mostró ninguna alegría ante los ingredientes que elegía Miki. Sakura se puso a olisquear el trozo de *tofu* que le tiró Miki.

«Puaj, es la primera vez que veo un alimento como este, que no huele a nada».

Después de expresar esto con su gesto, se hizo un ovillo y se tumbó. Entonces Miki se dedicó a intentar abrirle la boca a la fuerza para echarle dentro el *tofu*, pero entre que estaba muy caliente y que de pronto Hajime comenzó a hablar, abandonó la tarea.

—¿O… os acordáis de Ferrari? —dijo Hajime sin que aquel ojo suyo como una piedra negra mirase a nadie en particular.

No sabíamos si se dirigía a alguien en concreto, pero papá y mamá se quedaron boquiabiertos y hasta donde sabíamos solo Miki y yo conocíamos a Ferrari.

En cualquier caso, qué entrañable resultaba ahora el eco del nombre de Ferrari, qué recuerdos… Aquel hombre que caminaba siempre mirando al suelo mientras farfullaba cosas incomprensibles… Ferrari, que desde el día en que vio a Miki y alzó la mirada al cielo pareció evaporarse. Me asaltó una nostalgia tal, que estuve a punto de soltar los palillos.

—Sí, ja, ja. Qué buenos recuerdos… Claro que me acuerdo.

—¿Y tú, Miki?

—¿Quién es ese?

—Pero… ¿no te acuerdas? Ya sabes, ese hombre mayor un poco loco que deambulaba por el parque número 1.

Miki, a pesar del peligro que había corrido aquel día, parecía que no recordaba en absoluto a Ferrari. Para ella, el tal Ferrari no ofrecía mayor interés que si hubiera encontrado una cana mezclada entre su pelo, y enseguida se metió debajo de la mesa para hacer alguna trastada con Sakura. Mamá, que vio cómo interrumpían su charla, se quedó un rato con la boca abierta pero, acto seguido, con expresión de princesa que recibiera por primera vez en su vida un reluciente regalo, se puso a escuchar con atención lo que decía Hajime. Sin embargo, lo que iba a decir Hajime no se correspondía con las expectativas que henchían el corazón de aquella princesa que aguardaba su primer regalo, ni era una fabulosa historia que arrancase suspiros de alegría.

—Nu… nunca pensé que llegaría un día en que yo, al igual que Ferrari, me… me vería señalado por los niños que se echan a correr gritando mientras huyen de mí.

Como desde que sucedió el accidente Hajime solo podía servirse de las manos, ya era perfectamente ambidextro. Comía con unos palillos ásperos y amarronados, que ya teníamos identificados como suyos.

—Hu… huyen de mí.

Siempre nos atemorizábamos cuando veíamos por ahí a Ferrari. Sentíamos como si nos aguardara algo temible, como si nos estuviéramos adentrando en un territorio prohibido.

Nos parecía que Ferrari vivía en su propio mundo, que de ninguna manera era el mismo que el nuestro o el de nuestros amigos del colegio.

Pero ahora Hajime vivía, ciertamente, en el mismo mundo que Ferrari. En ese mundo en el que Ferrari se hallaba hundido hasta el tuétano y del que no podía salir. Aquel Ferrari que tenía miedo a mirar hacia el cielo y con una fuerza en las piernas mayor de la que necesitaba.

Los ojos repentinamente atemorizados que lo miraban, los niños que huían de él. Aquellos niños eran nosotros mismos cuando éramos pequeños. Hajime y sus amigos que se reían de Ferrari mientras lo señalaban desde lo alto del árbol. Ahora él no podía subirse a los árboles y estaba más cerca del suelo que nadie, esforzándose por mirar al cielo. Sufría intentando que su mirada no se cruzase con la de otros y, con ese ojo suyo como una piedrecilla, dirigía la vista hacia un punto inconcreto. Hajime había entrado en un mundo de indolencia y, por más que nosotros llamásemos a su puerta, no hacía nada por salir al exterior.

—Dios…

Rara cosa en él, Hajime habló ahora en voz alta y de forma nítida.

Ninguno supo reaccionar ante aquella palabra surgida de modo tan imprevisto. Nos sentimos como si hubiéramos escuchado el lenguaje de algún país desconocido. Sakura, debajo de la mesa, pareció ser la única que entendió su significado, porque soltó un extraño gemido.

Como Hajime dijo eso de «Dios» justo después de hablar de Ferrari, desde entonces cada vez que oigo esa palabra, en vez de acudir a mi imaginación la figura de aquel hombre delgado y de cabellos castaño claro de los cristianos o la de nuestro sonriente Buda con sus ricitos, enseguida surge la de Ferrari. Aquel hombre cuyos ojos enturbiados se quedaron mirando a Miki, con aquellos enormes agujeros de la nariz que respiraban dificultosamente y una cabellera tan revuelta como si acabase de hacer frente a una tormenta de arena. Esas particularidades de Ferrari se quedaron grabadas por largo tiempo en mi corazón.

—Dios… Creo que existe. Pero… no en el cielo, ni en el espacio exterior, sino dentro del corazón de cada uno.

Miki estaba intentando acostarse usando a Sakura como almohada. Al estirar las piernas, me dio una patada en la espinilla. Sakura volvió a gruñir, pero al final pareció resignarse a que Miki hiciera de ella lo que quisiera.

—Y… y dentro de mi corazón, a diario, como si fuera un *pitcher* de béisbol, me lanza una pelota.

—¿Una pelota?

De un tiempo a esta parte papá, al tiempo que iba reduciendo el número de palabras pronunciadas, lo hacía cada vez en voz más baja.

«*Bzz… Bzz…* La carretera número 24… está…».

«¿Cómo?».

Hablaba de esa manera y entonces los conductores de camión, que no podían oírlo bien, se irritaban. Sin embargo esta vez, cuando papá repitió la pregunta a Hajime, lo hizo en una voz inusitadamente alta.

—¿Una pelota, dices?

—S…sí. Ha… hasta ahora, siempre me habían lanzado únicamente pelotas rectas. De las que vienen justo al centro.

Hajime, que le gustaba a todas las niñas del jardín de infancia menos a una, que cuando salía al campo era como si solo allí fuera primavera, que había vivido siendo el centro de atención de todos… Si ese Dios del que hablaba nuestro hermano existía, ciertamente hasta ahora solo le había lanzado pelotas fáciles. Y él siempre había golpeado con brío aquellas pelotas que llegaban por el centro, anotándose luego una carrera. Alguna vez incluso golpeaba con tanto ímpetu que la pelota se salía fuera del campo y su carrera lo convertía en un héroe.

—Pero últimamente veo que ya no es así. Dios se dedica a lanzarme pelotas malintencionadas. Pelotas que no puedo golpear.

Pelotas que van hacia un costado, otras demasiado altas o demasiado bajas. En cualquier caso, desde hace un tiempo se le escapaban en un incesante *strike*. Aquellas pelotas que hasta podía batear incluso con los ojos cerrados le resultaban imposibles. Las pelotas que se le escapaban salían volando una tras otra a lugares tan inalcanzables que a Hajime le terminó por dar miedo incluso salir a la posición del bateador. Y, al igual que le sucedió a Ferrari, se hundía cada vez más en su propio lago.

Debajo de la mesa, Sakura comenzó a tamborilear con el rabo.

«¿Pelotas? Qué divertido, ¿eh? Cómo salen volando…».

¿Qué tipo de pelotas le llegarán a Sakura?

—No con… consigo batearlas.

Por aquel entonces yo ya había tenido varias novias, pero de pronto mi corazón anheló estar junto a esa sonriente Genkan que me dijo aquello de «Si estás pasando por algún momento doloroso, consultámelo con toda confianza». Ya solo recordaba muy difusamente su rostro, pero pude recrear mentalmente con todo realismo aquellos pechos un poco duros y sus suaves brazos.

«Si estás pasando por algún momento doloroso, consultámelo con toda confianza».

Genkan, ahora es uno de esos momentos. Lo que acaba de decir mi hermano de «No consigo batearlas» es, precisamente, algo doloroso.

¿Qué ha sucedido, Dios mío? ¿Por qué antes solo nos lanzabas pelotas fáciles y ahora nos lanzas otras tan malintencionadas? Hajime siempre ha sido nuestro héroe. Cuando veía su espalda podía sonreír tranquilizado, y oír los ronquidos de la litera de arriba me bastaba para dormir reconfortado como un tronco. Cuando se enamoró de Yajima y comenzó a parecer cada vez más vigoroso, me entraron ganas de enamorarme yo también de alguien, y cuando todos los compañeros presumían de esto y aquello, yo podía sentirme a la altura gracias a los CD que él me prestaba. Y sin embargo, ahora Hajime está todo el día cabizbajo, como avergonzado, y casi ni nos mira.

¿Por qué llora de esa manera?

La comida del plato de la caldereta que mamá le había puesto delante se había mezclado con las lágrimas y con el agüilla de la nariz que le caía. Me di cuenta de que hacía tiempo que había cesado el borboteo de la caldereta. Solo se oía el llanto de Hajime.

—No consigo batearlas...

El reloj anunció las nueve de la noche. Bajo la mesa, Sakura seguía tamborileando con el rabo.

«¿Pelotas? Qué divertido, ¿eh? Cómo salen volando...».

EL BUZÓN

E l 23 de diciembre de ese año, dos días antes del supuesto
cumpleaños de aquel hombre de cabellos claros, Hajime
murió en el Bosque de los Ciudadanos. Tenía veintidós
años y cuatro meses, y fue una noche en que salió a pasear con
Sakura.

A principios de diciembre Miki me reveló cierto asunto.

Miki entró en mi habitación con la mochila roja que usaba en
primaria para ir a clase. Se le rompió uno de los tirantes cuando
estaba en tercero, pero mamá, poniendo en ello todas sus energías,
consiguió recoserlo y gracias a eso Miki pudo seguir usándola los
tres años restantes. En el lado izquierdo estaba escrito con rotulador a grandes trazos «Miki Hasegawa» por lo que los adultos que
se asombraban al cruzarse con ella por ser tan bella que no parecía
una niña de primaria, enseguida se aprendían su nombre.

—La mochila —dijo Miki señalando la que acababa de dejar en el suelo.

Pensé que ya estaba otra vez con alguna de sus locuras.

—Sí, ya veo que es la mochila del colegio. Otra cosa no
parece.

—Dentro.

—¿Qué?

—Mira lo que hay dentro.

No estaba dispuesto a dejarme engañar. Hace ya tiempo,
Miki me trajo una lata de galletas y cuando, todo expectante, la

abrí, estaba completamente atestada de orugas. Teniendo en cuenta el tamaño de la mochila que había ahora ante mí, podía albergar alguna serpiente o quizás un pequeño mamífero. Decidí ser precavido.

—¿Qué es?

—Míralo.

El tono de Miki era apremiante. Parecía tener mucha prisa, como una chica que estuviera comprando el billete de un tren a punto de salir.

Al ver que yo seguía mostrándome receloso, Miki debió de cansarse de esperar y abrió la mochila por sí misma. Después la puso boca abajo y comenzó a esparcir el contenido por toda mi habitación.

Era una gran cantidad de cartas. Venían en un tipo de colores suaves que yo conocía muy bien. Y el destinatario escrito en todas era «Hajime Hasegawa». Las cartas que durante casi tres años había estado enviando Yajima.

Miki, sentada entre el mar de cartas esparcidas, comenzó a hablar con su entrañable estilo de ametralladora.

—Todos, todos los días se iba Hajime a ver el buzón, ¿verdad? Todos, todos los días. Así que un día decidí imitarlo y yo también comencé a ir todos, todos los días. Como él volvía más tarde a casa, ya había abierto yo antes el buzón. O, si era mamá quien lo hacía, siempre dejaba toda la correspondencia junta encima de la mesa. Luego Hajime se ponía a buscar entre el montón, ¿recuerdas? Pero también ese montón lo había mirado yo antes. ¿Verdad que las cartas de Yajima siempre venían en sobres de colores bonitos? Azul cielo, rosa claro, dorado, etcétera. Siempre me preguntaba dónde compraría aquellos sobres tan bonitos. Bueno, sí, sí sé dónde venden algo parecido, hay una tienda en el edificio de la estación que los tiene. Una compañera de mi clase tenía una libreta y unas tarjetas postales preciosas, y le pregunté dónde las vendían. Pero los sobres que usaba Yajima eran mucho más bonitos. Muchísimo más. Los busqué por todas partes, pero no los encontré. Y Hajime esperaba todos los días ver llegar sobres tan bonitos como esos. Entonces yo... yo... siempre encontraba antes que él aquellos sobres. Al abrir el buzón siempre encontraba algún sobre realmente bonito. Y entonces yo... yo...

Había sido Miki quien terminó con el amor entre Yajima y Hajime.

Después de hacerse con aquellos hermosos sobres de colores suaves, los abría cuidadosamente y leía las cartas de cabo a rabo sin que se le escapase una sola palabra. Las leía casi hasta memorizar los signos de puntuación. La prueba es que a continuación Miki se puso a contarme de memoria el contenido de aquellas cartas por su orden de recepción.

«Hola, Hasegawa, ¿qué tal estás? Aquí ya han empezado a florecer los cerezos. Por lo visto la temperatura es un poco mayor que en Osaka. ¿Qué tiempo hace allí? ¿Llueve mucho?».

«¿Qué tal está Sakura? Cuando veo a la salida del colegio a alguien que pasea un perro parecido, siempre me emociono».

«En tu última carta decías que no te escribo. No sé qué puede estar pasando. Yo te envío cartas a diario. Quizá sea un error del empleado de correos. Voy a ir a preguntar».

Miki no se cansaba de recitar en voz alta el contenido de las cartas. Parecía un muñeco al que le hubiesen dado cuerda o que funcionase con pilas. Como además Miki poseía una belleza casi irreal, eso aumentaba la sensación de estar frente a un muñeco. Yo permanecía inmóvil junto a la mesa, con el rostro vuelto hacia ella y escuchando su voz como embobado.

«¿Acaso me has olvidado ya? Déjame hablar contigo, por favor, aunque sea una vez. Me escribiste diciendo que habías encontrado otra persona que te gustaba, pero a mí me sigues gustando solo tú. Por favor, déjame hablar contigo».

Mientras Miki recordaba esa carta, comenzaron a derramarse unas lágrimas que gotearon sobre los sobres. Hasta entonces, siempre que había visto llorar a Miki, lo hacía armando una auténtica escandalera. Lloraba exprimiendo todas sus energías, como si todos los gallos del mundo estuvieran anunciando el amanecer a un tiempo. En cambio en aquel momento parecía que se estaba derramando el agua que rebosaba de su cuerpo y tuviera por ello que eliminar todo el excedente. Simplemente, fluían las lágrimas.

«Por favor, déjame hablar contigo».

Miki le había enviado a Yajima una breve carta haciéndose pasar por Hajime en la que le decía: «He encontrado otra persona que me gusta. No me llames más por teléfono, por favor».

El motivo de que aquella misiva fuera tan corta es que a Miki le costaba mucho imitar la letra de Hajime y ya solo esa extensión había sido un gran esfuerzo. Sacó de la habitación de Hajime algunas libretas y cartas, y con una precisión escalofriante fue imitando letra por letra. Aquella Miki tan poco amiga de estudiar, se aplicaba con una pasión inigualable todas las noches frente a su mesa.

—Para hacer aquello, primero ponía encima de sus textos el papel transparente de ejercicios de caligrafía e iba copiando las letras. Las letras sueltas. Una por una. Las del silabario *hiragana*, redondeadas. Eran letras encorvadas, como si el blanco del papel de la libreta les diera frío y se arrebujaran. Me hubiera gustado prestarles algo de calor, pero si lo hacía ya no parecería la letra de Hajime, ¿no? Por eso me limité a repetirlas todo el tiempo con la misma forma que tenían. Una y otra vez. Las letras del silabario *katakana* no me hacían falta. Nadie escribe cartas con *katakana*, ¿verdad? ¿Verdad que no? Eso se hacía solo en las cartas de hace muchísimos años. En las libretas de Hajime no había más que apuntes sobre fútbol y por eso abundaba el *katakana*, ya que había muchas palabras o nombres extranjeros. Que si el delantero sería este o el centrocampista aquel, componiendo un equipo imaginario con sus jugadores favoritos y ese tipo de cosas. Un equipo compuesto de jugadores franceses, brasileños y demás. Impresionante equipo. Por último quedaba el problema de los ideogramas *kanji*. Eso era lo más difícil de imitar. Son tantos… Con los silabarios hay un número fijo de fonemas y no son demasiados. Pero los *kanji* son incontables. Hay tantos que no los conozco bien. Por eso decidí concentrarme en solo tres palabras con ideogramas «gusta», «persona» y «teléfono». ¿Cuál crees que era la más difícil? Pues «persona». Son solo dos trazos, pero fue lo más difícil. Mira, era así.

El ideograma de «persona» que escribió entonces Miki en el suelo de mi habitación con rotulador todavía hoy puede distinguirse. Eran los característicos trazos de Hajime, un poco inclinados hacia arriba como los de papá y con el último de ellos un poco curvado en la misma dirección, como si arrastrara el bolígrafo. Tras terminar de escribir en el suelo aquel ideograma de la misma manera en que lo haría Hajime, Miki no levantó la mirada. Durante muchos días había estado quitándose horas y más horas de sueño, dedicando una cantidad de tiempo absurda a aprender a escribir exactamente igual que Hajime. Es muy probable que fuera la única ocasión en toda su vida en que se había concentrado tanto en algo, esforzado hasta ese punto agotador. Y solo por conseguir escribir igual que su hermano mayor. Con el tiempo, Miki fue escribiendo con una letra cada vez más parecida a la de Hajime. Renunció a tener su propia letra.

Miki permaneció largo tiempo con la mirada clavada en el ideograma de «persona», sin alzar la cabeza. Habrían pasado unas tres horas desde que Miki comenzó a recitar las cartas de Yajima. Mamá debería de estar a punto de llamarnos para la cena, pero por más tiempo que pasaba no oíamos su voz.

Nunca como aquel día he sentido la angustiosa necesidad de escuchar la voz de mi madre. La voz de mamá en un momento así equivaldría a unos rayos de sol que de pronto se abrieran paso milagrosamente entre los resquicios de unos negros nubarrones que oscureciesen la costa. Esa voz tirando a nasal que nos envolvía en su apretón como si nos regañara.

Pero, además, la voz de Miki se parecía a la de mamá, lo cual hacía todo más triste. Para terminar, con aquella suave voz suya como la de mamá, Miki añadió:

«Voy a mudarme de nuevo a otra ciudad. Aunque tú ahora quieras a otra, yo siempre te querré».

Después de recitar aquello con voz estrangulada, continuó llorando como si ni siquiera toda el agua que contenía su cuerpo le pareciera suficiente llanto. Los sobres de suaves colores que la rodeaban iban llenándose de lamparones por las lágrimas y en los puntos donde estas caían, se arrugaban y se oscurecían. La manera en que se amontonaban los sobres recordaba a aquel vertedero de coches en que se había convertido el parque número 1 donde se escondía Ferrari. Al verlo, otra vez me invadió un profundo desasosiego. El mundo desconocido de Ferrari llegaba ya hasta nuestras puertas. Nosotros, que antes nos reíamos de él pensando que vivía en un mundo por completo ajeno, íbamos siendo envueltos lentamente dentro de él sin darnos cuenta. Miré en torno a mí en busca de un árbol al que poder subirme y preparé mis piernas para poder salir corriendo de un momento a otro, pero lo único que vi fue una chica de una belleza escalofriante, sentada como si no supiera hacer otra cosa y rodeada de una montaña de sobres tan bonitos como ella.

Oí a Sakura dando unos pasos por el jardín. *Tap, tap, tap*. El sonido de aquellas pisadas me resultó agradable al oído. Qué reconfortante resultaba siempre Sakura… Entonces recordé aquella molesta sensación de la membrana de leche pegada al fondo de mi garganta el día que Hajime tuvo el accidente y estuve a punto de desplomarme de la repugnancia que me asaltó. Con todo, el sonido de las pisadas de Sakura me produjo el efecto de una corriente de aire fresco que se filtrase por un resquicio de la ventana y sentí como si un agradable soplo me recorriese la garganta.

Hajime, Yajima también te siguió queriendo todo el tiempo.

Pero ya era demasiado tarde. Mi mente se hallaba tan revuelta que no acertaba a concretar por qué ni para qué era tarde, y se había formado en su interior un remolino imparable donde se mezclaban el destrozado rostro de Hajime, sus inmóviles piernas y los sobres de suaves colores que Miki se había llevado del buzón. Para mayor desgracia, el remolino iba a la misma velocidad que las pisadas de Sakura, *tap, tap, tap*, y, al tener el río de imágenes ese mismo ritmo, me producía la sensación de que era algo agradable y excelso.

Tap, tap, tap, tap.

Pegué a Miki. No recuerdo si fue un puñetazo o un bofetón. Pero sí que le pegué con todas mis fuerzas, con un impulso tal que le hice girar la cabeza noventa grados hacia la izquierda. La cabellera de Miki se deslizó a cámara lenta sobre sus hombros y la sangre, no sé si procedente de su boca, de su nariz o de otra parte, goteó también sobre los sobres de colores. Las salpicaduras rojas formaban un bello efecto sobre el papel y era un rojo tan inconfundible que me hizo sentir todavía mayor cariño y desesperación.

El impulso nacido en ese momento no se detuvo allí. Quería dejar el rostro de Miki hecho un despojo. Me hubiera gustado arrancarle el pelo de raíz y agarrarla por las suaves curvaturas de sus hombros y arrojarla lejos.

Cuando me quise dar cuenta tenía el cuerpo recubierto de sudor y seguía pegando a Miki. Con cada golpe que le daba, saltaba por los aires un sobre, a veces con el azul pálido de la lluvia, otras con el dorado del sol, otras con el amarillo verdoso de la primavera y otras… sí, otras con el suave tono rosado del melocotón. Un rosa pálido como el del pétalo que aquel día estaba pegado a la cola de Sakura.

Tap, tap, tap, tap.

Me di cuenta de que no era el sudor lo que cubría mi rostro, sino las lágrimas. Los dos hijos menores de la familia Hasegawa llorábamos a mares como idiotas en una habitación de seis esteras de *tatami* que amenazaba con inundarse con nuestro llanto.

Entonces, del cuerpo de Miki brotó una voz.

Era una voz angustiada, como la de una flor que intenta resplandecer mientras ve cómo se le desprenden los pétalos, cargada de la tristeza de los últimos truenos del verano, una voz que rogaba enloquecida.

—Ayúdame, por favor —dijo aquella voz.

«Ayúdame, por favor».

La voz de una mujer que ama desesperadamente a alguien.

Hajime ató a un árbol aquella cadena tan llamativa que le había escogido Miki y el otro extremo lo enrolló en torno a su propio cuello. La cadena cobró el aspecto de una serpiente venenosa enroscada en el cuello, e incluso Sakura, que ya estaba acostumbrada a salir de paseo con él, miraba asustada a Hajime. Hajime respiró hondo unos segundos y después, como si se le hubiera ocurrido de pronto, se bajó de la silla de ruedas. Para ser precisos, simplemente se puso en pie, se apartó un poco de la silla y con eso le bastó para morir. No se quedó balanceándose en el aire, sino medio arrodillado sobre el suelo y tan frío como uno de esos botones que solía chupetear Miki.

En el bolsillo de Hajime había un trozo de papel escrito.

«No quiero iniciar un nuevo año con este cuerpo. Me doy por vencido».

No estaba escrito con aquel estilo viril de letra que Miki había imitado. No eran esas letras un poco torcidas hacia arriba como cuando escribió «me gusta».

Eran unos desvalidos garabatos, como los de un recibo que se ha lavado por error, que daban la impresión de caerse en pedazos si uno los tocaba.

A partir de esa noche Sakura, que antes era tan parlanchina, ya no dijo nada más.

LOS ESTUDIOS

El rostro de Hajime que aparecía en la foto escogida sonreía como en los viejos tiempos. Era una sonrisa tan deslumbrante como el mar en un día despejado, que arrastraba no solo a las mujeres jóvenes sino también a los chicos como nosotros, a los abuelos o a los niños, invitando a todos a sonreír aun sin querer. Cualquiera que veía a Hajime pensaba: *Sigue, sigue sonriendo así,* y deseaba que ese tiempo se eternizase. Pero ese tiempo, desgraciadamente, se había cortado de golpe.

Acudió una gran cantidad de personas al funeral, entre ellas gente que despertó nuestra nostalgia por el tiempo que llevábamos sin ver. Por ejemplo, «Dura de roer» vino con una hija pequeña que era idéntica a ella y Mochizuki, que vio superado por Miki su récord en las «muestras de valor» y era ahora un joven muy apuesto. Todos venían a vernos y nos saludaban con expresión sinceramente triste acompañada de una reverencia formal, pero a mí me alegraba tanto volver a ver todos aquellos rostros que, sentado en primera fila, alguna vez se me escapó una sonrisa. Sentía ganas de saludar a todos agitando animado ambas manos. Pero, como mamá agarraba con fuerza mi mano derecha, renuncié a ello. Debido a aquella manera de apretar, mi mano derecha terminó cubierta de marcas de uñas y parecía que me hubiera picado una nube de mosquitos. Visto de perfil, el rostro de mamá recordaba a un mango demasiado maduro. Tenía la carne flácida y se diría que si uno la tocara empezaría a expulsar jugo y, si la sacudiera un poco, se caería al suelo espachurrándose. Aquellos ojos almendrados que antes levantaban suspiros de admiración estaban deformados por la grasa de alrededor y parecían dos innecesarias pepitas pegadas sobre la cáscara. Ahora que lo pienso, mamá había dejado de maquillarse desde que Hajime sufrió el accidente. Sus labios, que antes relucían con un hermoso color rojo, se veían resecos como los del jefe de una caravana del desierto y el fresco tono azulado que antes adornaba la parte superior de sus párpados se había transformado en uno negruzco más propio de un umbrío bosque. Cuando mamá cerraba los ojos, el negro cobraba mayor protagonismo y, por si fuera poco, aquella negrura parecía filtrarse también hacia mi corazón.

Papá, sentado al lado de ella, se veía empequeñecido. El cuerpo de papá, que antaño había podido alzar en volandas a mamá con facilidad o estrecharla entre sus brazos hasta casi asfixiarla, estaba ya tan delgado que casi quedaba oculto tras el de mamá. Aparentemente, miraba todo el tiempo hacia delante pero, debido a que durante todo el funeral apenas lo vi mover un músculo, me recordó al viejo reloj de péndulo de casa del abuelo. Cuando apareció Sakifumi para hacer una ofrenda de incienso, el reloj de péndulo inclinó levemente el cuerpo, pero enseguida volvió a quedarse parado marcando la misma hora.

Sakifumi se volvió hacia nosotros y, lentamente, nos hizo una reverencia. De hecho, lo hacía con una lentitud tal que temí que terminara por caerse. Sobre la sombra de Sakifumi llovieron unas gotas de agua y entonces comprendí que lloraba mientras hacía la reverencia, pero mamá, en lugar de ofrecerle alguno de sus pañuelos de flores con la agilidad de costumbre, parecía estar con la mente en blanco y, para colmo, Miki, sentada a mi lado, comenzó a mearse con un embarazoso sonido.

Viendo cómo caía aquel chorrito, no estaba yo como para prestar atención a las lágrimas de Sakifumi y se me ocurrió que seguramente Miki había consumido hasta la última gota de sus lágrimas la noche anterior.

Miki llevaba todo el día haciendo barbaridades sin ningún recato. Se levantaba de pronto, agarraba un manojo de varas de incienso y se ponía a masticarlas, o cerraba la tapa del féretro de Hajime. Cuando, incapaz de seguir viendo aquello, la reprendí en voz baja, miró hacia arriba subiendo los ojos al máximo y me contestó:

—Fíjate, ¿a que se me ven los ojos completamente blancos?

En pocas palabras, no podía con ella.

Y ahora que por fin parecía que llevaba un rato tranquila, se meaba. Como si fuera una niña pequeña, Sakifumi la tomó de la mano y se la llevó fuera del tanatorio. Mientras salía, miró hacia la gran foto de Hajime y ladeó la cabeza extrañada como si fuera la foto de un desconocido. Después se fue andando a saltitos como las niñas. Todos estaban admirados de la belleza de Miki pero, cuando la vieron comportándose así, las miradas adquirieron el mismo tinte de terror de los que se topaban con el rostro de Hajime tras el accidente. Optaron por bajar la cabeza.

«Qué bonita esa chica».

Oí varias voces en el tanatorio repitiendo esa frase.

Por primera vez en mi vida sentí deseos de matar a alguien.

Miki no hizo el bachillerato. Al parecer, de vez en cuando estudiaba un poco para los exámenes de ingreso, pero hasta eso dejó de hacer. Y no solo eso, sino que desde que murió Hajime dejó de esforzarse en cualquier otra cosa. No iba al colegio e incluso durante un tiempo dejó de cepillarse los dientes por la mañana. Comer también le daba pereza y tenía ya las uñas tan largas como un mono de las montañas.

Miki se pasaba el día en su habitación con la cabeza en las nubes y alguna vez metía a Sakura en casa para estrecharla con fuerza entre sus brazos o acariciarla durante lo que parecía una eternidad. Cualquiera diría que Sakura era un bloque de arcilla que Miki intentase moldear. La frotaba con las manos o le apretaba entre sus dedos un manojo de la carne del lomo y el animal, a veces desconcertado y a veces como si le hicieran cosquillas, siempre aguantaba en silencio e inmóvil todo lo que la otra quisiera hacerle.

A diferencia de Miki, yo opté por enfrascarme en los estudios. Como no había perdido mi excelente capacidad de memorizar, con que el día anterior al examen me releyese más o menos el libro de texto ya conseguiría sacar una puntuación decente pero, por primera vez en mi vida, decidí ponerme a estudiar en serio.

En lugar de memorizar entero el libro de texto, me dediqué a comprender bien el significado de cada una de sus frases. Pensé que así sería mucho más útil y más difícil también de olvidar después. Hasta entonces, la tarea de ir leyéndome los libros de texto conllevaba que engordase de manera espectacular, pero ahora, al ir avanzando de aquella manera, comprendiendo lo que leía, adelgazaba con la misma rapidez.

Pongamos que, por ejemplo, miraba en el libro de Biología la foto de la disección de una rana. En el texto venían los nombres de cada órgano y sus respectivas funciones, pero lo que a mí me interesaba conocer era por qué esos órganos tenían la forma que tenían o de qué manera se determinaba la función de cada uno o, más aún, en qué consistía una rana. Cuando estudiaba sobre el índice de refracción de la luz comenzaba por pensar: *De entrada, ¿en qué consiste la luz?*, y cuando se trataba de los números imaginarios que aparecían en una fórmula, me quedaba tres horas pensando en qué consistía eso de «imaginario». Un día que estaba estudiando acerca de la Revolución Francesa comencé a preguntarme por qué entonces llevaban aquelllos rizos en la cabeza, si es que acaso sería la moda imperante. Y entonces me dije: *¡Un momento! ¿Y las coletas de los japoneses de antes, qué? ¿Serían para llevar más cómodamente el casco? Pero si así fuera, ¿por qué atarlas hacia arriba?* En otras palabras, me metía en un remolino sin fin.

Pasé un mes en la biblioteca del barrio estudiando de ese modo y, aparte de adelgazar seis kilos, obtuve de ello una conclusión: no me gusta estudiar.

Parece cosa de risa, pero suspendí los exámenes uno tras otro.

Desde entonces decidí dejar de estudiar y, casi, de pensar. Por aquella época, mi novia o mis amigos me decían a menudo: «No sabemos lo que pasa por tu cabeza». La realidad es que por mi cabeza no pasaba nada.

La novia que tenía en aquellos días era una chica muy formal y le parecía algo estupendo verme siempre por la biblioteca leyendo libros. A mí me gustaba leer libros porque así no tenía que pensar y no tenía la menor intención de obtener conocimientos de ellos o de descubrir algo que orientase mi vida, pero, aun así, a ella le gustaba preguntar por el contenido de los libros que leía.

Sin embargo, a mí se me olvidaba casi todo lo que leía e incluso no estaba demasiado claro si realmente los leía o no.

—No me acuerdo.

—¿No te acuerdas? ¿De qué?

—¿De qué? Pues del contenido del libro.

—¿Por qué?

—¿Cómo que por qué?

—¿Pero no lo has leído?

—Sí, bueno he ido siguiendo las letras con la vista.

Algo así. Ella dijo que cada vez me entendía menos, y la novia que tuve después, un año mayor que yo, así como la siguiente, dos años menor, y la siguiente a esa (mestiza de chino y japonés), y la actual (que se peina con permanente) coincidieron todas en decir:

—No te entiendo, Kaoru.

Ja, ja, pues claro, si ni yo mismo me entiendo.

A comienzos de primavera ya había abandonado por completo la idea de estudiar, pero me esforcé por recordar todo tipo de cosas. Al igual que hacían Hajime o Miki, puse interés en recordar las insignificantes incidencias cotidianas, grabándolas en mi mente. La manera en que mamá se tomó la última gota de vino determinada noche, el modo en que ascendía el humo hacia el firmamento cuando papá quemó su ajedrez en el jardín, o cómo destrozó Sakura el último estropajo de Kaoru que le quedaba. Al igual que si cada una de esas escenas fuera un dibujo, iba empapelando mi cerebro con ellas.

Fue entonces cuando se me ocurrió que si ingresaba ya no recuerdo si en algún tipo de escuela independiente o en una academia sin duda podría convertirme en el más delgado de la clase. No en vano medía 186 cm y pesaba 57 kilos. Los huesos de las caderas me sobresalían como los del dorso de la mano de un nonagenario y el cuello tenía la delgadez de las patas de una de esas arañas que de vez en cuando atrapaba Miki.

Sakura, como de costumbre, parecía haberse olvidado de hablar.

A lo sumo, buscaba mis carantoñas bufando una especie de *wof, wof, wof* como había hecho en el veterinario, pero guardaba su apreciado estropajo verde en la caseta y durante la hora del paseo, si alguna vez nos cruzábamos con otro perro, ahora se enfrentaba buscando pelea. Me sorprendí al ver que aquella Sakura en otros tiempos tan refinada provocaba ahora a otros perros. En cierto modo, me parecía entre raro y divertido que se comportara de una forma mucho más canina de lo habitual.

En cuanto a mamá, en aquella época siempre estaba comiendo algo. Dónuts tan dulces que parecía que alguien hubiera volcado por error el tarro de miel en la masa, o pasteles con una cantidad tal de crema como si el pastelero no hubiera parado de estornudar mientras la vertía. Cuando la descubría comiendo algo así siempre decía con tono de disculpa:

—Es que dicen que el único alimento que llega al cerebro es el azúcar…

Probablemente todo ese alimento que llegaba al cerebro de mamá era arrastrado durante la noche por el alcohol que se bebía en la cocina. Mamá repetía las mismas cosas una y otra vez como si chocheara y a menudo se le caían los objetos en los momentos más inconcebibles, rompiéndose con gran estrépito.

Desde que mamá engordó de aquella forma, el fuego del amor que antes ardía en el corazón de papá pareció extinguirse. La cama doble *king size* donde dormían comenzó a combarse en la mitad que ocupaba mamá, que parecía un barco a punto de hundirse. Las demacradas mejillas de papá cobraron un aspecto lodoso como el de un pantano sin fondo y, si uno se quedaba demasiado tiempo mirándolas, tenía la impresión de que no podría sacar sus pies de allí. Papá parecía continuamente inquieto, incapaz de hacer frente a nada. De vez en cuando decía «Kaoru, ¿y Miki?» o «Parece que también mañana lloverá».

Aquellos comentarios ensombrecían mi corazón, ejerciendo el efecto de algún maligno conjuro, y cuando exhalaba alguno de sus suspiros, sentía que se llevaba por delante el poco aire fresco de alrededor. Aquel hombre que antaño deslumbraba desde su condición de ser el más feliz del universo ahora solo parecía percibir nuestras tristezas y sufrimiento, al igual que la Muerte representada en las cartas del tarot de mamá. Su transformación nos asustaba y nos dimos cuenta del error que suponía haber creído que la felicidad y la calidez que envolvía a la familia Hasegawa se debían en su mayor parte a mamá y a Hajime, sin haber valorado bien la gran contribución que hacía a ello ese hombre llamado Akio Hasegawa. Nuestra felicidad no se asentaba solo en los cantos de mamá a grito pelado ni en las vigorosas piernas de Hajime que pateaban el balón de fútbol, con su calidez propia del sol de verano, sino en mucha mayor medida, en aquel solecillo titubeante de primeros de otoño que se dejaba sentir en el seco *toc* con que papá movía una de las piezas de ajedrez del tablero o en el *fruu fruu* que se oía cuando dejaba de leer, se quitaba las gafas y las limpiaba. Sin que nadie se diera cuenta, papá nos protegía y nos calentaba el lecho para el invierno que algún día llegaría. Pero, ay, cuando realmente el invierno se echó sobre la familia Hasegawa, a papá ya no le quedaba ningún calor dentro del cuerpo y solo era un hombre extenuado. Sí, esa es la palabra. Nuestro padre se hallaba extenuado.

Hajime no era tan aficionado a los dulces como mamá, pero cuando íbamos a rezar a su tumba mamá siempre le llevaba algo dulce como ofrenda. El cementerio estaba como a unos treinta minutos de casa y en el camino hasta allí solía desaparecer casi la mitad de los dulces, pero aun así mamá no dejaba de colocarlos en su tumba.

—Porque fue Hajime quien me enseñó que el azúcar es el alimento del cerebro —decía mientras juntaba las manos en un largo rezo.

«Esto es lo que tiene más alimento».

Recordé aquellas palabras de mi hermano al hablar de las membranas que forma la leche.

EL SONIDO DE LA LLUVIA

Cuando éramos niños y comenzaba a llover, armábamos jaleo en casa porque no podíamos jugar fuera, pero aun así había veces en que jugábamos en el jardín hasta terminar embarrados y otras en que nos quedábamos quietos en la habitación contemplando cómo el agua se deslizaba por los cristales de la ventana. En cualquier caso, alteraba nuestros corazones. Si una mañana al despertarme escuchaba el sonido de la lluvia, su tristeza me hacía sentir un poco más adulto, pero si en cambio comenzaba a llover ya de noche, era como si volviera a ser un bebé y, metido entre mis futones, aquel sonido me tranquilizaba y me hacía dormir relajadamente.

Miki era una chica con una inigualable perceptividad para captar el comienzo de la lluvia.

Por muy soleado que fuera un día o que no soplase ni una brizna de viento ni hubiese olor alguno que permitiese sospecharlo, si Miki decía «Va a llover», se diría que había hecho una señal para que así fuera, puesto que poco a poco se acercaban unas silenciosas nubes y comenzaban a dejar caer unas gotas con timidez. Entonces Miki, como si estuviera preocupada por la tardanza de aquellas gotas de lluvia que mojaban el cielo, alzaba la mirada hacia las nubes y se quedaba largo rato con la vista clavada en ellas. No decía nada, pero era como si gritara: «¡Os estaba esperando!».

Miki, aquella niña que calzaba botas incluso en los días despejados. Y cuando llovía, era como un anciano que por fin hubiese encontrado ocupación y jugaba apasionadamente con la lluvia. Probaba a lamer las gotas de agua que le caían por el hombro, miraba con cariño aquellas que rebotaban en la superficie o pegaba la oreja al suelo para escuchar el sonido que hacían. Y, por lo general, al terminar de llover se resfriaba. Pero, a pesar de lo mal que parecía pasarlo con la nariz taponada y estornudando, era como si estuviera siempre esperando la siguiente lluvia.

Miki, cual flor hidropónica, siempre tenía el agua de lluvia a su lado.

Miki siguió estando junto a la lluvia tras de la muerte de Hajime. La lluvia que cayó el día del accidente de nuestro hermano le había gastado una pequeña jugarreta, pero aun así ella salía sin paraguas como de costumbre y tampoco hacía nada por secarse el cuerpo empapado. Las gotas de agua que resbalaban aquel día del flequillo de Miki relucían con los colores del arcoíris al cruzar sus mejillas, como si quisieran consolarla.

Aquella otra extraña noche también llovía.

Había empezado a llover cuando era noche cerrada y ese era el tipo de lluvia preferido de Miki. Según ella, era completamente diferente el que la lluvia comenzase ya avanzada la noche, al mero hecho de que lloviese de noche.

—Si la lluvia comienza a altas horas de la noche, siento como si estuviera lloviendo en el mundo entero. Pienso que no debe de haber lugar alguno donde luzca el sol. En todo el planeta es de noche y la gente, al igual que nosotros, está inmóvil bajo el futón escuchando en silencio el sonido de la lluvia. Todo, todo, está en calma.

Cuando era una niña, y en mitad de la noche oía que de pronto comenzaba a llover, Miki llamaba a Hajime en voz baja.

—Hajime…

Pero nuestro hermano siempre estaba dormido como un tronco. Igual que un rey cuyo trabajo fuera dormir, lo hacía de un modo verdaderamente majestuoso. Miki sabía que no se iba a despertar, lo cual la tranquilizaba todavía más, y seguía llamándolo una y otra vez.

—Hajime…

Yo oía medio en sueños el sonido de las gotas de lluvia golpeando la ventana y la voz de Miki, deseando que la mañana no llegase nunca y, finalmente, me quedaba dormido del todo.

Los tiempos de la niñez. Esos tiempos excelsos en que éramos felices.

Cierta noche, las gotas de lluvia llamaban suavemente a nuestro tejado. De vez en cuando había algunas muy violentas que, levantando un gran ruido, iban a precipitarse sobre el suelo del jardín y provocaban un temblor en las orejas de la dormida Sakura.

Entonces yo, que tenía el sueño ligero, me desperté debido a esa fragancia un tanto dulzona, asfixiante, y a los diversos sonidos que golpeteaban en nuestro tejado. Realmente, abrí los ojos en un instante. Normalmente, oír el rumor de la lluvia me tranquilizaba y facilitaba el sueño, pero esa noche no podía dormir bien.

No era el mismo tipo de inquietud que sentí la noche del accidente de mi hermano. Tampoco la hormigueante vergüenza que me atacó con la llovizna del día de la mudanza. Oí en mi interior un sonido que intentaba avisarme de algo.

Sha… sha… sha… Pot, pot, pot…

Estorbado por el sonsonete de la lluvia, no conseguía escuchar bien esa voz interior. Pero mis cinco sentidos, como los de los niños de alguna isla sureña que fueran los primeros en descubrir una balllena, se hallaban bien entrenados, por lo que pude distinguir los fuertes latidos de un corazón con la misma nitidez que si estuviera colocado en mi almohada. Sonaba como un tremor de la tierra en un paraje desértico y rebosaba de la premonición de que algo estaba a punto de suceder.

Ton, ton, ton, ton.

Ton, ton, ton, ton.

—Hajime…

Escuché aquella voz.

Ton, ton, ton, ton.

Sha... sha... sha...

La voz procedía de la habitación de Hajime.

—Hajime...

En ese momento, flotaron ante mis ojos unos pétalos de vivos colores. Verdeamarillento pálido, amarillo, naranja, azul claro... Y rosa. Revoloteaban suavemente por los aires y me nublaban la visión pero, aun así, esforzándome por ver más allá, distinguí a Miki de pie. Estaba medio sepultada en una maraña de sobres con colores pastel, los sobres más bonitos del mundo, y miraba hacia aquí.

—Hajime...

Aquella voz que llegaba de la habitación de mi hermano tenía un tono cariñoso, lozano y, sobre todo, muy triste. Cariñosa como no hay otra en este mundo, incluso demasiado, que por eso resultaba triste. Ese tipo de voz.

—Aaaah...

La voz de Miki era idéntica a la que papá arrancó aquella noche de mamá. La voz de una madre gata.

Y al oír esa voz lo comprendí todo.

Cuando empezaba a llover pasada la medianoche Miki, inmersa en ese sonido, se iba a aquella habitación. Miki no era una chica a la que le gustase ponerse elegante, pero en tales ocasiones se peinaba cuidadosamente en plena noche con su peine azul, el único accesorio que poseía. Carecía de crema labial, así que se humedecía los labios con su dulce saliva, y su intensa tristeza y su intenso amor hacían que se le entreabrieran un poco. Los dientes marfileños que quedaban a la vista temblaban ligeramente, como ansiosos de morder a alguien, a alguien muy querido. Para evitar que aflorasen las lágrimas en caso de ver demasiado, aquellos ojos con la calma de un rebosante lago se cerraban con fuerza. De la almohada del ser amado emanaba un olor cargado de nostalgia, casi mareante, parecido al del lino puesto a secar al sol, y durante un tiempo era incapaz de moverse.

—Hajime...

El día en que Miki se puso en pie por primera vez en su vida, fue porque vio a través del cristal de la ventana a un chico que saltaba desde la valla hacia abajo como si flotara. Llevaba a la espalda un bulto envuelto en un pañolón y una gorra de béisbol puesta con la visera hacia atrás, que sujetaba con una mano para que no se le cayera. Vio a un chico que se reía con un sonido que parecía el de la hojarasca del bosque al restregarse.

La mano de Miki acarició ese cuerpo delgado que ninguna otra mano consiguió acariciar.

—Aaah...

Aquel chico que relucía como la nieve de algún recóndito lugar de las montañas nunca hollado fue al primero que quiso acariciar Miki. Y por eso, aun siendo una bebé, se puso en pie.

El chico, con la inocencia de una pompa de jabón, tan volátil que si Miki alargaba la mano podría desaparecer, dijo estas palabras:

—¡Mi hermanita!

Desde entonces, Miki nunca dejó de amar a Hajime.

Cuando era pequeña y quería decir algo, en lugar de hablar, hacía algún ruido. Arrastraba el sonajero o arañaba algo. Aquellos sonidos penetraban en nuestros oídos, nosotros interpretábamos lo que ella quería decir y comprendíamos lo indeciblemente felices que éramos.

El amor de Miki era opresivo, insustituible y desbordante de un cariño tal que casi asustaba. Si desaparecieran todas las cosas del mundo pero, por un milagro, quedase algo, eso sería su amor.

Pero, ay, el día en que comprendió que ese amor era una equivocación, Miki dejó de hacer ruidos.

Sha... sha... sha...

Sha… sha… sha…

Me di cuenta de que el sonido de mi corazón se había alejado hacia alguna parte. Al otro lado de la ventana, las gotas de agua empapaban disciplinadamente el suelo, pese a lo cual reinaba la calma. La noche se extendía por todo el planeta.

MATRIARCADO

Los cirrocúmulos se esparcían por el cielo moviéndose en grandes bandadas como si tuvieran prisa por llegar a alguna parte. En tal día, papá desapareció de la familia Hasegawa. Fue algo realmente repentino, pero ni mamá ni Miki ni yo dijimos nada. Miki, eso sí, soltó su recurrente muletilla.

—Ah, mierda.

El árbol del membrillo, incapaz casi de aguantar hasta el peso de su propio cuerpo, dejaba caer cada dos por tres sus hojas sobre el jardín. Sakura, que hacía ya tiempo se había resignado a no poder masticar estropajos, miraba inmóvil el descenso de las hojas secas sobre la tierra.

En la madrugada, cuando todavía no había cirrocúmulos, papá levantó la vista hacia el sonrosado firmamento y después acarició suavemente la naricilla de Sakura, que había salido de la caseta al verlo. Una vez comprobado que la nariz estaba humedecida como es debido, se dirigió a la cancela y salió. No le importó el fuerte sonido metálico que hizo al cerrar. Sabía que mamá lo habría oído pero, por decirlo de alguna manera, estaba ya muy cansado. En el trabajo guiaba a los conductores de forma sobresaliente, igual que cuando movía las piezas de ajedrez, pero eso pertenecía al pasado. De un tiempo a esta parte se sentía tan fatigado, que en el trabajo a menudo se encontraba con la cabeza en las nubes.

Por ejemplo, decía «Responda, número 176», y después se quedaba callado. O le indicaba la carretera de Hiroshima al camión que tenía que ir a Okayama. En cualquier caso, comenzaba a ser un problema.

Papá se encontraba realmente extenuado.

Veía cómo las bebidas alcohólicas desaparecían de la cocina a velocidad de vértigo o cómo se iba oxidando la silla de ruedas arrinconada en el trastero y, para colmo, las últimas palabras que dejó su hijo fueron «Me doy por vencido». Habían pasado muchas cosas que se llevaron por delante el corazón de papá junto con la carne de sus mejillas. Había olvidado por completo cómo lloró ante el maravilloso y excelso hecho que le pareció el nacimiento de Miki, las sonrisas de complicidad que me dirigía de vez en cuando al alzar la vista de su libro o esos momentos en que rodeaba la cintura de mamá con el brazo.

Papá se encontraba realmente extenuado.

Cierto día, más o menos una semana después de que se marchara papá, Miki volvió a entrar en mi habitación.

Para entonces ya nos habíamos acostumbrado al derrumbe de nuestra familia, al ruido que hacía mamá al dejar la botella vacía en el suelo, al sonido de las hojas secas del membrillo al caer... Papá no se puso en contacto con nosotros, pero al tercer día de su marcha el teléfono sonó por la noche.

—Soy Takiguchi.

Era una voz masculina grave, que me resultaba conocida. Intenté recordarla como si rebobinara una cinta de casete, pero no conseguí identificarla. Contesté de manera imprecisa con un «¿Sí...?» totalmente inseguro y entonces aquel hombre, con tono un tanto tímido, continuó hablando.

—Soy Sakiko.

Sí, cierto, era sin duda la voz de Sakifumi.

—No os preocupéis por vuestro padre, se encuentra bien.

Tras estas palabras pronunciadas en voz baja, Sakifumi cortó el teléfono. Fue un gesto de lo más egoísta. Me quedé con el auricular en la mano, sin saber qué hacer. «¿Se encuentra bien?». ¿Cómo que se encuentra bien? ¿Qué quería decir con eso? ¿Simplemente que estaba vivo? ¿O que volvería pronto? ¿O que estaba ganando peso otra vez? Me resultaba imposible de desentrañar. Así que me limité a contarle a los demás que papá estaba con

Sakifumi y que cuando se cortó la comunicación se oyó el característico *clic* de una cabina telefónica.

«Ah, vaya...».

Las mujeres de nuestra familia contestaron más o menos de esta manera, sin demostrar demasiado interés. Mamá volvió a abrir el tostador y sacó una rebanada de pan medio hundida por el peso de la miel mientras que Miki parecía ensimismada en su pedicura (fue por entonces cuando comenzó, aunque el esmalte solía rebasar las uñas).

La noche en que Miki vino a mi habitación tenía pintadas de amarillo las uñas de los pies. Era un amarillo alegre, como el del uniforme de los jugadores del equipo brasileño y, como era previsible, el esmalte se había salido fuera de las uñas. Daba la impresión de que Miki tenía la cabeza en otra parte.

—Ha desaparecido mi mochila del colegio.

Miki dijo aquello como si el asunto no le terminase de cuadrar y se quedó mirándome fijamente. A mí tampoco me cuadraba que Miki me mirase de aquella manera, pero entonces flotó en mi cabeza cierta escena.

Recreé la imagen de un hombre con el periódico matutino encajado bajo la axila, agarrando una bolsa de viaje con la mano derecha y una mochila roja de colegiala colgando del hombro izquierdo. Una mochila ya descolorida, con uno de los tirantes recosido con un hilo increíblemente grueso, y que tan bien conocíamos. Una mochila llena hasta rebosar de los sufrimientos, los anhelos, las aflicciones, los celos y el cariño de Miki, los sentimientos de esa chica que amaba más que nadie a cierta persona... El rojo de aquella mochila había sido maltratado por Miki de tal manera, sacando las cosas una y otra vez y llenándolo todo de lágrimas, que ya había olvidado qué hermosamente relucía en sus buenos tiempos. Aquella mochila resultaba demasiado grande para meterla en la bolsa de viaje y demasiado pequeña para colgar en el hombro de un adulto, por lo que a papá le debió de resultar bastante incómoda. Imagino que, tras respirar hondo, se la echó al hombro entre avergonzado y resignado. Y, al mismo tiempo, cuando se la puso, probablemente se sorprendió ante su peso, como si alguien se le colgara del hombro.

Aquella noche en que Miki me confesó lo que había hecho y mamá tardaba en llamarnos a cenar, papá estaba inmóvil al otro lado de la puerta escuchando lo que decíamos. Probablemente escuchó la voz de Miki recitando incansable el contenido de las cartas de Yajima y el sonido de aquella inmensidad de cartas entrechocando por los aires mientras trazaban estelas multicolores de una belleza escalofriante.

Y debía de conocer también el impulso amoroso de Miki en aquellas noches de lluvia.

—Ha desaparecido mi mochila del colegio.

Miki volvió a repetir lo mismo, como una tonta que no supiera decir otra cosa. Pero seguramente sabía que fue papá quien se la llevó y también que no volvería a sus manos jamás. Miki era como una niña que hubiese entregado a su madre el inseparable peluche con que siempre dormía, o un niño al que hubieran pescado saliendo de casa furtivamente para ir a algún lugar secreto recién descubierto, y de ahí su inquietud, teñida de excitación. Podía entenderse aquella expresión tan desolada.

Tuve la vaga sensación de que papá no volvería.

Y también de que no pasaría mucho tiempo antes de que no quedase ningún hombre en el hogar de los Hasegawa.

Cuando cumplí los veinte, ingresé en una universidad de Tokio.

En aquel entonces era incapaz de pensar acerca de mi futuro. Utilizaba la cabeza solo para recordar las cosas y no hacía el menor esfuerzo por pensar en mi porvenir o en mi nueva novia. Era como si mi cabeza estuviera ocupada solo por una serie de fragmentos de papel pegados donde constaran mis recuerdos, una especie de *collage* al estilo de los cuadros de Picasso. Había lugares que refulgían y otros que recordaban a simas de negrura, confiriendo al conjunto el aspecto de unas vidrieras de alguna imponente catedral. Mi cabeza absorbía o reflejaba las cosas, y no existía en ella el concepto de «futuro».

El dinero lo había ahorrado por mi cuenta. No es que lo hiciera con el propósito de ir a la universidad ni tampoco con el de ayudar en los gastos de casa. Papá remitía transferencias periódicas a la cuenta familiar y con eso podíamos llevar una vida perfectamente normal. La mitad de los gastos necesarios en casa consistían en el pago de todo aquello que mamá se echaba a la boca. Ni Miki ni yo comprábamos zapatos, ropa o sombreros nuevos, y de hecho Miki pasaba varios días seguidos sin cambiarse de ropa.

Simplemente tuve la vaga idea de que estaría bien ahorrar dinero. De la misma manera en que acumulaba recuerdos en la cabeza o del mismo modo en que Miki acumulaba cartas en su mochila, decidí ir juntando dinero.

Yo, que prácticamente solo salía para pasear con Sakura, me convertí en un *sakura** de cierta página de internet para buscar pareja (Sakura y *sakura*, una casualidad tan ridícula que no daba ni para reírse).

«Hola. Soy una chica de 22 años. Me gusta el tenis y el karaoke. Busco un hombre cariñoso que me lleve a cantar al karaoke».

«Mujer casada de 27 años. Tengo tiempo libre durante el día. Escríbeme un correo».

Me transformé en un número tan impresionante de mujeres que casi daba miedo. A veces no sabía ni quién era yo. *¿Quién será este joven sentado frente al ordenador que no para de escribir correos?*, me preguntaba. Y cuando apagaba el ordenador y se reflejaba mi figura en la negra pantalla: *¿Quién demonios será este tipo delgado y sin afeitar que está frente a mí?* De esa manera, olvidándome de mí mismo, me relajaba pasando el tiempo en la silla frente al ordenador.

---

* En japonés se llama *sakura* a los ganchos que se ponen de acuerdo con los trileros o los vendedores para simular ser clientes y que el resto se acerque.

Creo que, aproximadamente, debí de representar los papeles de unas cien mujeres.

Unas veces tenía el pelo largo, otras los ojos grandes, unos días era una chica zurda, otros tenía un voluminoso busto. Mujeres de todas las edades, aficiones y aspectos. Recordaba las particularidades de todas y cada una de aquellas mujeres y nunca cometí un error al responder los correos. Al fin y al cabo, era un hombre sin personalidad propia. Por lo menos, cuando escribía aquellos correos, me convertía en la mujer en cuestión y no incurría en ningún fracaso.

Sin embargo, cierto día, me di cuenta de una cosa.

Nada menos que cien mujeres. Guapas, gorditas, delgadas, fuertes, lloricas, de Osaka, hijas únicas, criadas en el extranjero…

Pero ya estaba aburrido de todas.

Sentía ganas de marcharme a algún lugar por completo diferente pero, a pesar de aquel impulso, tenía miedo de pasar a la acción. Por eso, me veía sumido en un aburrimiento rayano en la desesperación. Y me di cuenta de que en eso mismo consistía mi personalidad. En un espantoso vacío.

Entonces decidí mudarme a Tokio. No sé por qué Tokio. Pero quería ir a un sitio donde hubiera mucha más gente que donde estaba. Quería estar solo en medio de una multitud gigantesca. Seguía sin pensar para nada en el futuro. Fue una decisión repentina, nacida de la angustia.

—Quiero vivir solo.

De esa manera, el hogar de los Hasegawa pasó a estar compuesto solo de mujeres.

Por una parte, mamá, que antaño reunía todas las miradas en torno suyo por su belleza. Antes su cuerpo era como un hermoso río pero, a partir de algún momento indeterminado, llegó la crecida del río y después se desbordó sin que nadie pudiera contenerlo. Se bebía cualquier cosa que tuviera alcohol. Tomaba el alcohol a grandes tragos y, cuando se lo terminaba, se quedaba con los ojos muy abiertos, como sorprendida ante lo que acababa de hacer. Después, alargaba la mano hacia la siguiente botella. El río se desbordaba cada vez más y llegó un momento en que el agua nos alcanzó a los demás. No logramos nadar bien en medio de aquella corriente y fuimos tragados por ella.

Por otra parte, Miki, que siempre veía a la lluvia como su protectora. Su hermoso cuerpo con aquellas piernas como espárragos blancos cultivados con infinito esmero, y al que le sentaba mejor que a cualquier otro estar empapado en agua, al final, permanecía sin ser estrechado entre otros brazos. El chico del que se había enamorado y al que quería con un amor ciego que casi la volvió loca era su propio hermano. Miki me dijo que cuando Hajime tuvo el accidente y su cuerpo quedó en aquel terrible estado, se alegró.

«Así dejarían de acercársele otras mujeres, ¿no?».

Se trataba, sin duda, de un amor escabroso. De hecho, tan escabroso y tan triste que cabría dudar de su autenticidad. Miki no lloró en ningún momento, pero su cuerpo siempre presentaba un aspecto tan desvalido que se diría que no paraba de derramar lágrimas.

Y luego, claro… ¡Sakura! Nuestra valiente e inteligente chica. Esa Sakura parlanchina, alegre y, con todo, recatada, que a menudo nos interpelaba. Cuando escuchábamos a Sakura dirigirnos la palabra, nos dábamos cuenta de que el mundo era un lugar rebosante de amor y también de que no existe nada que sea por completo innecesario. Nosotros podíamos escuchar la voz de Sakura como si fuera lo más natural del mundo y ella, por su parte, ladeaba las orejas prestando atención a todo lo que decíamos. Esas orejitas con motas negras que recordaban a unas uvas.

El camión de mudanzas me iba separando de mamá, Miki y Sakura. La figura de ellas tres en el espejo retrovisor me suponía una enorme carga pero, a la vez, era como un rayo de luz. Una luz cegadora, que no se puede mirar de frente, de colores irisados. Mientras sentía caer aquellos rayos de luz sobre mis párpados rogué por que en mi próxima vida pudiera renacer sin falta como mujer.

El camión tomó velocidad y dobló la curva. En el instante de torcer, vi de refilón a mamá agitando la mano a modo de despedida, pero para entonces ya lloraba yo de tal manera, que me hundí en el asiento del copiloto.

CÓMO ACABÓ TODO

EL APAREAMIENTO DE LOS GATOS

Cuando volví del paseo con Sakura, Miki estaba sentada distraídamente en el jardín. Al advertir nuestra presencia adoptó cierta expresión de extrañeza y se acercó para abrazar a Sakura.

Era como si estuviera soñando.

El corto pelo de Miki se mecía suavemente y me recordó al pelo que tenía cuando era una recién nacida. En aquellos días, el cabello de Miki presentaba la tibieza y el dulce aroma de un helado recién hecho. Yo me dedicaba a aspirar aquel olor mientras me quedaba arrobado por la felicidad de tener una hermanita.

—Sakura… —decía Miki como una tonta mientras acariciaba al animal como si lo estuviera frotando.

Como hace mucho tiempo ya que no la lavaban, Sakura parecía disfrutar con ese tipo de caricia y su cuerpo temblaba levemente de placer. Sakura debía de tener a saber qué tipo de microbios o parásitos por todo el cuerpo pero Miki, sin importarle todo aquello, le mordisqueaba el rabo o hundía su cabeza en la barriga.

—Teléfono —dijo Miki ahogadamente con la cara hundida en la barriga de Sakura.

—¿Qué?

—El teléfono. Estaba sonando.

Miki alzó el rostro, lleno de pelos de Sakura pegados. Como no hacía nada por quitárselos, se los retiré yo uno a uno.

—¿Era mi teléfono?

En ese momento oí aquel sonido de llamada que tan bien conocía, saliendo de la sala de estar. El sonido se cortó justo cuando estaba a punto de contestar. Desdoblé el teléfono móvil y vi en la pantalla el nombre de mi novia. Cerré el teléfono y me dispuse a salir del nuevo al jardín cuando volvió a sonar. No me apetecía nada contestar pero, si no lo hacía, el asunto se eternizaría así que, sintiendo que no quedaba más remedio, pulsé el botón de conversación.

—¿Hola?

—Ah, Kaoru. ¿Qué ha pasado? ¡Vaya susto me he llevado!

Mi novia chillaba medio histérica. Por lo visto a esa mujer le asustaban infinidad de cosas. Cada dos por tres me agarraba del brazo diciendo «¡Vaya susto!».

—¿Y por qué?

—¿Quién es la chica que me contestó antes?

—¿Cómo?

—¡Te llamé antes a tu teléfono y contestó una mujer! Me llevé un susto tremendo y creí que me había equivocado de número. ¿Quién era?

Solo Miki puede ser capaz de semejante cosa.

—Ah, mi hermana.

—¿Eh? ¿Hermana? ¿Pero tú tienes una hermana?

—Sí.

—¿Eh? ¡No sabía nada! Le hablé de una forma muy antipática. Pero es que… es que…

—¿Qué?

—Pues es que esa chica contestó la llamada como si estuviera muy enfadada.

—¿De qué manera?

—Contestó la llamada con un «¿Diga?» y después no me contestaba a nada de lo que yo le decía. Y entonces… entonces… ¿Qué crees que me dijo?

—¿El qué?

—Pues dijo «Qué voz tan rara tienes». ¡Me dijo que tengo una voz rara!

Me faltó poco para echarme a reír. ¿Voz rara? Sí, resultaba muy propio de Miki ese tipo de observaciones.

—Oye, ¿tú crees que tengo una voz rara?

Me gustaría haberle contestado «Pues, ahora que lo dices», pero ella hablaba como buscando consuelo y sonaba igual que cuando me preguntaba «¿Acaso te disgusto?» con el evidente objeto de que yo contestara «No, claro que me gustas». Seguro que deseaba que le dijera «Nada de eso, tienes una voz encantadora». Todo el teléfono parecía vibrar transmitiéndome su intención, pero opté por fingir que no había oído bien.

—Perdón, no te he oído bien.

—Da igual, dejemos eso.

El resto de la conversación consistió en una serie prolija de preguntas tipo que si cuándo vuelves, que si de qué manera pasas los días, que si has visto a la gente del colegio (en especial a las chicas), etcétera, acompañado de un «Anda, dime algo en el dialecto de Osaka». A continuación se puso a hablar largo y tendido sobre lo que hacía ella hasta que, por fin, cortó. Al terminar la llamada me sentí exhausto.

Di un vistazo a mi alrededor y vi que Miki, con cara de no haber roto un plato, entraba en la habitación con Sakura.

—Miki, ¿has contestado una llamada para mí, verdad?

—Sí.

—Es mi teléfono.

—Esa música que has puesto para las llamadas es *Top of the World*, ¿no?

—Pues sí.

—*Top of the World*...

—Miki...

—¿Sí?

—Esa es mi novia.

—Ya.

—¿Tenía la voz rara?

—Sí.

—¿En qué sentido?

—Parecía una gata apareándose.

Estuve a punto de estallar de risa. Ciertamente, esa manera de hablar recordaba a la insistente forma en que maúllan los gatos al comienzo de la primavera.

—¿Aparea… qué? ¿Pero de qué hablas? —dijo mamá entrando presurosamente en el salón con las mejillas enrojecidas.

Detrás suyo se veía de pie a papá, ya acostumbrado a formar parte del paisaje del hogar, aunque con expresión fatigada.

Miki estaba a punto de repetir lo de «una gata apareándose» cuando se le adelantó mamá con su vozarrón.

—¡Vamos! Tenemos que ir a rezar a la tumba.

Después de que papá se marchara de casa, la espaciosa furgoneta que teníamos había sido sustituida por un pequeño automóvil con la matrícula amarilla correspondiente a los vehículos ligeros. Saltaba a la vista que mamá pesaba demasiado para ese automóvil, a lo cual se sumaba Miki en el asiento del copiloto y papá y yo detrás. Seguro que si nos viera un policía con un poco de mala intención, nos pararía.

«Llevan exceso de pasajeros».

Papá se quedó sentado con los ojos cerrados, en silencio e inmóvil. Una tela a cuadros amarillos cubría el asiento y cuando papá se sentó sobre ella con su abrigo marrón, el contraste de ambos colores recordaba a los girasoles. Sostenía con ambas manos la enorme cantidad de flores que le hizo llevar mamá, que le tapaban parcialmente el rostro. Con los ojos cerrados y rodeado por aquellas flores blancas, amarillas y moradas, papá me recordó a Hajime en el féretro y aparté la vista.

Cuando recuerdo a Hajime en el féretro, su imagen siempre se superpone con la del rostro que tenía cuando era un guapo joven.

La gran cantidad de flores que había en el féretro exhalaban frescura y belleza gracias al agua que les había conservado la vida, pero el rostro de Hajime que ocupaba el centro estaba hinchado y amoratado, con la boca entreabierta de un modo extraño, ofreciendo el aspecto de una fruta espachurrada. Pero, aun así, cuando recordaba el rostro de mi hermano en el féretro, siempre flotaba ante mí la imagen de su bello rostro con los ojos cerrados. La suave sombra que surgía en torno a sus párpados cuando cerraba los ojos, la recta nariz que se elevaba como un pico del Tíbet o aquella boca de la que parecían afluir los dientes cuando se reía.

En su funeral no derramé ni una lágrima.

—Miki, ¿has traído el incienso?

—Aquí lo tengo.

—¿Y tú, Kaoru?

—¿Qué?

—¿Qué has traído?

—Pues no he traído nada…

—Ah, bueno.

Después de decir esto con su característico vozarrón, mamá pisó a fondo el acelerador. *¡Baam!* El automóvil arrancó tras una tremenda sacudida y papá, sorprendido, abrió los ojos. Ahora que abría los ojos se parecía todavía más a Hajime, por lo que decidí no volver a mirarlo.

Aun cuando nos librásemos de que nos parasen por exceso de pasajeros, nuestro automóvil circulaba con un evidente exceso de velocidad, dejando atrás lugares donde antes había un parque y ahora unas viviendas nuevas, o el Centro municipal donde quedé con Yukawa. Todo ello a una velocidad escalofriante.

Más que agarrar el volante, mamá parecía estar devorándolo entre sus garras, y Miki, sentada a su lado, que ni que decir tiene que no se había puesto el cinturón de seguridad, masticaba unas gominolas que le habían sobrado del relleno de las empanadillas. Mordisqueando aquellos pequeños objetos, Miki era idéntica a una ardilla.

CUERVOS

Mamá siempre se encargaba de la limpieza de la tumba de Hajime.

La pulida piedra gris relucía, bañada por el sol de invierno. Aquel detalle, unido a un cielo blanquecino, me hizo recordar cuando, de pequeños, estuvimos deambulando por el cementerio vecino al crematorio con motivo del funeral de nuestra abuela.

Contemplábamos de tanto en tanto cómo el humo de nuestra abuela ascendía hacia el firmamento, y nos movíamos entre las tumbas. Miki intentaba llevarse los pastelillos de judías o los plátanos que veía por ahí como ofrendas y yo iba tirándole de la mano para impedírselo mientras miraba la espalda de nuestro hermano, que caminaba delante. Los estrechos caminos que serpenteaban entre las tumbas parecían un laberinto y como Hajime andaba de prisa torciendo sin previo aviso hacia uno u otro lado, me costaba un gran trabajo seguir sus pasos teniendo que tirar de esa Miki que iba dando saltitos. Hajime daba vueltas y más vueltas sin criterio alguno y expresión contrariada, como si quisiera perderse en aquel laberinto, adentrándose cada vez más en el cementerio.

Cuando estaba a punto de rendirme y dejar de seguir sus pasos, se paró en seco.

—¡Ah!

Nos acercamos corriendo a él para ver qué era lo que había descubierto y encontramos que miraba con aire ausente una tumba sin nada de particular. Tenía frente a ella unos espléndidos crisantemos amarillos que parecían recién puestos y unas cenizas de incienso quemado que todavía desprendían su aromático humillo. Seguimos la mirada y vimos las letras que había grabadas en la tumba: «Sepultura de la familia Hasegawa».

Por aquel entonces yo no conocía el ideograma «de» y lo confundía con la letra «e» del sistema *hiragana*, pero sí pude comprender que el apellido de esa tumba era el mismo que el de nuestra familia. Hajime no decía nada y, sin más, continuaba parado mirando fijamente la tumba. No recuerdo en absoluto qué hicimos después, ni si hablamos algo allí o simplemente nos llevamos a Miki de vuelta al crematorio. Pero sí recuerdo que el modo en que relucía aquella tumba bajo el sol nos llenó de inquietud.

«Sepultura de la familia Hasegawa».

Sin perder un segundo, mamá llenó un caldero con agua y, a pesar del frío que hacía, comenzó a limpiar la tumba frotando con un paño humedecido. Miki ya no se comportaba de una manera tan caprichosa como antaño, pero parecían aburrirle ese tipo de visitas a la tumba y, después de echar un vistazo al trabajo de limpieza de mamá se puso a mirar hacia otra parte. Papá estaba de pie, un poco apartado de nosotros, y quizá para relajarse un poco, fumaba un cigarrillo que despedía un humo de tono violáceo, por lo que debía de ser de un tipo bastante fuerte. Me fijé con atención y me pareció el tabaco mentolado que le compré alguna vez, pero luego me di cuenta de que era una falsa impresión.

—Venga, vamos a rezar todos juntos.

Mamá se dejó caer de rodillas con su enorme trasero y luego juntó esas manitas como guantes en señal de rezo.

—Hajime, hoy hemos venido todos juntos a verte.

Desde que mamá comenzó a comer exageradamente, exageraba también hasta en los detalles más insignificantes de la vida cotidiana. Por ejemplo, para las ofrendas encendía cincuenta varillas de incienso de una vez, expandiendo su «suave aroma» por todo el lugar.

—Hajime, hoy hemos venido todos juntos a verte.

Mamá repitió la frase y después aspiró ruidosamente el agüilla de la nariz.

Cuando mamá lloraba, sentíamos acelerarse nuestro corazón y nos inquietábamos como avecillas que hubieran olvidado el camino de regreso al nido. Cuando aquella madre que siempre sonreía y cuya sonrisa se contagiaba a todo el que la viera comenzaba a derramar lágrimas, nos poníamos a darle vueltas a la cabeza para ver de qué manera podíamos frenar aquel torrente. Intentando devolver la sonrisa a mamá, le llevábamos libros que le gustasen o le contábamos cosas interesantes que hubiésemos aprendido en el colegio. Nos reuníamos en torno a mamá como si fuéramos atletas poniendo en acción músculos que normalmente no usaban. Y, al final, mamá sonreía con aquella suave sonrisa de siempre, pero nosotros siempre nos preguntábamos qué era exactamente lo que le había hecho sonreír. ¿De qué manera podríamos cortar su llanto la próxima vez? Y si alguna vez se lo preguntábamos, siempre contestaba lo mismo.

—A mí me basta con veros a los tres juntos para poder sonreír.

Mucho antes de lo que pensábamos, el hermano mayor de la familia entró en la «Sepultura de la familia Hasegawa». Mamá, después de hacer sonar un par de veces la nariz, comenzó a llorar de forma natural. No hipaba ni gimoteaba. Simplemente, las lágrimas afluían sin cesar de sus ojos, de la misma manera en que aquella noche Miki lloró delante de mí. Las mujeres de la familia Hasegawa, cuando realmente se sentían tristes, parecían tener por objeto expulsar todo el excedente acuoso de su interior. Antes de que pudiéramos darnos cuenta, las rodillas de mamá ya estaban empapadas.

¡Kaaa!

No paraban de oírse graznidos de cuervos. Sus húmedos cuerpos eran todavía más negros que el moteado de Sakura y de vez en cuando hacían un ronroneo similar al de los gatos.

«Sepultura de la familia Hasegawa».

Hajime no decía nada. Aquel joven que practicaba el sexo a diario y que nos sonreía continuamente como si a pesar de eso todavía le sobrasen energías, ahora yacía frío bajo la dura piedra, inmóvil y conteniendo el aliento.

Miki se afanaba en tirarle piedras a los cuervos. Las piedrecillas que circundan las tumbas a modo de alfombra relucen de una manera que se diría que están pulidas. Miki las iba escogiendo cuidadosamente y después levantaba la vista hacia el cielo como deslumbrada. Entonces, tiraba las piedras, que dibujaban un arco extraño y caían sobre la tumba de algún desconocido.

Plonc. Plonc.

Cuando ya había contado hasta siete impactos de piedras contra las tumbas, me senté en cuclillas junto a mamá. Tenía ya las rodillas tan empapadas por las lágrimas que la mancha parecía los contornos de algún misterioso continente que hubiera existido en tiempos remotos. Como vi que lloraba tanto, sentí que debía de abrazarla por los hombros, pero presentaban una anchura tal que resultaba difícil abarcarlos con mis manos. Entonces, lo di por imposible y junté las manos en un rezo. Pensé que igual papá sentía lo mismo. El cuerpo de mamá parecía a punto de reventar por todo tipo de penurias y ya quedaba fuera del alcance de papá frenar por completo el proceso. Aquella cintura tan delicada, aquellos hombros tan suaves de antaño, se escurrían de entre las manos de papá para extenderse hacia algún mundo lejano.

Cerré los ojos y percibí el olor de un humo diferente. Papá se había sentado en cuclillas a mi lado.

Oí una especie de *puff* ahogado y pensé que a lo mejor papá se había reído pero, como además sopló un poco de viento desde aquella dirección, permanecí con los ojos cerrados.

—Hajime.

La voz me llegó distorsionada por el viento y no pude iden-
tificar a su dueño.

Ahora que lo pienso, con la buena puntería que tenía Miki
antes y ahora no conseguía ni rozar un solo cuervo con las
piedras.

¡Kaaa!

UNA PELOTA MALINTENCIONADA

—Sakura...

Miki entró como una tromba en mi habitación diciendo aquello cuando faltaban solo unas cuatro horas para el cambio de año.

Mamá ya había empezado a pasar las empanadillas *gyoza* por la plancha para comerlas en Año Nuevo, pero descansaba cada dos por tres. Cuando volvimos a casa dijo: «Ay, qué cansada estoy». Y, como de costumbre, se puso a comer gran cantidad de cosas dulces. En total, dedicó a ello unas dos horas.

Cuando Miki se precipitó en mi habitación, la casa estaba saturada del delicioso olor de las empanadillas y el «suave olor» del incienso que se había adherido a nuestras ropas se batió en retirada.

—Sakura...

El rostro de Miki estaba tan pálido como el de un niño que acabara de salir de la piscina en una temporada demasiado temprana y los labios amoratados tenían el color de una hortensia a medianoche. Después de decir aquello, se desplomó en la entrada de la habitación y se quedó allí sentada con aire desvalido.

Encontré a Sakura con medio cuerpo metido en la caseta y los ojos cerrados. La postura parecía un tanto antinatural, por lo que enseguida me di cuenta de que algo le pasaba. La acaricié por todo el cuerpo, pero no encontré heridas ni magulladuras, así que deduje que debía de sufrir alguna dolencia interior que invadía su cuerpo.

Respiraba muy muy débilmente. Ofrecía un aspecto tan desvalido como el de esos mosquitos que uno puede cazar en otoño con las manos desnudas y se diría que si alguien estornudaba un poco fuerte, saldría volando por los aires.

Por más que Miki se esforzaba por acariciarla cariñosamente, no movía el rabo. Aunque recordábamos de qué manera tan animada tamborileaba antes, al verla ahora así del todo inmóvil, daba la sensación de que nunca en su vida había agitado el rabo e, incluso, que no se trataba de un rabo sino de algún tipo de apéndice más excelso.

—Sakura, Sakura.

Viendo a Sakura inerte en aquel estado, de pronto flotó en mi mente la idea de que los cuervos de antes eran un presagio de mal agüero. Me pregunté por qué Miki no consiguió alcanzarlos con sus piedras de ninguna manera. Sentí que si lo hubiera hecho, quizá ahora Sakura no estaría con ese aliento tan débil ni la habríamos encontrado caída a la entrada de su caseta.

Miki seguía acariciando sin cesar a Sakura. Sus ojos todavía no habían vuelto a acumular suficientes lágrimas pero era como si todo el cuerpo de Miki oliera a llanto y sus hombros temblaban perceptiblemente.

—Sakura, Sakura…

Mamá alzó a Sakura en brazos, apartando a Miki. En ese momento Sakura emitió un débil *bfuu* que sonó muy extraño e hizo que Miki se asustara y aspirase muy fuerte.

En el cielo lucía una bella luna, ideal para Nochevieja y las estrellas a su alrededor se apresuraban a anunciarnos con su brillo el fin del año. Su luz incidía en nosotros de un modo tan directo que por unos momentos perdí la noción del tiempo.

—Vamos al veterinario —dijo papá.

—¿Y dónde hay un veterinario? —preguntó mamá en voz baja.

Nunca la habíamos oído hablar con aquella voz, henchida de maldad y cólera. Mamá respondió aquello sin girarse hacia él pero por primera vez aquella figura vuelta de espaldas transmitía la furia y la tristeza que sentía hacia su esposo.

—Pues… donde vieron a Sakura aquella vez.

—La clínica del pervertido aquel ya la cerraron. ¿No te habías enterado?

La voz de mamá solía estar ahogada por la grasa circundante, pero cuando dijo esa frase la pronunció con la misma claridad que hablaba en los tiempos en que estaba delgada. Era una muestra de hasta qué punto llegaba su cólera. Nunca la habíamos visto así, temblando de furia.

—No lo sabía.

—¿Y por qué no lo sabes? ¿Eh, por qué no lo sabes?

Mamá estrechó a Sakura entre sus brazos. Y, con todo lo que había llorado hacía nada ante la tumba de Hajime, todavía fue capaz de derramar una increíble cantidad de lágrimas.

—¿Por qué? ¿Por qué?

El rostro de mamá, todo embadurnado de mocos y lágrimas, ofrecía un aspecto penoso. Pero era tan penoso que, curiosamente, resultaba casi sublime. La tristeza de mamá comenzó a teñir el firmamento y el aire de un extraño color.

—¡Si eso pasó cuando todavía no habías huido de casa!

En ese momento comprendí de una manera espantosamente clara el amor que sentía mamá hacia papá. Pensé que aquellas palabras que le gritaba, aquel rencor que cargaba cada una de ellas, no eran sino la cristalización del sufriente amor que sentía hacia él. El cuerpo de mamá no había engordado por la tristeza o la furia hacia algo injusto, sino que se había ido hinchando cada vez más por el recuerdo de aquel hombre al que amaba.

—Huiste de casa… y no sabes todo lo que yo pasé…

Mamá ya no estaba mirando a Sakura. Estaba mirando todo el tiempo perdido desde que Hajime sufrió el accidente y desde que se quitó la vida, hasta hoy.

Tenía que haber existido un tiempo diferente para nosotros, lleno de felicidad. Un tiempo en el que Hajime no hubiera sufrido ningún accidente ni hubiera muerto. En el que hubiera seguido siendo un personaje popular del equipo de fútbol de la universidad. En el que volviera de vez en cuando a casa y nos hiciera reír, nos tranquilizara y proporcionara un plácido sueño. Mamá hubiera seguido con su cintura tan grácil como una porcelana y papá acariciaría su cabellera de tanto en tanto como si fueran novios. Miki llamaría a Sakura a grandes voces y, como dos buenas amigas, pasarían largo tiempo charlando. Y cuando llegase el comienzo del verano, otra vez posaríamos todos juntos para la foto familiar.

Nuestro precioso y perdido tiempo.

En ese otro mundo, estaríamos siempre sonrientes, seríamos indeciblemente felices y viviríamos sin preocupaciones. Y en cambio nosotros, «los de este mundo», rodeábamos llorosos a esa Sakura incapaz de moverse. Mamá, tan grandullona, sí que estaba ahora a punto de darse por vencida. Con el corpachón temblando, dijo algo que nunca, ni una sola vez, había exteriorizado hasta entonces.

—¿Por qué? ¿Por qué nos pasan cosas tan horribles?

Ay... Una vez más, Dios nos lanzaba una pelota muy malintencionada.

La luna relucía con un suave rosa asalmonado. Había una difusa claridad únicamente a su alrededor con cierto tono anaranjado como el de los atardeceres y pensé que quizá mañana volvería a llover. Miré hacia Miki, pero aquella chica que siempre sabía predecir la lluvia seguía todo el tiempo sentada junto a Sakura, acariciándola. Aunque se estuviera cerniendo una gran amenaza sobre la Tierra y todos los habitantes del planeta se lanzaran a una huida alocada, estoy seguro de que Miki continuaría ahí sentada acariciando a Sakura. Para Miki, que ya había perdido al hombre al que amaba, así como para mamá, Sakura suponía el símbolo de la felicidad. El símbolo de la reluciente felicidad de aquella familia Hasegawa nuestra que siempre reía. Después de haber perdido a uno de sus miembros y quedar la familia deshecha, Sakura, por lo menos, nos proporcionaba una porción de invariable paz. Yo mismo, al acariciar el cálido cuerpo de Sakura, recordaba los felices momentos de aquel día de verano en que, junto a Miki, nos la trajimos a casa por primera vez, una felicidad que casi me hacía llorar.

Sakura cargaba a sus espaldas con todos los recuerdos de nuestra familia. Agitaba su rabo a diario de una forma tan enérgica que parecía que fuera a desprenderse, bostezaba con todas sus fuerzas y nos miraba por la ventana con ojos preocupados. Hacía pis como avergonzada, gemía con alegría y caminaba mostrándonos el suave movimiento de sus manchitas negras. Todos y cada uno de esos detalles constituían nuestra «alegría». Mientras que Sakura siguiera ahí, podíamos permanecer ciegos ante la tristeza, aguantar la espantosa soledad y, haciendo un esfuerzo, incluso podíamos saludarnos con un «Buenos días» por las mañanas.

Ahora nuestra felicidad, nuestra Sakura, respiraba como si se le escapara el aire por alguna parte y el rabo se le endurecía como si fuera un ratón muerto. Pensé que Sakura ya no tendría salvación.

La luna se iba desplazando lentamente y el halo anaranjado que la rodeaba fue cambiando a un gris azulado. El frío viento intentaba arrancarnos los dedos y se arremolinaba con intención maligna.

Ay... Una vez más, Dios nos lanzaba una pelota muy malintencionada.

—Vamos al veterinario —dijo entonces papá una vez más, con voz firme.

Mamá levantó la vista hacia él con estupefacción y habló con tono retador.

—Pero, vamos a ver, ¿acaso no has escuchado nada de lo que te he dicho? ¿No te he explicado que esa clínica veterinaria ya no existe?

Yo escuchaba el rifirrafe entre ambos con el corazón palpitante, igual que cuando de pequeño asistía a sus discusiones entreabriendo discretamente la puerta de mi habitación. Y en todos los casos en que se peleaban, al final papá daba su brazo a torcer. Mamá le lanzaba toda su argumentación, acompañándola de gesticulaciones y gemidos, y papá asistía al repertorio en silencio. Y, por lo general, el asunto terminaba con que él la tomaba de la mano y decía: «Lo siento. Yo he tenido la culpa».

Por su parte mamá, al escuchar aquella franca frase, se daba cuenta de que había sido demasiado dura. Entonces hervía en ella un cariño indescriptible hacia papá y, con timidez, fingía estar malhumorada.

Pero en esta ocasión papá no se amilanaba lo más mínimo ante ella. Con una expresión severa que nunca le habíamos visto hasta entonces, replicó:

—Buscaremos uno en alguna parte.

Cuando mamá estaba a punto de pasar otra vez al ataque, papá añadió:

—Venga, vamos a buscar uno.

Papá hablaba sin levantar la voz y sus palabras recordaban el eco de la sirena de algún lejano barco, pero estaban teñidas de un tono que no admitía discusión. En vista de ello mamá, todavía con las mejillas cubiertas de lágrimas, guardó silencio. Papá, como cuando nos levantaba a ambos niños a la vez con cada uno de los brazos, puso en pie a mamá tomándola con fuerza de los brazos. Ella se tambaleó un poco por la sorpresa y lo miró con cara de asombro, pero un instante después papá ya estaba metiéndose en casa para traer las llaves del coche.

EL RECEPTOR

Papá se mostraba inseguro, por ser la primera vez que conducía un automóvil ligero. Tenía buena presencia sentado frente al volante, a diferencia del corpachón de mamá, que parecía como embutido, pero gastó cierto tiempo entre meter la llave y ajustar el espejo retrovisor hasta la posición que le gustaba.

La furgonetilla en que montábamos cuando éramos niños de vez en cuando se enfurruñaba y no arrancaba. En alguna rara ocasión el motor se paraba mientras esperábamos un semáforo y necesitábamos cuatro o cinco intentos hasta que arrancaba. Pero aun así papá se comportaba con ella como si fuera una chica, le dirigía palabras de cariño y seguía conduciendo hasta donde hiciera falta.

—¡Ooh!

Papá se sorprendió al ver que el motor de este nuevo vehículo arrancaba a la primera. Acto seguido se maravilló al ver lo suave que era el acelerador. Conducido por papá, el automóvil se puso en marcha con una velocidad tan inesperada que poco faltó para que nos empotrásemos contra la valla de la casa de los Onishi.

—¡Cuidado! —gritó mamá.

—Calla, no grites —la reprendió Miki con Sakura en brazos.

Yo, sentado en el asiento del copiloto, me sentía intranquilo pero no dije nada. Papá, al ver perdida su oportunidad de disculparse debido a la discusión entre las dos mujeres, se afanó en adaptarse a aquel volante demasiado ligero. Nos habíamos librado de estrellarnos contra la valla de los Onishi, pero al ver aquel vehículo que iba ganando velocidad mientras serpenteaba, cualquiera, aunque no fuera policía, sentiría ganas de detenerlo.

Al echar un vistazo casual al espejo retrovisor vi que la luna venía siguiéndonos. El tono anaranjado de antes ya se había transformado por completo en uno azul y el astro se empleaba en representar su papel de imponente luna de Año Nuevo. Al ver las luces encendidas de las casas que íbamos dejando atrás, uno podía percibir el calor del hogar reinante en ellas y, aunque no se oía el sonido, fácilmente me imaginaba a las familias reunidas ante el televisor viendo el tradicional programa de canciones de fin de año.

Por la carretera no circulaba ni un solo vehículo. Cuando pasamos por delante de la tienda 24 horas donde fue Hajime a comprar las pilas aquella noche, vi a un chico de unos dieciocho años con una bolsa de plástico que estaba subiéndose a una bicicleta. Bajo la luz azulada del letrero de aquel establecimiento, Sakura, hecha un pequeño ovillo y con la cabeza hundida en las rodillas de Miki, parecía idéntica a una niña enferma. Cuando Sakura montaba en coche parpadeaba mucho, pero ahora ni siquiera hacía eso. El único movimiento que se detectaba de vez en cuando era un ligero espasmo en alguna de las patas.

Tras su cierre, la clínica del *yokai* había ido convirtiéndose en varios negocios diferentes y actualmente era un salón de belleza más o menos elegante. Una modelo rubia impresionante con estrafalario peinado nos dedicaba una sonrisa desde su cartel anunciador. Aquella sonrisa un tanto burlona me hizo pensar que si la luna de esta noche tuviera un rostro, posiblemente sería algo de ese tipo.

Me pareció que se estaba riendo de nosotros mientras decía «Es una pena, pero ahora es otro negocio» y me irrité.

Entonces Sakura comenzó a emitir unos sonidos raros como arcadas y Miki entró en pánico.

—Sakura…

Miki se inclinó y hundió el rostro en el cuerpo de Sakura. Se diría que, a pesar de lo pequeño que era el automóvil, a ella le asustaba porque le parecía todavía demasiado amplio. Me recordó aquel comentario sobre las sílabas del *hiragana* que escribía Hajime. «Eran letras encorvadas, como si el blanco del papel de la libreta les diera frío».

Y después de esa observación, Miki había seguido largo y tendido recitando aquellas cartas. Mientras lo hacía, Miki me pareció de una belleza escalofriante. Me pregunto si Miki continuará recordando el texto de las cartas. Aquellas cartas que recitaba una tras otra sin olvidarse de un punto ni una coma.

—Sakura, Sakura…

Con una voz frágil como la de entonces, Miki no paraba de llamar a Sakura. Daba la impresión de que si dejaba de hacerlo se detendrían todas sus funciones corporales.

—Sakura…

Miré con resentimiento hacia el cielo porque comenzaba a resultarme desagradable ver que la luna no cesaba de perseguirnos fuéramos donde fuéramos. Abrí la ventanilla y el aire de la noche nos refrescó las mejillas.

—¿Ves? No hay ninguna clínica…

—Si vamos rectos por la carretera nº 2 y después torcemos a la derecha al llegar a la carretera elevada, la nº 7, pasados unos veinte kilómetros hay una.

Papá hablaba sin dejar de mirar al frente. En ese instante, el amarillo del semáforo cambió al rojo pero, ignorándolo, pisó el acelerador.

—¿Cómo?

—Que hay una —dijo papá con absoluto convencimiento.

No nos dejó resquicio alguno para seguir preguntando.

Pocos vehículos circulaban por la carretera nº 2 en Nochevieja. El nuestro a veces rebasaba la línea divisoria de los carriles o se saltaba semáforos, comportándose de forma tan arbitraria como Miki en el día del funeral. Giramos a la derecha para entrar en la carretera elevada nº 7 y tras recorrer un trecho, efectivamente, vimos un cartel que decía «Clínica veterinaria».

Me sudaban las manos por la tensión y la expectación que me dominaban. Ignoro por qué papá sabría de esa clínica pero la visión de aquel cartel nos emocionó y él al volante parecía también muy excitado. Se agarró con mayor fuerza al volante y pisó el acelerador, pero en cuanto vio que todas las luces de la clínica estaban apagadas, hizo un brusco giro de 180 grados. Ante aquel inesperado volantazo nos tambaleamos y golpeamos con las paredes del vehículo y Miki, por proteger a Sakura, se dio con la cabeza contra la ventanilla. El impacto hizo que Sakura emitiese una especie de eructo, que sonó como un nuevo mal presagio.

—Pero ¿qué haces? —protestó de nuevo mamá a grito pelado.

Sin embargo papá no le dio la menor importancia.

—Si cruzamos por delante de la Academia As en dirección al Hospital Central, se llega al cruce del Centro de Artículos de Hogar y desde allí, pasado el estanque, hay otra clínica veterinaria.

La luna, sorprendida por la maniobra, se apresuró a seguirnos.

La cabeza de papá funcionaba ahora a la velocidad máxima. Todas las células de su cuerpo, su sangre, sus energías, prescindían del azúcar para enviarlo hacia el cerebro.

Como si estuviera desplegando todo el conocimiento de las carreteras que había acumulado durante años de trabajo, enumeraba una tras otra las rutas que llevaban a las clínicas veterinarias que había, ya fuera en nuestro vecindario, en lugares un poco más alejados o en otros totalmente apartados. Y, con la posible intención de distraernos, nos iba hablando del antiguo buzón cilíndrico que había sobrevivido en cierta carretera, o de los carteles de propaganda electoral que seguían pegados en tal sitio desde hacía años o de esa otra carreterilla donde nunca daba el sol. Poseía un conocimiento tal sobre las carreteras y conocía una cantidad tan impresionante de detalles que no parecía posible solo con estar en el puesto de mando dando instrucciones a los camioneros.

—Clínicas veterinarias las hay por todas partes —dijo mientras me entregaba un mapa. Lo tenía embutido en un bolsillo, por lo que estaba sucio y arrugado, aparte de ser bastante viejo. Fui pasando sus páginas con manos temblorosas y vi que estaba totalmente renegrido. Aquello ya ni servía como mapa, porque papá había pintado sobre todas y cada una de las carreteras un trazo de su lapicero.

—Todo está pintado de negro —murmuré.

—Es que voy pintando las carreteras por donde paso —contestó él como avergonzado.

Ese hombre que servía como guía de los conductores para todas las carreteras del país, había estado recorriéndolas a su vez por sí mismo. Había pasado las noches bajo todo tipo de cielos diferentes, escuchando los programas de radio locales, con frío, con calor. Si encontraba un lugar que le gustaba, pasaba un tiempo trabajando allí, pero no tardaba mucho en volver al volante. Era incapaz de resistirse al atractivo de conducir. No podía vivir sin ello. Había pasado estos años con su bolsa de viaje en el asiento del copiloto y la mochila de Miki del colegio en el asiento trasero.

Y por eso, su mapa estaba todo negro. Y aquel negro era mucho más intenso en las carreteras que pasaban cerca de nuestra casa. Había circulado una y otra vez por el vecindario, muy cerca de nosotros. Volví la mirada hacia el rostro de papá.

—Clínicas veterinarias las hay por todas partes —repitió con voz orgullosa.

Pero yo no conseguía ver ninguna. Mamá no decía nada. Guardaba silencio y miraba fijamente cómo papá se entendía con aquel volante demasiado ligero. No era la misma expresión perdida que tenía por las noches en la cocina cuando alargaba la mano hacia alguna botella sino, probablemente, la que había mostrado en aquella cita del restaurante chino donde se enamoró de papá mientras pensaba que un día le gustaría comer junto a ese hombre tantas empanadillas *gyoza* como gustase.

Ah, otra vez se repetía la escena de toda la familia junta llevando a Sakura al veterinario… Ante eso, me sentía como si fuese colocando junto la ventanilla del automóvil una serie de momentos que ya estaba a punto de olvidar y que iban pasando raudos: Las «flores que no sean de nadie»; Ferrari parado frente a Miki, mirándola absorto; Hajime y yo compitiendo por ver cuál de nuestras meadas llegaba más lejos; la «voz de gata» que oímos aquella noche saliendo de la habitación de mamá; las gafas rosas de Yukawa; el pecho casi liso de Genkan…

La verborrea de papá continuaba de un modo tan incesante que hasta Miki dejó de acariciar a Sakura y clavó la vista en él. Y, con la misma mirada que tenía cuando mamá le explicaba acerca del sexo, parecía estar animando a papá a proseguir con aquel «¿Y después?».

Papá se encontraba ahora, literalmente, como un pez que tras largo tiempo volviera a estar en el agua y todos teníamos nuestras miradas concentradas en él con la misma atención que poníamos en Sakura cuando le dábamos un estropajo nuevo. Si yo le pedía más detalles sobre algo, papá respondía gustoso y la conversación parecía no tener fin.

La asombrosa memoria que exhibíamos los tres hermanos provenía de la herencia paterna. ¡El ADN es realmente algo temible!

«No puedo batearlas».

Sentí como si oyera la voz de Hajime repitiendo aquello.

«No puedo batearlas».

Volvió a sonar la frase, pero ahora más prolongadamente, como cuando después de avanzar una cinta a marcha rápida la devolvemos poco a poco a velocidad normal. Sentí que mi corazón estaba a punto de comprender algo.

Papá manejaba el volante como enloquecido, recorriendo carretera tras carretera en busca de otras clínicas. Conducía de un modo tan imprudente que volcaba cubos o rozaba paredes y, quizá porque algún vecino avisó a la policía al oír ruido, algunos agentes que estarían adormilados se subieron a un coche patrulla resignados haciendo sonar la sirena. Al oírla sonando a lo lejos, mamá dijo con su estentórea voz:

—Vaya escándalo que arman. Parece mentira que sea Nochevieja.

Entonces recordé que, efectivamente, era Nochevieja y dije:

—¿Por qué no llevamos a Sakura de vuelta a casa y comemos unas *gyoza*?

Sakura pareció mostrar una leve reacción ante la palabra *gyoza*, pero después soltó otro pequeño eructo.

—Oye, Miki, ¿otra vez has hecho alguna de esas *gyoza* tuyas con «premio»? —pregunté a pesar de que estaba seguro de que así era.

—Sí, las he hecho —contestó ella pellizcándome con fuerza un hombro.

—Ya veo.

—Sí, las he hecho —repitió sin dejar de pellizcarme.

Entonces intervino papá.

—Miki... Aquella mochila, la tiré.

Mamá comenzó a llorar. Lloraba hipando, como lloran los niños. Sakura, con su habitual buen corazón, quiso lamer el rostro de mamá, pero la fuerza centrífuga del vehículo moviéndose a aquella velocidad le impidió separarse de las rodillas de Miki.

—La tiré.

No me giré hacia atrás, pero sabía que Miki estaba llorando. No emitía el menor sonido, pero otra vez lloraba a mares expulsando toda el agua de su cuerpo a través de los ojos, en su silenciosa manera. En cambio mamá, que había dado a luz a Miki, lloraba a su lado estruendosamente, como si fuera una niña nacida de ella. El interior del vehículo se volvió de lo más animado, con ambas llorando francamente.

—Yo… —comenzó Miki.

Mamá, a pesar de ello, siguió llorando. No sé si pensaba practicar la dieta del llanto o matarnos por asfixia con sus lágrimas pero sus gemidos parecían los de algún muecín recitando versos del Corán por la mañana. Si los vecinos lo escucharan, ahí sí que, sin duda, avisarían a la policía.

—Si… si yo… —siguió Miki con una voz temblorosa que parecía adaptarse al bamboleo del vehículo.

»Si alguna vez amo a alguien…

A partir de ahí las palabras comenzaron a afluir de la boca de Miki de la misma e incesante manera en que lo hacían las lágrimas de sus ojos. Cuando Miki era una niña, expresaba a base de meter ruido su tristeza, nostalgia, rencor, soledad o celos, pero ahora lo hizo mediante palabras.

— … le diré «Te quiero». Se lo diré sin dudar un segundo. «Te quiero». Porque no se sabe hasta cuándo esa persona va a estar a tu lado, ¿no? No se sabe nunca, ¿verdad? Si la quieres, hay que decirle que la quieres. Y entonces, entonces, si esa persona también me quiere, me dirá «Gracias» y podremos tener sexo. Sexo. Tú me lo explicaste una vez, mamá. ¿Te acuerdas? Eso de que si es el pito del hombre al que amas no es ninguna cochinada. Entonces, yo tendría mucho sexo con ese hombre. Así, una semilla mía de un bebé y una semilla de ese hombre de un bebé se juntarían en una sola. ¿Verdad? Eso fue lo que me explicaste, ¿no? Me pareció muy bonita la voz tuya de aquella noche, mamá. Creo que nunca había escuchado una voz tan bonita. Era un sonido mucho mucho más bonito que el de la lluvia nocturna o que el del rumor de las olas. ¿Te acuerdas, Kaoru, de que nos quedamos dormidos escuchando aquella voz de mamá? Nos dormimos escuchando la voz del sexo. Tendré un bebé. Yo también tendré un bebé. Me es igual que sea niño o niña. Aunque no tenga dedos, sea sordo o sea como mi amiga Kaoru, que no se sabe si es chico o chica. Y entonces, a esa criaturita le diría «Gracias por haber nacido». Tú también me dijiste eso, ¿verdad, mamá? Después de aquella noche de sexo en la que tenías esa voz tan bonita, a la mañana siguiente me dijiste eso. «Gracias por haber nacido». Yo también se lo diré. «Gracias por haber nacido». Y cuando ese bebé sea un poco más grande, jugaremos juntos. Practicaremos los dos el silabario *hiragana* y me preguntará esas cosas que preguntan los niños pequeños. «Mamá, ¿por qué el cielo es azul?». ¿Hacen esas preguntas, no? Y entonces pensaremos los dos juntos por qué el cielo es azul y nos quedaremos un rato mirando el cielo. Le diré «Hmm... Pues no sé», y lloraremos un poco. Y después pensaremos ¿por qué el cielo es tan grande?, pero tampoco lo sabremos. Y ese niño, algún día, averiguará por sí mismo por qué el cielo es azul. Entonces, algún día, se enamorará de alguien, ¿no? Entonces le enseñaré que tiene que decirle a esa persona «Te quiero». Porque puede ser que esa persona se vaya algún día a un lugar lejano. «Tienes que decírselo cuanto antes, vamos, deprisa, deprisa». Y si le tira cosas a su padre, ya sean platos o un ventilador, yo las apartaré y le diré «¿Por qué haces eso a mi marido? Yo lo quiero mucho». Le explicaré que amo profundamente a su padre y que ha nacido gracias a que me acosté con él. Por cierto, ¿es verdad que te quedaste embarazada de Hajime la primera vez? ¿Bastó una sola vez? Él, que siempre sonreía, y se murió. Se murió. Mi hermano mayor. Y yo... yo lo quería mucho. Hajime, Hajime. Ah... Y cuando mi hijo se haga mayor, no sé si nacerá algún nieto mío o no, ni sé en qué clase de adulto se convertirá pero, pase lo que pase, sin ninguna duda, yo moriré antes que mi hijo. Con toda seguridad, moriré antes. Y entonces, cuando esté a punto de morir, se lo volveré a decir. Lo de siempre. «Gracias por haber nacido». ¿Verdad que sí, mamá, papá? Hajime se murió, pero seguís pensando lo mismo, ¿verdad? «Gracias por haber nacido». ¿Verdad que sí?

¿Qué te parece, Miki? Mi memoria tampoco está mal, ¿eh? Con solo haber escuchado una vez todo aquello que Miki dijo de una sentada, he podido reproducirlo fielmente aquí.

«Gracias por haber nacido».

Los lloros de mamá ya debían de oírse hasta en la bóveda del firmamento. Y, como si aplaudiera su acción, inesperadamente, papá comenzó a llorar también. Creo que la manera de llorar de papá debía de ser igual que la que mostró en el hospital cuando vio a Miki recién nacida y se acordó de nosotros, que aguardábamos en casa. Aquel llanto que empañó los ojos del resto de las parturientas ingresadas e hizo sonreír a la recién nacida mientras papá decía:

«Qué belleza tan excelsa…».

Ah… Otra vez toda la familia saliendo junta para llevar a Sakura al veterinario.

Al volante y aullando como un lobo en su llanto, se encontraba aquel hombre que un día fue el más feliz del universo, y en el asiento posterior seguía hablando sin parar esa chica que seguramente era la segunda o tercera más bonita del planeta junto a esa otra que en apenas unos años había engordado como nadie más hubiera podido hacerlo y que, aun así, conservaba una deslumbrante belleza (y además, llorando a mares). Por último, una chica que desde el día en que llegó a nuestra casa nos aportó una intangible dulzura y calidez, delicada como aquel pétalo rosado claro que tenía pegado al rabo. Sakura, Sakura…

«No puedo batearlas».

Puedo oírlo. Puedo oír claramente la voz de mi hermano. Pero, un momento, te equivocas. Te equivocas, Hajime.

«No puedo batearlas».

Estás equivocado, Hajime. Dios nunca ha lanzado pelotas que no puedan batearse.

Los que lanzábamos las pelotas éramos nosotros.

Todos, todos los días, cuando llorábamos, nos reíamos, nos enfadábamos, nos enamorábamos o perdíamos esos amores y volvíamos a llorar, lanzábamos pelotas a eso que llamamos Dios diciéndole «¿Pero esto qué es?», «¿Pero qué pasa aquí?», «¿Cómo vas a compensarme de esto?», «¿Por qué eres tan cruel?».

Y él iba parando todas nuestras pelotas.

Por muy rápidas que fueran, por muy malintencionadas que fueran, las paraba como un *catcher*, para humillación nuestra.

Y al hacerlo nos decía: «Eh, escuchad, para mí todas las pelotas son iguales».

Ay, aquella cotidianidad de nuestra familia, ya perdida…

Me da vergüenza definirlo así, pero era, precisamente, amor.

Entonces Sakura, que seguía eructando recostada en las rodillas de Miki, dijo:

«¿Pelotas? Qué divertido, ¿eh? Cómo salen volando…».

Sí, Sakura volvía a hablar.

SAKURA

Oí la respiración de Sakura durmiendo bajo las bicicletas.

El sol parecía brillar con el ánimo de un deportista que, tras haberse lavado la cara, volviera a salir diciendo «Sigo en plena forma, soy capaz de cualquier cosa». Grande y con deslumbrantes rayos, proyectaba sobre el suelo nuestras sombras recién hechas.

Cuando me cansé de mirar las almohadillas de las patas de Sakura, me metí en casa. Sobre la mesa había un montón de empanadillas *gyoza* ya resecas y alargué la mano hacia una de ellas. Hizo un extraño sonido al morderla y sentí un dulce sabor a melocotón en la boca. «Mierda». Había una gominola dentro.

En la televisión, las presentadoras vestidas con el engalanamiento propio de las celebraciones iban mostrando escenas del Año Nuevo en diversas poblaciones del país. Cada vez que les daban la palabra saludaban con expresión alegre agitando la mano y un: «Buenos días. Un saludo desde xxx».

Trabajando de buen humor desde el primer día del año.

La respiración de Miki mientras dormía sonaba parecida a la de Sakura. Las piernas le sobresalían del sofá y ya había desaparecido la pedicura. Me parece muy bien. Cuando se te da mal algo, lo mejor es dejarlo. Las uñas de Miki tenían un color sonrosado bien bonito y no había ninguna necesidad de aplicarles esmalte.

Probé a comer una empanadilla diferente y esta vez el relleno tenía una chocolatina de M&M's. Me reventó tanto que le pegué una patada a Miki, pero su reacción fue proferir una serie de ronquidos espantosos. Estaba a punto de apagar la televisión cuando, como si quisiera detener mi mano, la presentadora dijo:

—¡Feliiiz Año Nueeevoo!

Anoche nuestra familia parecía totalmente enloquecida.

Fuimos por todas las clínicas veterinarias existentes golpeando sus persianas metálicas mientras gritábamos «¡Abran, por favor!». Llorábamos, chillábamos e incluso hacíamos alguna cosa más propia de un *manga*, pero todo con resultado negativo. Hasta fuimos a un centro de urgencias para personas, donde la enfermera de guardia ahogó una risa nasal al escucharnos.

Llegamos a buscar en lugares bastante alejados. Resultó una experiencia muy extraña el recorrer barrios desconocidos en plena noche, y encima en Nochevieja. Cuando circulábamos a toda velocidad por una carretera totalmente recta nos daba la sensación de que íbamos a despegar hacia el cielo o que íbamos a seguir corriendo con el vehículo por días y días ignorados por el resto de la gente. El ambiente reinante en aquellas carreteras a altas horas de la noche hacía pensar que nadie prestaría demasiada importancia al insignificante hecho de que una familia se desvaneciera por los aires.

Mis tres acompañantes del vehículo fueron parando de llorar por turnos, pero a continuación, quizá por disimular su vergüenza, quizá por aliviar el sufrimiento que les causaba la situación de Sakura, adoptaron una manera de hablar más desinhibida. Mamá, por ejemplo, se dirigía a papá de manera cariñosa y Miki me hacía comentarios del tipo de «Mi amiga Kaoru no se esforzaría tanto por algo así».

Andábamos en esas cuando, como me temía desde hacía tiempo, se aproximó a nosotros el sonido de una sirena de policía.

—¿Pero otra vez? —dijo mamá.

Sin embargo, era evidente que esta vez la sirena buscaba acercarse a nosotros y, aunque demasiado tarde, fui consciente del revuelo que estábamos armando en plena Nochevieja.

—Por favor, detengan su vehículo a un lado —sonó por el micrófono una voz cansada.

Papá estaba indignado, sin comprender cuán alocadamente había estado conduciendo.

—¿Cómo se les ocurre? ¡Con lo que está pasando Sakura!

Por su parte Miki volvía a su actitud retadora de tiempos pasados y papá parecía dispuesto a enfrentarse a la policía olvidando que no se había traído el permiso de conducir. Mamá, dispuesta a conseguir que nos perdonasen si la veían llorar, ya se estaba preparando para empezar.

El policía, a la luz de su agresiva linterna, examinó el interior de nuestro automóvil. Entre aquella luz y el nerviosismo me sentí medio mareado. Sakura parecía dormida como un tronco y no reaccionó ni al caer la luz sobre ella. Entonces papá comenzó a protestar.

—¿Se puede saber qué pasa? Llevamos un enfermo —gritó.

Entonces Sakura comenzó a eructar varias veces seguidas, como si exagerara.

—¿Un enfermo?

El joven policía quedó unos instantes sorprendido ante la belleza de Miki, que tenía la vista clavada en él. Miki comenzó a bajar la ventanilla con intención de pegarle y papá se preparaba para pisar el acelerador en cuanto ella lanzase el golpe.

En ese momento sonó una tremenda ventosidad.

Juzgando por el estruendo, al instante pensamos que mamá había sido la culpable, pero un segundo después la oímos gritar a pleno pulmón:

—¡Aaaah!

El hedor que comenzó a expandirse por todo el vehículo estaba cargado de olor a hierba. Papá y yo nos giramos hacia atrás.

Miki estaba cubierta de una gran cantidad de mierda verdosa de Sakura que, agitando el rabo, nos miraba con aire avergonzado.

«¡Uf! Por fin se ha desatascado. Qué ganas».

Por primera vez desde los tiempos de las «muestras de valor», Miki volvía a estar cubierta de mierda.

Papá fue sancionado con suspensión del permiso de conducir debido a no llevarlo encima, a infracción de velocidad, a violación de las normas de conducir y a causar molestias al vecindario.

Aquel día, por segunda vez en mi vida, monté en un coche patrulla. La primera vez que lo hice no me alteré demasiado. Me daba miedo aquel policía tan grande que conducía, y al ver por la ventanilla del vehículo cómo iban quedando atrás paisajes casi desconocidos pensaba si nos irían a llevar a algún lugar lejano. Pero en aquel entonces tenía sentado a mi lado a Hajime. Me agarraba con fuerza de la mano y, aunque era el segundo más pequeño de los ocupantes del vehículo, me infundía la confianza de que me protegería en cualquier situación. Mi hermano, mi querido hermano, ya no estaba aquí. Aquel rostro que escrutaba el mío, aquellas piernas que daban patadas al balón de fútbol, habían regresado a algún lugar muy lejano. Sintiéndome traicionado, mi decepción me hacía abandonarlo todo. Me acordaba de Hajime con rencor y con amor, y de tanto en tanto sentía lástima por él. Pero todo aquello se ha terminado en este día. O digamos mejor, porque además coincide con el final de año, que se acabó en la Nochevieja. Hoy es 1 de enero. Quien se sienta ahora a mi lado es Miki. Al lado de ella está mamá y papá va en el asiento de delante. Y, sobre las piernas de papá, Sakura.

—¡Ah!

Miki entornó los ojos como cegada. Mamá inclinó su gruesa pero bella figura para mirar por la ventanilla. Papá probablemente iba con los ojos cerrados. No porque estuviera dormido sino porque a buen seguro barruntaba sobre algo que comenzaba a bullir en su interior.

—Mira, Kaoru.

Ya lo sé, Miki. Ja, ja, yo también me he dado cuenta. Un rayo de luz ha caído sobre nosotros. Mejor dicho, no era solo un rayo, nada de tacañerías. La luz que había comenzado a empaparnos parecía ya una ducha de rayos, inacabable y en continuo incremento.

—El primer amanecer del año…

El policía, que para su desgracia tenía que asistir a tan conmemorativo amanecer en compañía de una familia de chalados, aceleró un poco.

—Comienza un nuevo año…

No nos miramos a la cara. Pero sabíamos por el sonido de Sakura tamborileando con el rabo que todos los miembros de la familia Hasegawa sonreíamos.

Y es que, al fin y al cabo, somos todos bastante parecidos.

Otra vez mamá volvía a estar en el jardín mezclando abono con la tierra. Pegada a su enorme sombra se veía otra más pequeña y delgaducha. Aunque antes nunca cometía ese tipo de deslices, ahora la cremallera del pantalón de papá estaba a medio subir. Pensé en decírselo, pero en ese momento di un respingo de sorpresa ante la canción que comenzó a cantar mamá.

Iizaarah, zaa fauebah,
shinyuubii orau
yoraa putmi,
aahzah toppora wa…

¡Era la canción del dromedario! ¡Aquella señora vestida de morado que iba con el gato de la antena parabólica!

—¡Mamá!

Salí corriendo al jardín. Estaba descalzo, pero no me importó. Al notar mi excitación, Sakura se despertó. Me miraba desde debajo de las bicicletas con aire perezoso.

—¿Qué?

—¿Qué es esa canción?

—¿Cómo?

—Eso que estabas cantando.

—Ah, ¿la de *yoraa putmi, aahzah toppora wa*?

—¡Sí! ¡Esa, esa!

—¿Qué te pasa, que estás tan alterado?

—Es que esa canción que estabas cantando, yo... creí...

—¿Qué?

—Estaba seguro de que quien cantaba era la señora del traje morado.

Mientras hablaba, sentía crecer la vergüenza en mi interior. Entonces, ¿realmente habría sido un sueño todo aquello? Aquella señora que cantaba y la canción que yo escuché, ¿habrían sido solo una fantasía o alucinación mía?

—Pero ¿qué dices, Kaoru? —dijo papá mirándome con extrañeza.

Tenía la punta de la nariz manchada de tierra igual que mamá, aunque en un punto diferente, y eso les daba cierto aspecto de gemelos, aunque no se parecían en nada.

—Pero si es la canción que Hajime y tú cantabais a menudo...

—¿Cómo?

—Sí, ¿no te acuerdas? Cuando nosotros poníamos un disco de los *Carpenters*, vosotros os poníais a imitar una de las canciones en un inglés incomprensible. Dice así: *Is the love that I've found ever since you've been around. Your love's put me at the top of the world.* ¿Lo ves?

Papá pronunció en un inglés excepcional y a continuación mamá volvió a cantarlo a su modo.

—Iizaarah, zaa fauebah, shinyuubii orau. Yoraa putmi, aahzah toppora wa...

Y luego cantaron a dúo apasionadamente.

—*Yoraa putmi, aahzah toppora wa…*

Me sentí como un anciano que hubiera permanecido largo tiempo hechizado. Ja, ja, así que era la canción que cantábamos Hajime y yo…

—*Yoraa putmi, aahzah toppora wa…*

No me acordaba en absoluto.

Sakura, que había visto interrumpido su sueño por mi culpa, se acercó hasta mis pies.

«¿Me despiertas y después no me haces caso?».

Tomé en brazos cariñosamente a Sakura, que con los años se había vuelto un tanto arrogante. Todavía olía un poco a aquella desagradable mierda verdosa del día anterior, pero sentí que debía asegurarme de su calor corporal y pegué la oreja sobre su corazón para escuchar los latidos. Algún día ese sonido se cortará en seco. Y este cuerpo tan blandito cobrará la rigidez de un árbol en invierno mientras que Sakura emprende el camino de regreso a alguna parte. Y cuando llegue ese momento, seguro que todos lloraremos.

—Sakura…

Al pronunciar su nombre, afloraron unas lágrimas.

Qué vida tan animada ha llevado mi familia… Y qué grande parecía el primer sol del año. Ja, ja, desde luego hay motivo para llorar. Para llorar, y después, para reír.

—¡Kaoru! —gritó Miki malhumorada a la vez que alzaba la ventana de guillotina. Otra vez está sonando.

El alegre sonido de llamada de mi teléfono móvil reverberó por el jardín.

—Vaya, vaya… —dijo mamá interrumpiendo su tarea.

Y papá, por su parte, volvió a cantar en perfecto inglés.

—*Your love's put me at the top of the world…*

El nuevo año que tanto asustaba a Hajime había llegado a nuestra casa casi sin que nos diéramos cuenta.

Todavía pasará mucho tiempo antes de que Miki se enamore de alguien. Dentro de poco Kaoru-san telefoneará a Miki con su voz masculina y ella sabrá que Kaoru se ha convertido en un auténtico hombre.

También es seguro que papá recibirá una llamada de Sakiko informándole de que va a abrir un local diferente en una tierra diferente. Mamá sonreirá y dirá algo así como «Hay que ver, no se cansa». Seguramente los dos ya no volverán a tener sexo en su mullida cama doble. Pero aun así los dos detienen de vez en cuando su trabajo en el jardín y se miran de reojo.

Por mi parte, recibí la llamada anterior de mi nueva novia y una tarjeta de felicitación por parte de Yukawa. «Feliz Año Nuevo». Aunque yo, sin saberlo, estaba en ese momento abrazando otra vez a Sakura.

Sakura, en cambio, parecía ya un poco cansada de que yo la tuviera en brazos. Agitó el rabo dos o tres veces, pero tenía la mirada perdida en el cielo con aire soñador.

«A ver si llega pronto la primavera…».

Ferrari se encontraba de viaje por alguna parte buscando «aquello» que recordó de pronto. Probablemente estaba avergonzado porque consistiría en el amor hacia alguien.

Sobre el hogar de los Hasegawa soplaba un aguerrido viento insensible al frío reinante. En los espacios entre las nubes, entre las copas de los árboles, en el discurrir de la corriente del río, junto al viejo buzón, en la pared roja de ladrillo, en un rincón del patio de deportes, en el confín de la carretera nº 2, en el segundo piso de los apartamentos de Mitake-so y en cualquier otro lugar del mundo, alguien aguardaba a que le llegase la pelota que le lanzaríamos. Una presencia grande, cálida, invaluable, capaz de parar cualquier pelota por difícil que sea.

Tu amor me lleva hasta la cima del mundo.

Cansada ya de toquetear mi teléfono móvil, Miki bajó al jardín. Se puso unas sandalias demasiado grandes y parecía tener frío, pero llamó con voz alegre:

—¡Sakura!

Comenzaba un nuevo año para nosotros.

COLOFÓN

En casa de mis padres tenemos un perro mestizo llamado Sunny. Es el perro que he utilizado como modelo para la Sakura de esta novela. A diferencia de Sakura, no tiene manchas ni calza botas, sino que todo su cuerpo es marrón claro, delgado, y su cara tiene un aire tan miserable que a duras penas parece que sea una chica. Si la llamo con un «¡Sunny!», se acerca feliz meneando el rabo, pero si por capricho la llamo con un «¡John!» viene también, aunque meneando el rabo con menos vigor. Pero si por ejemplo la llamo con un «¡Mierda!», se acerca pero muy despacio. Sin embargo, la cara de desconcierto que pone en esos casos resulta adorable. A veces le levanto las patas traseras, atrapo la punta del morro con mi boca, o le anudo un pañuelo en la cabeza, pero le haga lo que le haga, aunque ponga cara de desconcierto o de incomodidad, menea el rabo. Sunny ha cumplido quince este año, por lo que ya es muy muy viejita.

Hace poco, cuando fui a casa de mis padres por primera vez en mucho tiempo, me encontré en el recibidor a una Sunny tan enflaquecida que casi daba miedo. Padecía de enfermedad de Ménière y eso le hacía tener el cuello torcido, pero además tenía los ojos blanquecinos y no oía nada. No obstante, cuando abrí por sorpresa la puerta de casa, se levantó y comenzó a menear el rabo. Estoy segura de que no sabía quién era yo, pero aun así aquel rabo se agitaba como de costumbre. Aquel rabo de Sunny con su pelo áspero y que se curvaba con forma semicircular.

Pensándolo ahora, creo que tenía ganas de volver a ver aquel rabo.

Con cara de desconcierto o de incomodidad, ya estuviera alguien llorando o enfadado, Sunny meneaba el rabo. Si Sunny meneaba el rabo cuando el ambiente era opresivo, nos parecía que la suave brisa que levantaba dispersaba la tensión en unos instantes. Cuando Sunny meneaba el rabo, papá, mamá y mi hermano mayor prestaban atención a ese sonido como el de un abanico, y cuando mirábamos la manera tan rítmica en que se movía, nos reíamos todos juntos sin poder evitarlo. Sunny ha cumplido quince este año, por lo que ya es muy muy viejita. ¿Verdad que sí, Sunny?

A mí también me gustaría menear el rabo. Se me ha ocurrido de repente, pero sí, creo que voy a hacerlo.

Cuando toque el hombro de la persona amada, cuando vea a cierta persona durmiendo, cuando la luna esté elegantemente partida por la mitad, cuando los rayos de sol se filtren por los resquicios de las nubes, cuando vea a algún amigo largo tiempo ausente, cuando esté a punto de empezar a comer, cuando me compre unos zapatos nuevos, cuando pedalee de pie, cuando escriba una carta a mi madre, cuando todos se rían juntos.

En esos momentos, quiero menear el rabo con todas mis fuerzas.

Cuando esté alegre y con ganas de llorar de felicidad, menearé el rabo como si se fuera a desprender.

Y cuando esté pasando por momentos duros y me sienta triste y solitaria, menearé también el rabo varias veces.

¿Verdad que sí, Sunny?

Muchas gracias a todos los que han leído esta novela. A mi padre, a mi madre, a mi hermano mayor, a mis amigos, a esa persona que ama (muestra de valor), al redactor jefe Sr. Ishikawa (muestra de valor), al agente de ventas Sr. Niizato (muestra de valor), al publicista Sr. Shono (muestra de valor) y a todos los demás miembros de la Editorial Shogakukan, así como a cierta persona que ahora andará por alguna parte.

Muchas gracias.

Mi rabo se agita ahora con tal fuerza que creo que va a saltar por los aires.

KANAKO NISHI